ハヤカワ・ミステリ

ELSA MARPEAU

念入りに殺された男

SON AUTRE MORT

エルザ・マルポ
加藤かおり訳

TOKYO
HAYAKAWA
BOOKS

A HAYAKAWA
POCKET MYSTERY BOOK

日本語版翻訳権独占
早　川　書　房

SON AUTRE MORT
by
ELSA MARPEAU
Copyright © 2019 by
ÉDITIONS GALLIMARD, PARIS
Translated by
KAORI KATO
First published 2020 in Japan by
HAYAKAWA PUBLISHING, INC.
This book is published in Japan by
arrangement with
ÉDITIONS GALLIMARD
through BUREAU DES COPYRIGHTS FRANÇAIS, TOKYO.

装幀／水戸部 功

娘のクレリアへ
つねに新しい自分を追い求めてほしいとの願いをこめて

《彼は必ず栄え、わたしは衰える》

ヨハネによる福音書、第三章三十節

念入りに殺された男

登場人物

アレックス・マルサン…………フランス・ナントでペンションを営む女性
アントワーヌ……………………アレックスの夫
タイス……………………………アレックスの長女
アガト……………………………アレックスの次女
シャルル・ベリエ………………ゴンクール賞受賞作家
イザベル…………………………ベリエの妻
ソラヤ・サラム…………………ベリエの愛人
イヴ・デルマン…………………出版エージェント。イザベルの父親
マノン・リオレ…………………イヴの部下
セバスチャン・ラムジー………編集者
バンジャマン・ブリュネル……私立探偵
フランク・ルグラン……………ベリエの友人
セリーヌ・サルモン……………作家
チェス……………………………チェスのグランドマスター
エレオノール・ドゥレルム……以前、アレックスのペンションに宿泊した女性

第一部　大きな赤い狼

第一章　思いがけない宿泊客

二〇一八年八月一日

　アレックスはカーテン越しに八月の陽の光を感じた。太陽はすでに高くのぼっている。隣に寝ている裸のアントワーヌにぶつからないようにしながら伸びをした。夢の余韻が薄れていく。親しかった男友だちに久しぶりに再会する夢だった。友人は自宅の屋根裏部屋の床に座っていて、その背中はなぜか蜘蛛の巣に覆われていた。アレックスは一本ずつ、蜘蛛の銀色の糸をとり除いてやった。そしてふと、蜘蛛ではなくヒキガエルだったことに気がついた。ヒキガエルが、すっかり記憶の彼方にあったこの友人の素肌に糸を繰り出したのだ。

　アントワーヌは片腕を頭の下に折り入れて仰向けで寝ていた。かすかにいびきをかいている。いつものようにその端整な顔に見とれた。年齢《とし》のせいで目鼻立ちがぼやけはじめてはきたが、それでもやはり整っている。アントワーヌを愛するようになって二十一年。彼はその時々に応じてアレックスの愛人であり、親友であり、相談相手であり、そして彼女にはいない男兄弟だった。

　出会ったとき、アレックスは十九歳だった。それがあと数日で四十になる。アントワーヌがいなかったらどんな人生を生きたのか、そもそも生きつづけることができたのか、想像もつかない。

　アレックスは日常の繰り返し、そのなかに潜むささやかな幸せ、そして習慣が不安を消し去ってくれる一瞬一瞬を愛していた。そうしたものを慈しむことをあきらめのひとつのかたちとみなす人はそれが誰であれ、人生の本質を見失っているのだと彼女は思う。それに、アントワーヌを狂おしいほど激しく愛する日もあった。

妻が目覚めたことに気づいたのだろう、アントワーヌが目を開けた。そしてほほえみかけると、また眠ってしまった。アレックスはつねづね、そんなふうに一瞬にして寝入れるのは類《たぐい》まれなる才能がなせる技だと思っていた。彼女にとって眠りは夜ごとに繰り返される戦いだった。アレックスはうつ伏せになって両腕を身体の下に畳みこみ、左右の手をそれぞれ肩の位置で握りしめた。そして片耳に上掛けの端があたっているのを感じながら、頭に入っているその日のスケジュールをなぞり、これから起こるはずの出来事を先取りした。さらに人生のバランスシートを作成し、頭のなかで〝やることリスト〟をつくり、メモ書きした付箋を貼った。そしてなにより、不安のレベルを十段階で評価した。レベル一、二ないし三の日は誰にも会う必要がないとわかっている日。人と会う予定が入っていると、その日のレベルは四か五、あるいは六にまで上がる。彼女はつねに初対面の人を、見知らぬ人全般を避けていた。役所に電話をかけたり、電話でなにかを依頼する必要があったりしたときはひどく気が重かった。さらに、店員に声をかけるのが怖くて店には入れずじまいだったし、カフェにもひとりで入ったことがなかった。精神科医によるとそうした症状は正式に疾患として認められていて、〈社交不安障害〉という病名もついているらしい。だがアントワーヌが外の世界との仲立ちを務めてくれたから、アレックスはそれを障害とは受け止めずにこれまでやってこられたのだ。

そして今日、見知らぬ客がやってくる。学校が夏休みの真っただなかだから、家族総出でその客を迎えることになる。

よくよく考えた末にアレックスはその日の朝、不安の度合いをレベル四と判定した。

ペンションを開くことにしたのは七年前のことだった。フランス北西部にあるナントの高校で物理と化学を教えているアントワーヌの給料だけで地所《ドメーヌ》を維持していく費用を賄うのはもはや限界だった。電気代は目の玉が飛び出るほどだったし、畑の草を刈るのに小型のトラクターを買う必要があった。それにストーブの修理に五千ユーロもかかっていた。まさに、一ヘクタールの土地と二百五十平米の家屋に家計と余暇が食い潰されそうになっていた。だがそれでもアレックスは、沼を縁取るシダレヤナギや納屋や、ドメーヌの端に広がる白樺の森が気に入っていた。

アレックスが家族と暮らすドメーヌ・デ・ブリュイエールはロワール＝アトランティック県のごくごく小さなプティ・マルス村にあった。村の特色と言えば、ここに住む人たちが火星人《マルシアン》と呼ばれていることだろう。ナントの中心部から二十分しか離れていないのに村は田舎そのもので、湖沼に囲まれていた。アレックスの心持ちはこの村の雰囲気にぴったり合っていた。時計の針が止まったかのような静けさと、睡蓮が広がる黒々とした水面《みなも》とが醸《かも》し出す雰囲気に。黒い沼には底に穴のあいた小舟が何艘か、水底に沈んで消えてしまうまでには何年もかかるだろう緩慢さでゆるゆると漂っていた。

ペンションを開いて見ず知らずの人をドメーヌに迎え入れても大丈夫なのか、アレックスはずいぶん思い悩んだ。だが開業したことを後悔はしなかった。子連れのバカンス客が来るたびに、アレックスのふたりの娘、アガトとタイスは大喜びだった。寂しさがいっときまぎれるから嬉しくてならないのだ。若いカップルや独身の客は往々にしてひっそりと目立たず、ほとんど影のような存在だった。

マルサン家を訪れる客は年に平均十人ほどで、それ以上になることは滅多になかった。そして客のそれぞれが、やってくる前には一家に期待と脅威をもたらした。その日の午後やってくるはずの客も含めて。

セリム・ラクダール、それがその日の客の名だった。

ラクダールという苗字にアレックスの想像力は大いにかき立てられた。どこかで聞いたような気がしてならない。短髪で面長の不思議な目をした男がイメージされた。彼女は頭のなかで、エジプト風の名を持つその男をアレクサンドリアの金色の砂埃に覆われた路地に立たせ、学のある立派な物乞いたちにとり囲ませた。

すると不意に記憶が浮かびあがってきた。セリム・ラクダールは小説の登場人物だ。シャルル・ベリエの初期の小説のひとつにちょっとだけ出ていた気がする。

セリム・ラクダール、年齢《とし》は三十すぎ。ヨンヌ県に住む倉庫運搬車両の運転手で、金融危機の影響をまともにくらってクビ切りの憂き目に遭い、そのあといわゆる〝目端を利かせて〟苦境を脱する。闇市場での商売や大麻や偽ブランド品の転売に手を染めたのだ。

『粉砕』と題されたその小説では彼の日常がつぶさに描かれていた。やりくりの苦労、なかなか支給されない役所からの手当、電気メーターがまわらないようにする小細工、仲間内でのトランプ賭博――そんな彼のささやかな人生は妹ジャミラへの愛によって昇華されていた。妹との精神的な、いや、それだけにとどまらない性的な結びつきは彼のたったひとつの幸せであり、彼の人生における唯一の気高さのしるしなのだが、その人生も結局、肉体の生き残りへと堕ちていく。

アレックスはベッドを出ると、太腿の半分にまで届くアントワーヌのTシャツを着てキッチンへ下りた。そして濃いコーヒーを淹れ、大きなガラス窓を通じて庭が望めるリビングへ行った。夏の陽射しがまぶしくて、目をしばたたいた。すがすがしい天気で、ドメーヌの端に広がる畑の一面に野草が花を咲かせていた。

草むらにアガトの姿が見えた。もう外で遊んでいるのだ。セイヨウタンポポ、忘れな草、マーガレットの花咲く野にうずくまっていたアガトがその小さな笑顔を向けてきた。アレックスは末娘の生き生きとした黒い瞳を見て、いつものようにいとおしさに胸が一杯になった。

アガトは立ちあがってアレックスのほうへ駆け出すと、胸に飛びこんできた。勢いがよすぎて片脚がぶつかった。アガトは身ごなしも頭の中身もうまくコントロールできない子どもだった。ある日、アガトに手を焼いた先生に「多動のお子さんですね」と指摘された。だがアレックスは教師の意見など気にしてはいなかった。なにかに夢中になるとこの子が途方もない集中力を発揮するのを知っていたからだ。それに聡明だし、コンピューター並みの記憶力、事物と事物を結びつけて考える洞察力、細かなことに対する並々ならないこだわりも持っている。だから、落ち着きがないだの、手こずらされるだの、騒がしいだのと注意されても聞き流していた。そしてアガトが膝に乗り、巨大イカの三つの心臓と青い血の話をする母を食い入るように見つめるひとときを大切にしていた。

ずっとあとになって上の娘のタイスが下りてきた。ティーンエージャーになった彼女は十一時まで寝ていることもざらだった。二〇一八年のこの夏、タイスは母親の背丈をすでに五センチ追い越した。だがそんな体型の変化も、母娘の関係に影響をおよぼしはしなかった。タイスは幼い頃と同じようにつねに母の愛情を求め、母の膝に座り、胸に身を寄せ、愛称で呼ばれたがった。アレックスは意外に思いながらも、穏やかで落ち着きがあって控えめな――どれも彼女にはない美徳だ――この子を産んだことを自慢に思った。タイスは母親にキスすると、その首に腕をまわしてしばらく身体をくっつけていた。それからようやく身を離し、父親と妹に朝の挨拶をしに行った。

普段はアントワーヌが勤務先であるナントのクレモ

ンソー高校に行きがてら、娘たちを学校まで送り届けている。アレックスは学校とのかかわりを、つまり生徒の親や教師との付き合いをできるだけ避けていた。彼らはアレックスをことのほか怯えさせた。彼女の学校時代と言えば、小学校から高校に至るまで、戦いと残酷さの思い出しかない。周囲からは感受性が強すぎると指摘された。

そんな過酷な学校の世界に対して、娘たちは自分よりもうまく対処しているようだった。それでもふたりが日々身を投じている、自分には乗り越えられそうもない衝突の場に居合わせたくはなかった。

いったいいつから〝彼ら〟を恐れるようになったのだろう。正確にはわからないが、思い出せるかぎりの昔からすでにそうだった気がする。六歳のとき、四年生の〝お姉さん〟に守ってもらえて嬉しかったのを覚えている。けれども誰かに叩かれたり、嫌がらせをされたりしたわけではない。それを思えば、あの頃いったいなにから守られる必要があったのだろう。

アレックスは他者の残酷さが怖かった——身体を傷つける残酷さもそうだが、それ以上に心を傷つける残酷さが。それはいまも変わらない。ほかの人など怖くない、そんなことは考えたこともない、わたしは人間を信じている、などと口にする人のことは一生理解できないだろう。アレックスには他者のそれぞれの顔の背後にどす黒い深淵《しんえん》が口を開けているのが見えた。例の〈ミルグラム実験〉（米国の心理学者スタンリー・ミルグラムが行った、閉鎖的状況下での権威への服従のメカニズムを扱った実験）で電流ボタンを押す人の手も。そこにいったいどんな信頼があるというのだろう。いったいなにに対する信頼なのか？ 人間は命じられれば死ぬまで他者に電流を流すことも厭わないという事実が、あの忌まわしい実験で証明されているではないか。いわゆる〈ユダヤ人問題の最終的解決〉が明るみに出て以降、つまりダッハウ、アウシュヴィッツ、ブーヘンヴァルト、ラーフェンスブリュック、ベウジェツ、ソビボル、トレブリンカの存在が世に知られることになって以来、人間をまだ信じることのできる人などいるのだろうか？　ほかの種《しゅ》のみならず、みずからの種をも損なおうとするヒトという種と付き合うことなど、なんとしてでも避けなければならないのだ。自分だけの庭を耕しているだけではすまされない。そこに壁やバリケードを築かなければならない。わが身を守るために。

どんなけだものでも、獰猛さでは人間に劣る。どんな動物でも、残酷さにおいて人間にはかなわない。

夫と娘たちがそれぞれ職場と学校へ出かけると、午前のあいだアレックスは窓に面した机に陣取り、執筆にとり組むことを日課としていた。書いているのは短篇小説だ。彼女が書くものはいつも短い。想像力はあり余るほどあるのだが、いつも筆を進めるのに苦労する。一日一枚が精一杯。そのあと昼頃から身体を動かす仕事にとりかかる。家具の組み立て、鎧戸の塗り直し、長時間かかる畑の草刈り、落ち葉集め。草葉はレンガで囲った炉で燃やしている。宿泊客がいるときには食事の支度をし、ベッドルームを掃除し、どうしようもないときだけ客と会話する。

だが今日は家族全員でセリム・ラクダールを迎えることになっている。客は正午過ぎに着く予定だったので、アントワーヌは娘たちを連れてカルクフーにあるショッピングセンターまで買い物に行くことにした。

アレックスはアントワーヌのTシャツを着たまま、今日の客のために割りあてたいちばんいい部屋の掃除にとりかかった。アントワーヌとアレックスは屋根裏に手を入れ、そこに広くて快適な部屋を設《しつら》えていた。わずかに屋根裏特有の暗さはあるものの、ふたつの丸い大きな天窓から光が射す部屋だ。アレックスはダブルベッドに真っ白なシーツをかけ、透明な花瓶に野で摘んだばかりの花を活けた。そして片方の天窓の下に据えた机に、桃とネクタリンとアプリコットが入った籠を置いた。

　客を迎える準備を終えたちょうどそのとき、階段のきしむ音がした。アントワーヌと娘たちがもう帰ってきたのだろう。迎えに出ようと部屋を出た。

　階下《した》に下りると玄関口に見知らぬ男が立っていた。一瞬、路上生活者かと思った。怪物のような、巨人のような男。とにかくやたらに大きくて、山のような胴体に赤毛のもじゃもじゃ頭が載っている。男は縮れた長い顎ひげを生やし、眼鏡の黒っぽいフレームがその青い瞳をとり囲んでいた。

「まだ約束の時間じゃないんだが、タクシーが思ったより早く着いてしまってね。びっくりさせたのならすまない。そんなつもりはなかったんだ。って言うか、もしかしたらそんなつもりがあったのかも。なにしろこんな人間だから、なにをしでかすか自分でもよくわからないんでね！」

　一文言い終えるごとに男はとどろくように笑った。まるで胸のなかで弾けているような笑い声――。

　そう思った瞬間、アレックスは男が誰だか気がついた。路上生活者でもエジプト人でもない。そもそもセリム・ラクダールという名でもない。

　やってきたのは、シャルル・ベリエだった。

第二章　忍びの滞在

シャルル・ベリエ。あの大物作家が自作の小説の登場人物の名を借りて、ここドメーヌ・デ・ブリュイエールにいる。アレックスはパラレルワールドに迷いこんだような気がした。裂け目を通じて、それまでなじんできた世界から遠く離れた異世界へ吸いこまれてしまったような感じがした。

素性がばれたことに気づいたのだろう、シャルル・ベリエは軽くほほえんだ。

「これはお忍びの旅行でね。少しばかり静かな環境が必要なんだ」

アレックスは大作家の突然の登場に驚いて、ただただ言葉を失った。そこに折よくアントワーヌと娘たちが帰ってきた。

アレックスとは違い、アントワーヌは驚きを難なく言葉にした。

「こんな早くにいらっしゃるとは思いませんでしたよ。それに、まさか、あなたがいらっしゃるとは」

シャルル・ベリエは、自分の正体などハエほどの価値もないとでも言うように左の手で宙を払った。

「セリム・ラクダールというのはある男から勝手に拝借した名前でね。だが、やつは使わせてくれるはずだ。なにしろこっちに借りがある。まあ、借りがあるのはこっちのほうかもしれないが」

いかにも自信に満ちあふれた物言いだったが、子どもっぽい茶目っ気が尊大さをやわらげ、彼のひとつひとつの言動に魅力を与えている。シャルル・ベリエは真面目な口調に戻って言った。

「そちらにも準備があるだろうから、邪魔はしたくない。あたりをぶらぶらしてこよう」

アントワーヌが「それにはおよびません、妻が部屋を整えているあいだ、コーヒーでもどうですか」と誘うと、「それならロゼワインをいただけるとありがたい」とシャルル・ベリエは応じた。アレックスはその場にふさわしい言葉を口にすることができず、ただうなずくしかなかった。自分が太腿の半分までしか隠れていないアントワーヌのTシャツ姿なのは自覚していた。だが、作家はそれをアレックスに意識させないような気遣いを見せた。視線を彼女の目からほとんど逸らそうとはせず、逸らしたとしても顎より下には一センチたりとも移動させなかったのだ。

アレックスはジーンズをはくと、テラスにいるシャルル・ベリエとアントワーヌのところに戻った。そして、よもやま話に興じているふたりのそばに腰を下ろした。テラスの先にある畑では娘たちが体操のような動きを繰り返している。普段身近にしている家族のそばに有名作家がいることにめまいがしそうになった。

シャルル・ベリエの話に耳を傾けたが、言葉はひとつも意味を成さなかった。彼女は、作家の両手と嚙み跡が残るその爪と、ロゼの入ったグラスの脚を支えるその不思議な手の添え方に視線を奪われた。手がグラスを支えているのではなく、グラスに支えられているように見えたからだ。だがシャルル・ベリエは酔っ払ってはいなかったし、ほろ酔いですらなかった。アレックスはその後何日か経つにつれて、それが彼の流儀なのだと理解することになる。シャルル・ベリエはまるで自分の人生をすっかり任せるかのように、物や人をがっちりととらえて寄りかかるのだ。

シャルル・ベリエの後ろ、その少し右手に沼とシダレヤナギの木立があった。黒い水面へ向かって滝のように流れ落ちるシダレヤナギの葉叢《はむら》が作家の顔をくっきりと浮かびあがらせている。周囲の景色に注意を振り向けることで、アレックスはようやくベリエの話を理解できるようになった。それによると彼は、パリとパリの社交生活に嫌気が差し、急に思い立って旅に出たらしい。行き先は誰にも告げなかった。原稿が仕上がったら帰るつもりだという。それもこれも、〝あんなタワケどもに囲まれていたら、一行だって書けやしない〟からだ。

「滞在期間がどれくらいになるかはまだわからない。執筆の捗《はかど》り具合によるからな。ひと月か、ふた月か。いずれにせよ、十月一日には戻らんと。ソルボンヌで開かれる物書きのワークショップに参加しなきゃならんのだ。トンチキどもに、めげずにせっせと心を掘りさげていけば、いつかは内なるランボーを見出せると信じさせる例の馬鹿げた試みのひとつだよ！」

「差し支えなければお伺いしたいのですが、どうやってここを？」アントワーヌが尋ねた。「うちは有名人に人気の宿じゃないですからね。ペンションを紹介する各種サイトでもすっかり埋もれてますし。それともまさか、評判になってるのにぼくらが知らないだけとか？」

シャルル・ベリエは笑った。甲高い奇妙な笑い声だった。

「まあ、おっしゃるとおり、確かにここはいまをときめくホットな宿じゃない。だから選んだんだ。クソ迷惑な連中に嗅ぎつけられない場所だから」

〝クソ迷惑〟という言葉にアレックスははっとした。いかにもシャルル・ベリエらしい。あるテレビ番組で彼が以前、〝世のなかの間抜けという間抜けと、生まれついてのぼんくら〟を鼻息荒く攻撃していたことを思い出した。そうしたスタイルは彼のトレードマークになっていて、その俗っぽくて時に品のない言葉遣いは、彼の小説の叙情的で抑制された文体とはまるで正反対のものだった。

シャルル・ベリエはアレックスのお気に入りの作家のひとりで、とくに〝幽霊市民〟と彼が呼ぶ、都市周縁部に住む庶民の生活を描いた長篇小説が好きだった。

「自分ではけっして名乗ろうとはしませんが、じつは妻も物書きなんですよ」出し抜けにアントワーヌが言った。

アントワーヌは事あるごとに妻を持ちあげた。彼にとってアレックスの書くささやかな短篇小説は、シャルル・ベリエのどんな大河小説にも負けない価値があった。その評価は、シャルル・ベリエが四作目の『不動なる歩行者』で権威あるゴンクール賞を獲得しても変わらなかった。アレックスは顔がカッと熱くなるのを感じた。そしてベリエに笑われるのではないかと不安になった。あるいはベリエが気分を害するのではないかと。なにしろ数々の賞に輝き、格式の高い出版社から作品をいくつも刊行している大作家が、目の前に座るジーンズの女と同列に並べられたのだから気分を害して当然だ。だがベリエはほんの一瞬不快そうな表情を浮かべたものの、ほうと丁寧にうなずいてアレックスに興味を示した。あるいは興味を示すふりをした。

「短篇小説はいいですな。あれをものせるのは才能のある作家だけだ。このわたしにしても、一度もうまく書けた例《ため》しがない。機会があればぜひ読ませていただきたい……」

アレックスが黙ったままなので、アントワーヌが先まわりした。

「ええ、もちろん！　妻が原稿をお見せしますよ」

物書きとして紹介されたことが引き金となり、アレックスの心に過去の記憶がよみがえった。二十二年前、彼女は文筆の実力を試そうとパリに出た。作家になりたかったし、毎日欠かさず机に向かい、数ページずつこつこつと書き進めていくだけの辛抱は身につけていると思っていた。母親は娘の才能を固く信じて疑わなかったから、蓄えをとり崩し、パリ十三区のワンルームで娘が一年間執筆に専念できるようにしてやった。

だがすぐに、アレックスには辛抱はあるものの、作家に必要とされる才能はないことが判明した。頭のなかには小説の世界と登場人物が存在していたが、すべてがあまりにも壮大であまりにも混沌としていた。頭のなかから飛び出してきた者たちはみずからの意思で勝手に動きまわり、突飛な行動を重ね、奇妙な振る舞いを見せ、鳥たちの翼をむしりとり、オレンジ色の雲を噴き出した。さらには薄暗い小部屋でアヘンにふけり、ゆらめく壁を見つめながら翡翠《ひすい》の花を摘んだ。突風を貪《むさぼ》り、潮の満ち引きに合わせて笑い転げ、トゲを逆立てた一角獣を吐き出し、聖なる怪物から命からがら逃れ、掃き溜めの神々に戦いを挑んだ。けれども、そうした切れ切れのイメージがつなぎ合わされてひとつの物語を成すことはただの一度もなかった。

アレックスがつくり出す世界は、秩序も法則も意味も理《ことわり》も欠いていた。それはいわば逆立ちして歩くような、無理やり飛び進むような世界だった。

三カ月あるいは四カ月か、とにかく数カ月すると、紙の上にぶちまけた混沌が彼女の頭を蝕《むしば》みはじめた。そしてある日、事件は起きた。

原稿を出版社に郵送して自宅へ戻る途中、アレックスは路上で知らない男にぶつかった。男は悪態をつき、彼女を馬鹿女呼ばわりした。そう言われて彼女は思いも寄らない行動に出た。いつもなら恐怖で胃がよじれ、身体がこわばってしまうのに、そのときばかりは暴力の衝動に駆られたのだ。生存のための反射的行為に出たと言ってもいい。アレックスは男に立ち向かい、顔面を殴打した。それも平手ではなく、拳で。相手はアレックスを告訴した。それがきっかけで彼女は精神科病院へ送られることになった。裁判になるのではないかという強い不安から精神のバランスを崩したのだ。

収容されたサンタンヌ精神科病院の医師たちはそれぞれ、分裂気質の人格障害、〈社交不安障害〉、ただのうつ症状といった診断を下した。そして四週間にわたって抗うつ薬を投与したことと病院のベッドが足りないことを理由に、アレックスを退院させた。彼女は諸悪の根源はパリだと考え、精神の健全さを保つために田舎へ戻ることにした。そして野心的な大部の作品からは手を引き、短篇に絞って執筆を続けたが、それらも未完に終わることが多かった。

最新の短篇集にはいまのところ作品がひとつしか収められていない。だがグザヴィエ・デュポン・ド・リゴネス（二〇一一年に妻と四人の子を殺害したとされる人物。現在も逃走中）に関するその作品は、テーマにもとづいて綿密に構築された物語というよりも、アレックスの個人的な見解を書き散らしただけのものだった。

アレックスは自分の家族をみな殺しにしたとされるこの男に並々ならない興味を抱いていた。だが、なぜこれほどまで夢中になるのか自分でも謎だった。アレックスもデュポン・ド・リゴネスもナントの生まれだが、それだけでは説明しきれない。アレックスの興味はとくに事件の細部に向けられていた。ロベール・シューマン大通りに面したデュポン・ド・リゴネスの自宅のくすんだ正面壁《ファサード》。彼が自宅の庭に家族の死体と一緒に飼い犬二匹を埋めたこと。子どもたちに家に戻るよう呼びかけたショートメッセージ（アレックスはその文面を諳《そら》んじていた）。そして二日前に殺害した息子のひとりになりすまして書いた一連のメッセージ――〈もう電池切れだ。父さんが新しい充電器を手に入れてくれる〉。アレックスはそれらの文章に恐ろしいまでの日常性を感じていた。

ほかのほんの些末な出来事も、その後に起こる悲劇と照らし合わせれば、その凡庸さが特異な光を放っていた。たとえば四月三日、夫婦と四人いる子のうち三人がレストランで夕食をとり、映画館に行った。そしてその夜、デュポン・ド・リゴネスは凶行におよんだ。その三週間前、彼は父親から22LRカービン銃を譲り受け、それが凶器となった。ということは、この銃が彼を凶行へと駆り立てたのか？ この銃さえ手に入れなければ、家族は殺されずにすんだのか？　銃を授けられたことが殺人の偶発的な外的誘因となったのか、それとも彼の肉体の、彼の遺伝子の奥深くにすでに人殺しの種が埋められていたのか？

少なくともアレックスは次の二点を確信していた。一家を殺害したのがグザヴィエ・デュポン・ド・リゴネスで間違いないことと、彼自身はどこかでまだ生きているということだ。彼のようなプロフィールを持つ殺人鬼が人知れずひっそりと自死するなどありえない。彼は華々しい芝居を演じなければ気がすまないタイプだ。あんな途方もない大罪を犯したあと、舞台からそっと姿を消すことなどできやしない。いや、観客に挨拶し、拍手喝采を受けてからでないと舞台の袖に引きさがるわけがない。

その証拠に、彼の遺体も遺書も見つかってはいない。デュポン・ド・リゴネスのような男は、自分が犯した殺人をなんとしてでも物語に変えようとするものなのだ。

つらつらとそんなことを考えていたアレックスはふと、シャルル・ベリエにまじまじと見つめられていることに気がついた。彼女は、「洗濯物をとりこまなければ」とかなんとかしどろもどろで口にすると、まだワインが残っている夫とベリエをテラスに残してあたふたと席を立った。

洗濯物は二本の木のあいだに渡した紐に干していた。ほっと息をつきながら沼の黒い水面に近づいた。ポチャ、ポチャとなにかが水に飛びこむ音がする。ちょうど大量のオタマジャクシがカエルに変わる時期だった。ほんの小さなカエルたちをアレックスはよく手のひらに載せようとしたものだ。カエルを見てタイスは怖がって背を向けた。だがアガトのほうは、異種混交したようなカエルの奇怪な姿と、それぞれがてんでんばらばらに飛び跳ねるようすに大はしゃぎだった。

シダレヤナギの葉が輝いている。アレックスはさらに一歩沼に近づいた。湿った地面にずぶりと足がめりこんだ。アレックスは彼女だけが知る自然の深遠なほの暗い力と共鳴し、すぐに気分がほぐれた。

家を背にして立つと、目の前に広がるのは白樺の森だけだった。森を見ているうちに、作家の存在が彼女の意識から消えていった。

第三章　ジキルとハイド

午後じゅうずっとシャルル・ベリエは部屋にこもっていた。おそらく執筆に励んでいるのだろう。アレックスは作家の強烈なひらめきが家じゅうを満たしているような気がして落ち着かない気持ちになった。そこで外に出ることにした。彼女は日暮れまで落ち葉を集めたり、雑草を刈ったりして過ごした。そして夕刻になると、シャルル・ベリエのためにゲスト専用のテーブルを設えた。だが彼は一緒に食べようと言い張った。みんなでわいわいやらないか。

アントワーヌが季節の料理を準備した。ミントを散らした山羊のチーズとメロンのサラダ、コールドチキン、地元のチーズの盛り合わせ、フランボワーズのシャーベット。作家は三回もデザートをお代わりし、娘たちはその相伴《しょうばん》にあずかれて大喜びした。

シャルル・ベリエは底なしの大酒飲みだった。ロゼワインのグラスを矢継早《やつぎばや》に空けるので、アレックスは何杯飲んだか数えるのを早々にやめてしまった。ベリエのすべてが超弩級だった。上背も、髪と顎ひげのボリュームも、腹の出具合も、食欲も、とどろく声も。それに途方もなく饒舌で、話のネタも尽きなかった。しかもしゃべりのうまさは天下一品で、出版界で味わった幻滅などを面白おかしく巧みに語った。

シャルル・ベリエの自嘲のセンスがアレックスを破滅のスパイラルへと導いたのは間違いない。なににでも誰にでも警戒を怠らない彼女が、作家の自虐的なユーモアを前にガードを下げたのだ。ベリエのほうは、栄光の高みから下りて凡人たちと肩を並べるため、ふんだんにユーモアをまじえることにしたのだろう。

「以前、ヨンヌ県で開催された怪しげなフェスティバルに招待されてね。会場に足を運ぶと、原っぱのまんなかにぽつんとひとつテントが設営されていた。えらく寒い日で、寒風吹きすさぶお粗末なテントにはひとりの読者も来なかった。同じように招待されたほかの作家たちと、山と積まれた本の後ろでじっとにらみ合っていたよ。だらだら続いた夕食会が十一時にやっとお開きになり、そのあといけ好かないボランティアの女にその夜泊まる城に連れていかれた。わたしに割りあてられたのは、城内の奥まったところにある以前は鳩小屋だった建物でね、母屋とは庭で隔てられていた。シャワーを浴びようとバスルームに入り、寒かったからドアを閉めた。だがバスルームを出ようとしたとき、ドアの取っ手のバネが壊れているのに気がついた。というわけで、庭のどん詰まりにある鳩小屋の二階のバスルームにめでたく閉じこめられてしまったってわけさ」

シャルル・ベリエはいったん話を切ると、甲高い声で笑った。

「とりあえず誰かが来るのを待った。でも誰も来やしない。次に状況を見きわめようと窓を開けてみた。飛び降りられない高さじゃなかったが、足首を挫《くじ》きそうだった。だから大声で助けを呼んだ。息が絶え絶えになるまでがなり立てた。だが反応なしだ。城の窓の灯りがひとつ、またひとつと消えていくのが見えた。ついに五時頃、寒さに打ち震えながらようやく浴槽で眠った。そして朝いちばんに肩でタックルをかましてドアをぶち破ったんだ。そのあと朝食を食べに行ったら、なんとわたしの呼び声が話題になっていた。みんなに聞こえていたんだよ。なのに、あの罰あたりな連中はひとりも助けに来なかった！」

シャルル・ベリエの語るエピソードのひとつひとつがアレックスの警戒心を少しずつ解いていった。彼がもっと身近で親しい存在に変わり、か弱さのようなものすら感じられるようになった。だから翌朝、アレックスは彼に誘われて朝食を一緒にとることにしたのだ。ベリエには手あたり次第になんでもがつがつと貪るようなところがあった。そしてそれと同じような勢いで、沈黙や空隙や空間をせっせと埋めようとしているように見えた。

「作品のアイディアはあるんだが、執筆にとり組むことがどうにもできなくてね。こんなのははじめてだ。なにがどうしたのかさっぱりわからん。いつもは呼吸をするように楽に書けるのに。わたしは自重しながら筆を進めるタイプじゃない。だが、今回ばかりはさっぱりだ。頭を絞って考えに考え抜いている。だからだめなんだな。考えこんでいるような情けないやつらに、創造することなんぞできんから！」

「作品のテーマは？」

「ジキルとハイドの田舎版といったところだ。農場で若い女が豚を飼っている。だが毎朝、なぜか豚が一匹、喉をかっきられて死んでるんだ。女は憲兵に相談するが、ほかの仕事で忙しくて相手にしてもらえない。そこで豚殺しの犯人捜しにみずから乗り出すことにする。読者にとってはフランスの鄙《ひな》びた田舎を知るいい機会になるはずだ——というのも、このあたりを小説の舞台にしようと思っているからな。衰退し、人知れずひっそりと朽ち果てていく村を。

ヒロインの犯人捜しを通じて、読者は国際的な競争にのみこまれているこの地の名もなき庶民をとり巻く世界へと入っていくことになる。彼女の周囲にいる誰もが、多かれ少なかれ豚を屠《ほふ》る動機を持っている。怨恨や倦怠から、あるいは残虐な遊びや暇潰しの娯楽として誰が豚を殺してもおかしくない。

だが最終的にヒロインは、犯人は自分だと気づくことになる。彼女には二面性があり、人格が分離しているのだ——精神科医なら〈統合失調症《ファック》〉などと抜かすだろうが、精神科の医者などクソくらえだ！　とはいえ……、正直、連中を見ていて面白いと思うのは、ありとあらゆる症状に病名をつけるくせに、なんの解決にも至らんことだ。病名を授けはするが、治すとなるとお手あげだ。

二十年間精神分析を受けて、病気がよくなったとか言ってるやつを知ってるか？　わたしはひとりも知らんね！　〝自己理解が深まりました〟などとほざくのがせいぜいだ。

だが自己理解など、クソの役にも立たん。そんなものは耳炎に苦しむ男に抗生剤も与えずに、おや、耳の管が炎症を起こしていますね、などと説明するようなものだ！　男は痛みに苦しみつづけることになる。そうだろ？　突き詰めれば、精神科医なんてものは、われわれ作家よりずっと使えない連中なのさ。おっと、脱線してしまったね。とにかく描きたいのは、昼にみずからの手で育てたものを、夜にみずからの手で殺しているヒロインさ。どうだね？」

アレックスはなにも言えなかった。そのヒロインにすっかり魅了されていたのだ。おそらく度を越して。彼女はいっぽうの手で豚を飼育し、もういっぽうの手でそれを殺すこの女に自分自身を重ねていた。そして思った。これは子どもを育て、最終的にはその子らをコンクリート板の下に埋めたあのグザヴィエ・デュポン・ド・リゴネスと同じではないか。だがアレックスは自分の見解を披露するのは控え、ベリエの「どうだね？」という問いに問いで応じた。

「どうしてそれを書かないのです、その物語を？」

その質問を作家は愉快に思ったようだ。頭をのけぞらせて笑ったのだが、不思議なことに顎ひげは揺れなかった。ひげは、しっかり固まっているのになぜかいまにも消えそうな泡のようだった。

ベリエは笑いが収まると説明した。

「どうしてだろうとわたしだってずいぶん考えたさ。で、出てきた答えは救いようのないものだった。女のせいだよ。いつも女が問題だ。ほかになにがある？」

そう口にしながら、シャルル・ベリエはアレックスをじっと見た。相手の反応を引き出そうとしているのだろう。彼はやんわりとアレックスを挑発していた。

「女というのは女性一般ってことですか？」

「特定のひとりだ。いや、ふたりと言うべきか。よくある良妻賢母と売女《ばいた》のつばぜり合いさ。下世話な話ですまんね。だが、わたしだってひとりの男にすぎん。要するに、妻と愛人がいるんだよ。そしてそのせいで文字どおり疲弊している」

アレックスはにこりともせずにうなずいた。

「わかります。四六時中こそこそしなければならないのは疲れるでしょうからね」

相手は肩をすくめた。

「疲労困憊だ。だが白状すると、生きること全般のほうが疲れるね。わたしは年がら年じゅう嘘をついてるから。きみは違うか？」

「嘘はついたことありません」

ベリエはアレックスをまじまじと見た。想定外の返事だったのだろう。

「信じられんな。それか、ただただ脱帽する。なにしろこっちはいつでも嘘八百並べ立てているからね。それしかできんのだ。妻は完璧だ。カネを持ってるだけじゃない。心が広くて器量よしで、おまけに朗らかだ。なのにあいつを裏切ってばかりいる。十一区に密会部屋《ギャルソニエール》まで持ってるんだ。妻が絶対にやってこない場所さ。愛人とはいっときだけの楽しい火遊びのはずだったのに、どつぼにはまってしまってね！　いまじゃ浮気相手に操《みさお》を立ててるありさまだ。あいつのほうが妻よりよっぽど面倒で扱いづらいのに！　自分でもまったくわけがわからんよ」

ベリエはまんざらでもなさそうな顔をしながら、やれやれとため息をついた。実際、手に余る状況なのだろう。そうしたさりげないユーモア、ささやかな自虐が、ベリエを人懐っこくて無害な人物に見せていた。

第四章　オレンジ色の空

アレックスは結局、シャルル・ベリエのペースに巻きこまれることになった。毎朝、食事の支度をするため階下に下りると、彼はいつもテラスの日陰に座っていた。たいていは新聞を読んでいて、たまにイヤホンで音楽を聴いていることもあったが執筆はしていなかった。そして朝食を終えると、昼食に下りてくるまで二、三時間部屋にこもった。ベリエは物静かな客ではなかったが、人に好かれるすべを心得ていた。それはおそらくあの人並はずれた外見のおかげでも、あるいは水のように流れ出るあのやたらに大きい笑い声のおかげでもあっただろう。

タイスとアガトは夏休みのあいだ、ノール＝シュル

＝エルドルで開かれているポニーの乗馬教室に通っていた。毎日アントワーヌが娘たちを送迎し、教室に連れていったついでにそのままレッスンを見学することもあったので、アレックスはよくシャルル・ベリエとふたりきりになった。アレックスは夫がわざとそうしているのではないかと疑った。そうすればいつかは妻が自分の作品を作家に読ませるだろうと期待しているのだ。だがそんなアントワーヌの願いとは裏腹に、アレックスはベリエと過ごす時間の大半を彼の長談義にひたすら耳を傾けつづけることに費やした。それは苦行などではなく、それどころかベリエの話にすっかり夢中になった。作家は喧騒と光に満ちた遠いパリの暮らしを語ってくれた。才能があって世に認められた男の、その手にかかればすべてを実現しうる男の人生の話を。そしてそれはおそらく、成功していたならばアレックス自身が送ったであろう人生だった。

「わたしの唯一の理解者が、友人で同じく物書きのフランク・ルグランだ。こんなことを言うのは、わたしが時々あいつにパリ十二区にある密会部屋の鍵を貸してるからじゃない。もっとも、あの部屋の存在を知ってるのはやつだけだ。もちろん愛人は別だがね。フランクのことは大好きさ。やつとは高校からの付き合いでね。ふたりとも学校では浮いていた。シルヴァン・ピネルはあいつがモデルだ。幸い、向こうは気づいちゃいないがね！」

シャルル・ベリエはアレックスが彼の作品を読んでいるという前提で話を進めていた。あるいは読んでいようがいまいがどうでもよかったのかもしれない。アレックスのほうは作家の言わんとしていることを完璧に把握していたが、なにも言わなかった。シルヴァン・ピネル。小説の語り手の失敗版。つまり才能はあるが売れない作家。まばらになった寂しい金髪、小太り、どうしようもない酔いどれ。永遠に二番手に甘んじ、わびしい独り身なので誰もが食事に誘ってやる。彼を見て優越感に浸れるからだ。

「小説を書くにあたり、こんなふうにほかの人の人生をくすねることを悪趣味だと思うかね？」

アレックスは考えた。意見を求められたと思ったからだ。だが、どうやらそうではなかったらしい。というのも、相手が答えを待たずに続けたからだ。

「作家というものはそれを餌にしてるんだよ。ほかの人たちの人生やその過去を。やつらのしきたりや秘密を。崇高なものも腐りきってるものも、称賛に値するものも軽蔑に値するものも一切合切すべて含めて。ドブネズミに似てるとも言えるだろう。ごみ箱の底を漁ってるという点ではね」

そう口にしながら、ベリエの瞳は子どもっぽい喜びにきらめいた。

「だが、こんな話は退屈だろう。どっちにせよ、きみにとっては勝手知ったる話だろうから。だって、きみも小説を書いてるんだからな」

そこまで言うと彼は口をつぐみ、じっと待った。アレックスは不安になった。いまのは質問だったのか？ 質問を聞き逃したのか？ 彼女は虚を衝かれて二言三言しどろもどろで答えると、激しくかぶりを振った。

シニョンがばらけ、髪の毛が肩に垂れ落ちた。アレックスは平静をとり戻そうと努めながら、栗色の髪をつかんでシニョンをもとに戻そうと苦戦した。

シャルル・ベリエは相手があせっていることに気づかないのか、肩の上に垂れた巻毛に魅入られたように見つめている。

「無理に話さんでもいい。だがきみさえよければ、作品は喜んで読ませてもらうよ」

ほかの人からの気遣いならすでに身に覚えがある。いつでもどこでもそっと見守ってきてくれた母からの、そしてアントワーヌからの気遣いだ。彼女はそれを当然のものと受け止めるようになっていた。だが、有名作家からの気遣いとなると話は違う。それはアレックスをとまどわせる新しい感情だった。喜びが苦痛へと変わる瀬戸際にあるような。

「わたしだって若い時分は一歩踏み出すのが怖かった。なんに対しても気後れを感じていた。自分の考えにも見てくれにも、自分が書いたものにも。だがある日、短篇小説をフランス語の教師に読んでもらったんだ。彼女からいろんなことを教わったよ。そしてこう言われた。〝きみは作家になる、もうすでに作家よ〟と。彼女がわたしに自信を与えてくれたんだ」

それからベリエは胸に抱える秘密の思い出に浸り、その話を披露した。記憶をなにひとつ失うまいとでもするような、語らなければ記憶が失われてしまうとでも言うような、記憶に現実味を与えるには聞き手が欠かせないとでも思っているような態度で。

「当時、彼女は四十五歳でわたしは十六。特別な関係だったよ。彼女のそばで味わった愉しみをほかの女と一緒にいて感じたことは一度もない」

ベリエはいやらしさを感じさせない口調と夢見がちな表情で語ると、勢いよく笑った。

「まあ、このへんでやめておこう。こんな話は退屈だときみの顔に書いてあるからな。わたしをぎゃふんと言わせ、この減らず口を黙らせてくれ。思うに、わたしの身体には言葉ばかりが詰まっていて、中身がないんだろうな。スカスカなのさ。恰幅がいいから信じてもらえんだろうが、そもそもわたしはとても少食でね。じつのところ、文章でしか腹が満たされない」

もちろんそんなはずはない。なにしろ毎食たらふく食べているではないか。だがアレックスは、これは偽りのない嘘だと思った。

「気さくな人だな、シャルル・ベリエは」

アントワーヌは彼の大ファンになっていた。読んだこともない彼の作品ではなく、作家自身のファンに。日を追うごとにベリエの株はどんどん上がっていった。

もっともシャルル・ベリエにしても、好意を得ようとさまざまな努力を払っていた。買い物の手伝いを申し出たこともあるし、みずからデザートづくりに精を出したこともある。出来あがったイル・フロッタントは、見た目は悪かったが味はよかった。アントワーヌは二度お替わりした。アレックスはシャルル・ベリエにすっかり魅了されてしまった夫をやさしい目で見つめた。

「ええ、気さくな人よね」

「きみが言うと不思議だな。あまり好きじゃないのかと思ってたから」

「そんなことない、わたしも好きよ。もっとも、あなたほどじゃないけれど。だって、あなたは彼を熱愛してるから」

第五章　湖沼の底

八月七日、シャルル・ベリエは執筆にとりかかった。アントワーヌは彼に頼まれて、畑の奥、沼の近くの柳の下に小さなテーブルを設えた。ベリエは食事と食事のあいだにそこに陣取った。アレックスは遠くからそのようすを観察した。作家の存在がなんとなく厭《いと》わしかった。その集中力を少しばかり妬《ねた》んでいたのかもしれない。アレックスははじめ、シャルル・ベリエが仕事に打ちこんでいるふりをしているのだと思っていた。作家はふと顔を上げ、空と同じ青い虚ろな目でぼうっと天を仰いだ。作品とは関係のないことを考えているように、いや、むしろなにも考えていないように見えた。だが突如、きらめくカバーのついた小さなノートパソコンに身を乗り出して一心不乱にキーボードを打ちはじめた。そうして数時間ぶっつづけに仕事をすると、コンピューターを閉じ、口笛を吹きながら散歩に出た。

いっぽうアレックスは、シャルル・ベリエが庭に出たときしか執筆ができなかった。彼女は世界から自分を切り離すために自分の部屋に閉じこもり、カーテンを引き、耳栓をした。この三つの条件を満たしてようやく書きはじめることができた。だが苦労してひねり出した文章も、書き進めながら消していくこととなった。彼女はデュポン・ド・リゴネスの物語をなんとか紡ぎつづけようとした。けれども早々に断念せざるをえなくなった。不安に襲われ、先を続けられなくなった。シャルル・ベリエに肩越しに覗き見されている気がしてならず、存在しないベリエのせいで考えることすらままならなかった。

シャルル・ベリエからはさまざまな作品世界が大河のごとく滔々《とうとう》と流れ出ているようだった。〝豊穣の角《コルヌ・コピア》〟（古代ギリシャ・ローマの豊かさの象徴で、花と果物を盛った角を図柄とする）そのもののベリエを前にして、アレックスは自分が不毛で涸《か》れていると感じた。彼女は理屈をこねて自分を慰めた。あれはたぶん執筆の下準備として、思いついたことを片っ端から打ちこんでいるだけなのだと。

ある日の午前中、シャルル・ベリエが席を立った隙にアレックスは思いきって作家のパソコンに近づいた。そしてスクリーンセーバーが起動する前に内容に目を通そうと、大急ぎで画面に目を走らせた。

《狩人は獲物を駆り出そうとするが、獲物のほうは縄張りの境界線を守るとはかぎらない。狩られるほうはそれを予測し、狩るほうは別の境界線を、縄張りとは異なる世界の境界線を選びとる。そしてその世界を、人と獲物は狩りのシーズンを通じて分かち合う。

住民は自分たちの土地で銃が使われると抗議する。狩人を危険視しているのだ。ほかの狩人はどうか知らないが、私は確かに銃が、森の静寂《しじま》に響きわたる銃声が好きだ。飛翔する鴨のきらめく羽に狙いをつけるのが、舞いあがる羽毛の渦に包まれながら鴨が落ちてくるのが、翼をベールのように覆う埃の粒を見るのが好きだ。富と序列を見直して、季節と偶然に左右される変わりやすい狩場の王となるのが、大地の王ではなく地表の、そこに暮らす動物たちの、その上に広がる大空の王となるのが好きだ。自分たちには力があり、仲間がいるという心強さ——狩りの一行が大地につけたブーツの足跡を目にするのが好きだ——、肩に構えたレミントン銃を指先で撫で、手のひらを先台《さきだい》に押しあてる瞬間。早朝の美、倒れる獲物の崇高さ、湖面のきらめき。そんなものすべては銃口の向こうに死が輝いているからこそ存在する。そしてそんな死をむやみにばら撒くのはご法度だ——そんなことをすれば、真の狩人たちから一斉に締め出される。注意深く振る舞い、殺戮に対しては倹約を心がけなければならない。殺すのは一度だけ、いましかないという瞬間だけだ。

私は暇潰しに広大な森、たとえばカナダの森を思う。そこには獲物がごまんとおり、そこに暮らす人々は狩人に感謝する。害獣を少しばかり始末してくれた、自然の秩序と生態系の維持に努めてくれたと考えるのだ。狩人に対して普段はむしろ、生態系を壊しているとの批判が集まりがちなのだが——世間は狩りについて無知すぎる。

以前ある男が、カナダから帰ってきた倅《せがれ》から聞いた話として教えてくれた。彼《か》の国では大自然が見渡すかぎり続き、太古の森が広がっていること。どこまで行っても公園の端が見えないこと。国全体がいわば広大な自然保護区で、野生動物がひしめき、狩りの楽園と化していること。その話を聞いて以来、私は熊を撃つことと、果てしなく点在する湖沼を夢見ている》

物語はヨンヌ県にある大きな農場《ドメーヌ》で展開していた。三階建ての家、白樺の森へと続く一ヘクタールの畑、畑の奥に据えられたテーブル、シダレヤナギに囲まれた沼。

シャルル・ベリエはアレックスたちの地所《ドメーヌ》を新作の舞台として利用していた。

ベリエは子細漏れなく記していた――背の高い草、野に咲く花々、地平線を遮る木立の白い幹、黒い水面で朽ちゆく落ち葉、小さなカエルに変わろうとするオタマジャクシ、沼のまわりに置かれた不ぞろいな石。

主人公の男は地元の狩猟者で、息子と一緒に小さな村で田舎暮らしを送っている。彼の家の向かいにはフレッドという愛称で呼ばれている豚飼いの女が住んでいた。

退屈しのぎに男は自宅の向かいに住むこの若い女を双眼鏡で覗き見しはじめる。どこか野性的な美を感じさせるこの女は孤独で口数が少なく、嘘つきだった。男は彼女にすっかり夢中になる。

焦げ茶色の瞳、栗色の巻毛、青白い肌、顔のあちこちに散らばるほくろ。フレッドを描くにあたり、シャルル・ベリエがアレックスを外見からなにから丸ごとモデルにしたのは火を見るより明らかだった。

作家はこのドメーヌの隅々にまで目を光らせ、どこででも聞き耳を立て、すべてを盗みとったのだ。

読んでいた文章が突然消え、スクリーンセーバーに変わった。アレックスは息苦しさを覚えながらテーブルを離れた。気持ちを立て直すのに時間がかかった。

十七歳のときに父親が口にした台詞が頭によみがえった。父は彼女の書いた最初の小説を読んで、父の友人たちに忘れようにも忘れられない言葉を吐いた。

「この子の書いたものを読んで、怪物を育ててしまったような気がしたよ」

いまならその意味がよくわかる。そしてこれからは四六時中、自分に、アントワーヌに、娘たちに注がれる作家の視線を感じることになるのだろう。大切な家族を好き勝手に利用し、その各々を架空の世界の登場人物に変える視線を感じつづけることになるのだ。一瞬にして、シャルル・ベリエの世界から人間味が消えた。

彼が描くつましい庶民のモデルは自分たちだった。彼が描く周縁とは、自分たちが住む片田舎、自分たちの家だった。

翌日からは、ベリエがパソコンに背を向けた途端、アレックスは矢も盾もたまらなくなった。スクリーンセーバーがテキストを覆い隠してしまう前にベリエの文章を読まなければ、と躍起《やっき》になった。ベリエが席を立って一杯やりに行くか、トイレに用を足しに行くかすると、物語の進展を確認しに飛んでいった。目を通せるのはせいぜい数行。だがそれでも盗み読むのをやめられなかった。

《フレッドは一見とても臆病に見える。だが、人の好いうわべの背後にひそやかな実体があるのが手にとるようにわかる。彼女は燠火《おきび》に焼かれている。その燠火は世界を焼きつくすことができないがゆえに、彼女を内側から舐めつくしている》

ベリエが燠火について書けば書くほど、アレックスは自分が炎に焼きつくされる気がした。彼女はベリエの作品を糧とし、その見返りに作品のほうも彼女を糧とした。その相互作用が強すぎて、現実とフィクションのどちらが優位かわからなくなるほどだった。フレッドがトランプ賭博でいんちきを働いているのを知ったとき、アレックスは自問した。自分だったらどのくらい嘘をついたり、はったりをかましたりできるだろう？　彼女が普段と違う振る舞いをしたときは、その振る舞いをベリエの原稿のなかにはっきりそれとわかるかたちで見出すことになった。豚飼いのフレッドはいかさまを働くだけでなく、そのまなざしや、人生を言葉で表現する彼女なりのやり方を通じて、人生をもっとずっと刺激的で強烈なものに輝かせる才能を持ち合わせていた。

アレックスは、自分には平凡な話を面白おかしくするために少々話を膨らませる癖があるのに気づいていた。だが、それまでその癖にとくに注意を払ったことはなかった。けれどもいま、ベリエの筆がその癖を針小棒大にとりあげ、作品の素材のひとつにしていた。そして物語のなかでは、もはや話を盛る癖といった次元を通り越して、アレックスの存在そのものが変容させられていた。

シャルル・ベリエはアレックスを作品のモデルとして利用した。だがそれだけにとどまらず、自分のパソコンのパスワードを彼女に明かしもした。それは会話の流れでのことだったが、アレックスはベリエの真意をあれこれ憶測せずにはいられなかった。これはわたしを物語に深入りさせるためだろうか？　それともわたしと不健全なゲームをしようとしているのか？　だがそう勘ぐるいっぽうで、まさか原稿を盗み読みされるとはゆめゆめ思っていないから、無邪気にパスワードを明かしたのかもしれないとも考えた。

「きみはわたしのパソコンのパスワードを、おそらくお子さんたちの誕生日か、奥さんの愛称かなんかだろうと考えているかもしれんが、とんでもない。〝ネルヴァル〟だよ。というのも、フォークナーとドストエフスキーを信奉したあと、敬愛する文人として最後までしぶとく残ったのは結局、詩人のネルヴァルだったのさ。彼が死を前にしてどんな行動に出たか知ってるか？　自分のおばにこう書き残したんだ。〝今夜は待たないでくれ。黒くて白い夜になる〟彼はその夜にみずから命を絶つと決めていた。だが、自殺の直前の行動はわかっていない。そんな事情を知って以来、〝黒くて白い夜になる〟という一文がわたしの頭にこびりついて離れなくなった。この文章で彼はいったいなにを伝えたかったのだろう？　死に先立つ夜の数時間が黒くて白かったのか？　それとも、死を目前にした時間が白くて、死んだあとが黒なのか？　いや、その逆なのか？　あるいは死が黒くて白いのか？　こんな問いは無駄だときみは思ってるんだろうな。だが、わたしにとってはまさに強迫的な問いになってるんだよ」

翌日、アレックスが〝ネルヴァル〟と入力すると、原稿の画面が立ち現れた。つまりこれからは、隙あらばいつでも心置きなくベリエの文章を読めるようになったのだ。

《突然、遠くのほう、沼の反対側から葉擦《はず》れの音がして私は夢から引き戻された。老いた反射神経を即座に働かせ、銃を構えて動物が現れ出るのを待つ。向こう岸の正面の茂みが動く。大物に違いない。イノシシだろうか。獲物が出てこないので茂みに狙いを定め、引き金を絞ろうとした瞬間、枝の合間から青白いものが現れた。イノシシではなく、女だ。

それも全裸の。

最初は幻を見ているのかと思った。女が沼で水浴びをしようとしている。

するりと水に入っていくのが見える。水音ひとつなく、緑の水面にさざなみもほとんど立たない。呼吸を止めて見入っているせいでどんどん息苦しくなっていく。自分自身に溺れ死にさせられそうだ。ポケットから双眼鏡をとり出して覗くと、豚飼いの女だとわかる。

女が水際に上がってくるのを――彼女の背中、突っ張る脚、水でやわらかくなった地面にめりこむ足、泥に滑る踵《かかと》、力が入って盛りあがる太腿の筋肉が見える――、そして現れたときと同じように茂みに消えるのをじっと窺う。彼女の姿が見えなくなったそのとき、

私は痺れた身体をようやく起こす。地面に押しつけていたせいで、ズボンの前開きが濡れている》

その日、アレックスは鏡に映った自分の姿を観察した。第三者の目で見ようと心がけ、率直に美しいと思った。少しくたびれた雰囲気が漂い、ほっそりとした身体のあちこちにしわや痣《あざ》やほくろがある。彼女は自問した。わたしは男の欲望をかき立てるタイプなのだろうか？

だが彼女をなによりとまどわせたのは、フレッドの心理を描写した箇所だった。シャルル・ベリエは豚飼いの女を二重人格者として設定し、育むいっぽうで切り裂き、生と死を撒き散らす存在として描いていた。

小説の登場人物はもちろん、現実とフィクションを巧みにブレンドして造形されるものだ。それを承知のうえで、それでもアレックスは自分自身に問いかけずにはいられなかった。これがわたしの本質なのかと。

「わたしってどんな人？」彼女はアントワーヌに尋ねてみた。

「とんでもなく厄介な人だ」アントワーヌは笑いながら言った。

本心からの言葉でないのは明らかだった。彼がつねづねアレックスのことを、もちろん欠点はいくつかあるが、まっすぐでやさしい性格をしていると讃えていたからだ。ささやかなことにも喜びを見出し、何気ない日常と一瞬一瞬の幸せを大切にすることのできる人だとも。

「それに、世界一きれいだよ」

首筋にアントワーヌが唇を押しつけてきた。夫からキスされるたびに、アレックスの身体は例外なく反応した。心地よさに包まれることもあれば、時間帯によっては欲情した。あれほど長い歳月をともに過ごし、あれほど何度も肌を重ね合わせたというのにそれは変わらない。ふたりは十日、あるいは二週間に一度交わった。若いカップルと比べれば回数は少ないかもしれないが、激しさでは負けていなかった。その抱擁は情熱的で、ときに荒々しいほどだった。やさしさのまじったセックスは、アレックスにとっては胸の悪くなる、だらけた甘ったるい行為でしかなかった。彼女は肉欲と情愛をまぜこぜにするのを嫌っていた。

彼女の情愛、それは娘たちに振り向けられていた。彼女は愛情たっぷりに娘たちを抱きしめてキスし、そうした行為を通じて狂気の善き側にとどまることができた。夜になると娘たちにやさしく読み聞かせをし、自作の物語を披露した。彼女は語りの才に恵まれていたが、それはたくましい想像力と鋭い観察眼の賜物《たまもの》だった。集団に溶けこみ、自分の存在を消し、あらゆる物事を見聞きするのが昔から得意だった。その才能は彼女を偉大な小説家にするには足りなかったが、少なくともわが子に自作のお話を語り、夢中にさせることはできた。

記憶にあるかぎりの昔から、アレックスはつねに友人たちの打ち明け話の相手だった。向こうは悩みを吐露するが、彼女には誰もなにも尋ねない。だが聞き手としての役割に彼女は百パーセント満足していた。すべてをつぶさに観察できる恰好の機会だったからだ。なかでもあの同級生のことはよく覚えている。毎夕、学校が終わると彼女の家まで一緒に帰ったものだ——この習慣は中学二年生から始まった。その子はレジスなりダヴィドなりに対する恋心や、最近の買い物品や、心を苛《さいな》む良心のとがめなどについてとめどなくしゃべった。五年にわたってその子の自宅がある建物の入り口まで付き添うあいだ、相手はなにひとつアレックスには尋ねてこなかった。アレックスの考えなど相手にとってはなんの価値もなかったのだ。

アレックスがつくる物語はいつも身近で起こった出来事に色づけされていた。このところ娘たちに語って聞かせている新作の主人公は、カメレオンのように自由自在に姿を変える少女で、大きな赤い狼と戦っていた。たいていは少女が勝利したが、けっして連戦連勝ではなく、逃げきれずに脚に噛みつかれたこともあった。そのせいで身体に傷と青痣ができ、一生消えない噛み跡が残った。

アガトは狼のちょっとした勝利や少女の肌に刻まれた消えない傷跡に魅せられ、結末の見えない狼との戦いに慄《おのの》きながらも夢中になった。

アレックスのつくる物語のなかでは主人公ですら苦しんで血を流し、敗北を喫することも打ち負かされることもあった。さらには命を落とすことも。主人公が試練という試練を無傷でくぐり抜けてばかりいたら物語は面白くならない、そう彼女にはわかっていた。

彼女は夜遅くまで物語をどんどん展開させた。アガトは黒い瞳で母の瞳を食い入るように見つめた。何時になっても眠ろうとせず、混乱が起こるのを待ち、最後に少女が赤い狼に貪り食われてしまうのではないかと恐れるのと同時に期待した。

アレックスの声音に引きこまれて姉のタイスも話に聞き入った。姉の身体にしがみついているアガトとタイスを前に、アレックスは物語の続きを語りつづけた。

そんなアレックスの人生が一変したのは八月十日、彼女の誕生日のことだった。

第六章　黒くて白い夜

二〇一八年八月十日

アレックスはいつものように朝早く目が覚めた。ベッドから出ようと半身を起こすと、アントワーヌが目を開き、寝ぼけ顔でアレックスの身体をつかんでベッドに引き倒した。そしてその首に唇を寄せてささやいた。

「誕生日おめでとう」

その日はアレックスの四十歳の誕生日だった。彼女はほほえみながら肩をすくめて言った。

「どうでもいいことよ、でしょ?」

誕生日を気にする人もいるのだろうが、アレックスはとくになにも感じなかった。また一年、これまでと同じように年をとっただけだ。四十の大台に乗ったことすらどうでもいい。

「〝四十代の危機〟ってやつにどんなふうに対処するつもりだい?」アントワーヌはからかうように言った。「愛人でも持ってみるか?」

軽い口調だったが、アントワーヌが相手だと慎重に構える必要があった。口には出さないが、妻が赤毛の狼に得も言われぬ魅力を感じていることを嗅ぎとっているかもしれないからだ。

彼女は笑った。

「肉体的なチャレンジに挑戦しようかと思ってる。ちょっと痛いけど、結構きれいなやつ。タトゥーよ」

「いいね」うっとりとした表情でアントワーヌは言った。「セクシーだろうな」

アレックスは夫にこの一週間で十回目となる約束をさせた。誕生日のサプライズパーティーは開かないという約束だ。彼女にとっては四十歳も二十八歳も三十七歳もみな同じだし、記念のイベントやプレゼントにもまったく興味がない。アントワーヌは「わかった」とうなずくと、娘たちと買い物に出た。そうしてアレックスはシャルル・ベリエとふたりきりになった。

ベリエはその日がアレックスの誕生日だとは知らないようだった。自分が話題の中心になっているわけではないことを知ってアレックスはほっとした。ベリエはまるで彼女の願いを叶えるかのように、彼自身の私生活についていつにも増して滔々と語った。

「わたしの愛人はあいつが呼ぶところの〝女らしさの強要〟ってやつを毛嫌いしていてね。化粧はほとんどしないし、髪だってめったに整えない。シャンプーはせいぜい週に一度。毛染めに手を出したこともない。だから額に落ちる髪はごっそり真っ白だ。思うに、わたしはあいつのそんなところに惚れたんだな。まあ、こんなことは口にしないほうがいいんだろうがね。対する妻は真逆のタイプだ。毎週土曜の朝は美容院通いだし、三週間に一度はエステでの手入れに余念がない。その甲斐あってか、会った人みんなにものすごい美人だと褒められる。なのになぜ愛人を、と怪訝《けげん》に思ってるんだろうね」

アレックスはにっこり笑ってうなずいた。

「ええ。でも、奥さんのほうがきれいだからそう思っているわけじゃありません。すごく疲れるんじゃないかと思うんです。しょっちゅう嘘をついて、隠し事をして、時間をやりくりして、愛人からのショートメッセージをこそこそ消したりして。恐ろしく面倒なんじゃないかと」

ベリエは驚いたような顔をモニターから上げ、アレックスをいつもより長めにまじまじと見た。それから例の傍《はた》迷惑な笑い声をあげた。

「浮気の経験は？」

「いいえ、一度も」

「だが、浮気しようと思ったことはあるんだろ？　でなきゃ、さっきみたいに浮気の不都合をとっさに並べ立てたりできないはずだ。違うか？」

確かに浮気について考えたことはある。だが、だからと言ってそうしたいと望んだわけではない。浮気を通じて実人生と異なる人生を心に思い描くことは、アレックスにとってごく自然な行為だったのだ。

だが、なにも言わないほうがいいと思った。それに相手はすでに別の話題に移っていた。

「愛人がこれまたインテリな女でね」

ベリエはそこで一拍置いて遠い目をすると、内にこもった怒りを感じさせる口調で続けた。

「まったく、知恵をつけた女は手に負えん！　あいつらのせいでわれわれの人生はめちゃくちゃだ！　あいつらは厄災だ！」

シャルル・ベリエが憤慨したようすを見せたのはこれがはじめてだった。アレックスはその表情を眺めながら、似てはいるが違う誰かを前にしているような、彼の邪悪な分身が突然姿を現したような気がした。

ずいぶんな問題発言だったが、聞き流そうとアレックスは思った。なんと言っても向こうは客だ。それに議論を戦わせるには疲れすぎている。

その日はそれ以上何事もなく夜になった。

夜八時、アレックスは嫌な予感に襲われた。アントワーヌがしきりにこちらのようすを窺っているし、娘ふたりもそわそわと落ち着きがない。どうやらサプライズが仕組まれているようだ。願わくはそれが誕生日のパーティーではなく、花火大会や大掛かりな演劇ショーなどであってほしい。だが花火や芝居が準備されている気配はなく、八時三十分になるとアントワーヌに寝室に引っ張っていかれた。そして唐突に抱きついてキスをするという見え透いた手で少しのあいだ室内に留め置かれた。アレックスと同様、アントワーヌも隠し事が下手だった。

謎のキスを受けたあと、階下《した》へ下りていくと歓声に迎えられた。集まった人たちが「お誕生日おめでとう！」と叫んでいる。予想はついていたが、それでも胸が苦しくなった。思わず一歩あとずさると、アントワーヌに背中を押された。客のひとりひとりと抱き合っているあいだ、アレックスは必死につくり笑いを浮かべていた。こうしたハグは大の苦手で、できればその場から逃げ出したかったし、それが無理ならせめて数歩ほど相手と距離を置きたかった。それに自分に集まる視線と関心を逸らしたかった。緊張をやわらげようと、アレックスはアルコールのグラスを口に運んだ。五杯飲んだところでようやく肩の力が抜けてきた。アントワーヌが音楽をかけていたので、星空のもと、パーティー客たちがテラスに出て踊りはじめた。時折友人たちがアレックスを抱擁し、四十に手が届いたことについてたわいもないコメントを述べた。女にとって人生でいちばん美しい年齢だとか、四十になったからってどうってことはないとか。〝四十代の危機〟を茶化す人もいた。そんなすべてをアレックスは笑って聞き流した。

酔いが現実の輪郭をぼかし、アレックスの不安は夜の闇に溶けていった。けれども一瞬、ぎくりとした。目の前に顔をしかめた小さな猿が現れたからだ。続いて頬と額に蜘蛛の巣が描かれた魔女も飛び出してきた。母親の驚きように気づいたアガトが仮装マスクをはずし、猿がたちまち小さな子どもの顔にとって代わった。ケタケタと嬉しそうに笑うアガトに対して、魔女に扮していたタイスのほうは遠慮がちに笑みを浮かべた。蜘蛛がタイスのまわりで踊っているようなやさしい笑顔だった。

娘たちがふたたび猿と魔女に扮すると、アレックスには世界がわずかにその様相を変えたように思えた。見逃してしまいそうなほどほんのわずかに。

アレックスはしばらく飲みつづけたあと無我夢中で踊り出した。自分が話題の中心になっている会話から逃れたかったし、音楽に没頭したかった。顔を天に向け、目をつぶって身体を揺らしていると、突然灯りが消えて家が闇に沈んだ。あたりが静寂に包まれ、暗闇が世界を満たした。どうやら停電したらしい。最初の驚きが覚めるとほうぼうから声が聞こえはじめたが、それは意味を成さない騒音だった。いっとき石のように固まっていた人たちがふたたび動き出した。だが動きはスムーズさを欠き、あちこちでぶつかり合ったり錯綜したりした。停電の原因はヒューズ切れだった。

アントワーヌがヒューズを修理してパーティーが再開した。だがすでにパーティーの高揚感は失せていた。盛りあがりに水を差された出席者たちはひとり、またひとりと帰っていった。娘ふたりも眠ってしまった。アントワーヌは後片付けをはじめたがすぐに疲れ果ててソファーに倒れこみ、アレックスが気づいたときには深く寝入っていた。彼女自身は神経が高ぶっていてベッドに入っても眠れないとわかっていたので、片付けに精を出すことにした。

「きみの短篇をひとつ読ませてもらったよ」

急に声がしたのでアレックスは皿をとり落とした。ふたたび闇に包まれていた畑から突然シャルル・ベリエが姿を現した。アレックスはパーティーの客たちにまじって何度かベリエの姿を見かけたような気がしたが、確信はなかった。あるいはパーティーのあいだじゅう部屋からアレックスたちのようすを窺っていたのかもしれない。とにかくいま、目の前に作家の巨体が立ちはだかっていた。

「ご主人が読ませてくれたのさ。彼はきみの大ファンなんだね。もっとも、わたしもそうだが。だからこそ嘘は言いたくない。率直に言って、きみがつくり出した主人公には確たる実体がない。そのいっぽうで、主人公のモデルとなった人物にはちゃんと実体がある！　デュポン・ド・リゴネスを主人公にしようと決めたのなら、少なくとも彼を公正に扱ってやらんとな。つまりあの男を光と陰の二面性のある複雑な人物に、〝感じがいい〟とまで形容できるような人物に仕立てることだ。すばらしい文学作品をつくり出すには作中人物を愛することが肝要だ。どんなにおぞましい人物でも。愛がないからきみの物語には面白みがないんだよ」

「妻子を殺した人間を愛することには抵抗が……」

「そんなことはないだろう！　そんな月並みな反応はほかの人に任せておけ。心の奥底にある感情を解き放つんだ。奥の奥にうずくまっていて、きみが必死に抑えこんでいる感情を。身に覚えがあるはずだ。デュポン・ド・リゴネス。やつは自由な人間の典型だ。あるべき自分になろうとして、家族という重荷を捨て去る勇気を持った人間だ。故郷のイタケー島におのれを繋ぎ止める束縛の鎖から解き放たれたオデュッセウスそのものだ。オデュッセウスは哀れだよ。彼は英雄だった。ひとつ目の巨人キュクロプスを打ち負かし、キルケの腕で愛を味わった。なのにどうしたと思う、あの愚か者は？　航海を続ける代わりにみずからのこのこ故郷の島に舞い戻ったのさ！　鎖につながれるために。結婚という名の、父親という名の鎖に。まったくとんだ愚か者だよ、そうだろう？」

アレックスはシャルル・ベリエがふたたびその邪悪な分身に変わるのを見た。そして次の瞬間、彼のおぞましい分身がいきなり片手を伸ばしてきて彼女の腕をつかんだ。アレックスはその手を振りほどこうとしたが、力が強くて無理だった。逃れようともがけばもがくほど相手はさらに力をこめ、ついには彼女を引き寄せた。アレックスは必死に抗ったが、叫び声を聞かれないようにするためだろう、無理やり畑の奥に引っ張りこまれ、Tシャツをむしりとられた。首元をつかまれて思いきり引っ張られたので布地が破れた。アレックスはベリエを押し返そうとした。だが一ミリも動かなかった。アレックスがその手から逃れようとしゃにむに抵抗していることさえベリエは気づいていないようすだった。

アレックスは彼を拳で殴りつけた。最初は肩を、次に顔を。すると頬を張られた。それまで受けたことのないような激しい一発で、一瞬意識が飛び、はっと気づいたときには地面に倒れていた。起きあがろうとしたが、草むらに押し倒された。そして恐ろしいほどの力で身動きを封じこまれた。

シャルル・ベリエは彼女の喉に体重をかけて地面に押さえつけると、両腕を開かせて左右の手首をつかんだ。アレックスの片手が石にぶつかって切れ、血が流れ出た。

ベリエはアレックスの胸に顔をうずめ、乳房を舌で舐めまわした。

アレックスは恐怖のあまり自分自身の奥深くに逃げこんだ。腹のなかに全神経を集中させ、心、胸、性器から意識を逸らした。そうして誰にも手の届かない遠い場所へと逃げ去った。残された身体はほかの女のものだ。その見知らぬ女の身体の痛みや絶望は、自分とはなんの関係もない。自分はいま、誰にも損なわれない場所にいる。

悲鳴をあげて抵抗する代わりに、彼女は完全に身を委ねた。布人形のようにされるがままになり、風景に溶けこんだ。

大地のにおいがする。夜のこの時間、土のにおいはわずかに湿り気を帯びている。草や野の花のにおいもする。

シャルル・ベリエはすでに自分のジーンズのボタンをはずそうとしていた。

アレックスが夜のなかにみずからを葬り去ろうとした瞬間、顔の上に広がる闇が割れ、星の雨が降ってきた。その美しさに、彼女ははっと息をのんだ。

その直後、はらわたの奥深くをさまよっていた自分自身が戻ってきた。混乱と怒りを引き連れて。あるいは戻ってきたのは、自分自身ではなくて別の女だったのかもしれない。そしてその女がアレックスの四肢を乗っとった。いままで姿を隠していた彼女の姉妹が。狂気に駆られた、恐れ知らずの双子の片割れが。

ベリエはジーンズを下ろそうとしてアレックスの手首から手を離した。その瞬間、彼女のなかにいるもうひとりの女、猛り狂う女が石を握りしめ、作家の頭に打ち下ろした。だがベリエは逆に彼女を押さえつけようとした。そこでふたたび石を叩きつけた。一度、二度。シャルル・ベリエの腕の力が緩むのがわかるまで何度でも。

シャルル・ベリエはなにかに身を任せるようなおかしな動きで身をのけぞらせると、そのままどうと仰向けに倒れた。その堂々たる体軀《たいく》を星空に、やわらかな草むらに、闇に委ねた。

絶命したとすぐにわかった。空中に鉄と土のにおいが広がった。アレックスはシャルル・ベリエの身体から彼の実体がどんどん流れ出ているような気がした。そしてすぐに安らぎに包まれた。宇宙の尺度に立てば、シャルル・ベリエの死はとるに足らない偶発の事故にすぎない。彼女は自分自身が宇宙と溶け合うのを感じた。シャルル・ベリエが好きだったネルヴァルの言葉が頭に浮かんだ。〝今夜は待たないでくれ。黒くて白い夜になる〟

その瞬間、彼女はネルヴァルの遺したこの言葉の意味の本質を心の底から理解した。確かに黒くて白い夜だった。


黒くて白い夜だった。

第七章　もしも……

彼女は携帯電話を手にした。警察に連絡して、人を殺したと伝えなければ。だが、呼び出し番号〈17〉を押す前に携帯電話の懐中電灯を点けてみた。シャルル・ベリエのぴくりとも動かない身体が照らし出された。表情を確かめようと目を凝らして驚いた。顔が消えている。作家の顔は血みどろの肉の仮面に変わっていた。石でめった打ちにされたせいで、ベリエはどこの誰ともわからない顔になっていた。アレックスの怒りが、その顔を血まみれの屑肉《くずにく》に変えたのだ。彼女は意識的に刑事の目で死体を眺め、その結果、状況が自分にとってどれほど不利かを痛感した。なにしろ目撃者はいないし、挿入の行為があったわけでもない。つまり、シャルル・ベリエに犯されそうになったことを示す証拠はどこにもない。いっぽうパーティーの大勢の参加者は、「あの夜、アレックスは泥酔状態にあった」と証言するだろう。神経を高ぶらせて興奮していたとも。精神科病院に収容された経験があるため、警察は正当防衛だというこちらの主張を疑うはずだ。過去の暴力が今夜の暴力に歪んだ光をあてる可能性はじゅうぶんある。

アレックスの脳裏に、法廷に立たされ、弁護士や判事や傍聴人たちの視線を一身に浴びている自分の姿が浮かんだ。世間にとってアレックスは、偉大な作家シャルル・ベリエを殺害した女であり、罪人なのだ。

アントワーヌと娘たちが裁判を傍聴するシーンも頭に浮かび、アレックスは底知れない悲しみに襲われた。あの子たちはいったいどんな目に遭うだろう？　校庭で嘲笑や嫌がらせや暴力を受けるに違いない。タイスとアガトの苦しみを思うと臓腑がよじれた。でも、どうすればいい？　自首する以外に選択肢はあるのだろうか？

だが、ほかの選択肢はどれもこれもあまりに危険で、常軌を逸しているように思われた。

それでも彼女の頭はほかの可能性をあれこれ探りはじめた。

もしも……。

〝もしも〟を文頭に置いて考えをめぐらせながら、アレックスは自分がいま、運命の分岐点にいることを意識した。目の前には道が何本か延びている。そのどれを選ぶかで、人生の行き先が変わってくる。

もしも……。

自分自身を深淵に真っ逆さまに突き落とすことになるこの狂気に満ちた〝もしも〟の思考を止めたかった。だがそんな思いとは裏腹に、仮説が仮説を呼び、道はどんどん枝分かれしていった。

〝現在〟はもはや一方通行の高速道路ではなく、無数の道に分岐して延びていた。

もしも……。

頭のなかの声は口をつぐむのを拒んだ。アレックスにはもうその声を黙らせることも、制御することもできなかった。

もしも……。

彼女のなかで本人の知らぬ間に秘密の計画が企てられていた。複数のシナリオがひとつにまとめられ、彼女がこれしかないと考えている物語とは別の物語を勝手につくりあげていた。

差しあたり、実際に起きたことを知っているのは自分ひとりだ。そしてシャルル・ベリエがここに滞在していたことを知っているのは自分とアントワーヌと娘たちだけだ。ベリエの妻、愛人、子どもたちも含めて誰ひとり彼の居場所を知らない。本人がそう望んだからだ。誰にも邪魔されない場所で執筆に専念できるようにと。アレックスはパーティー客にシャルル・ベリエがまじっていなかったか必死に記憶を探った。いや、ベリエはいなかったはずだ。彼を目にしたのはもっと遅く、客たちが帰ってしまったあとのことだ。パーティーのあいだはずっと部屋に引きこもっていたに違いない。

もしもシャルル・ベリエの死が明るみに出れば、警察がすぐに動き、彼の足取りを即座に突き止めるはずだ。銀行カードの明細や、おそらく携帯電話の通話記録などを手がかりにして。近所の人がベリエを見かけている可能性もある。この時代、司法捜査が開始されればあとは時間の問題だ。警察はあっという間に捜査対象を絞りこむだろう。

ほかに打つ手はない。自分の犯した行為によって家族に迷惑がかからないようにするには、シャルル・ベリエに生きつづけてもらわなければならない。彼をプティ・マルス村から旅立たせ、なんとしてでもこの家と娘たちから遠ざけなければならない。どこかよそで生き、どこかよそで死んでもらわなければならない。ここから遠く離れた場所で。

ベリエに別の物語をつくってやる必要がある。そして彼の死に、もうひとつ別のシナリオを与えるのだ。

それは突飛で非現実的なアイディアに思えたが、ほかにどんなに頭をひねっても、それよりいい考えは浮かばなかった。問題のいくつかは一見、克服不能に思われた。その最たるものが死体の問題だ。ベリエをどこかよそで生きているように見せかけたとしても、目の前には石で打たれて息絶えた巨体が横たわっている。

ベリエが架空の世界でつつがなく生きていけるように、まずは彼の残骸を処分しなければならない。

アレックスは闇に沈む自宅に視線を向け、それから空に目を凝らした。午前三時。ということは、遺体の処分に使えるのはせいぜい四時間。

けれどもベリエの巨体は重かった。重すぎて、両肩をつかんで引っ張ってみても、十センチ動かすのがやっとだ。どんなに力をこめても埒《らち》が明かない。ベリエの体重はひょっとして数百キロもあったのだろうか？それに死がその身体に重くのしかかっているような気もする。疲れきったアレックスは死体を引きずって動かすのをあきらめ、その横にがっくりと膝をついた。涙のせいなのか、あるいは目に入る汗のせいなのか、目がかすんでよく見えない。

シャルル・ベリエの服に手を走らせ、ポケットをまさぐった。女性がひとりで映っている写真が見つかった。妻だろうか、それとも愛人か。もしかしたら別の女かもしれない。写真のほかに鍵束、ライター、財布も入っていた。彼女はベリエの所持品すべてをとりあげた。

それから周囲を見まわして、死体を隠すのに最善の場所を探した。グザヴィエ・デュポン・ド・リゴネスのやり口を調べることで、彼女は豊富な知識を得ていた。とくに精通したのは死体の腐敗プロセスだ。シャルル・ベリエはいま、ねっとりとした金臭いにおいを発している。だがこれから数時間、数日のうちに耐えがたいにおいを放つようになるはずだ。だから、屍肉が手っとり早く腐る場所に彼を隠さなければならない。あるいは、死体の腐臭を悪臭が覆い隠すような場所に。そう考えてふとひらめいたのは、白樺の森の手前、小屋から数メートルのところにある堆肥の山だった。けれども彼は超ヘビー級だ。あの重たい図体をどうやってあそこまで運べばいい？アレックスは落ち葉を集めて燃やしに行くときに使っている古い鉄製の手押し車に頼ることにした。

物置へ行き、扉を開けて天井灯を点け、低木を切るのに利用している大きな剪定ばさみを探した。それから死体のもとに舞い戻り、草むらにひざまずいた。確かシャルル・ベリエは左利きだったはずだ。ここは重要なポイントで、間違いは許されない。アレックスは彼の手をとると、指と指のあいだをめいっぱい広げ、剪定ばさみを差し入れて人差し指の切り落としにかかった。それは時間のかかる大変な作業だった。人はえてして人体をか弱いものだと考えがちだ。だが、どうしてどうして、なかにはこんなにも言うことを聞かない強情な身体もあるらしい。

先端から関節ふたつ分の人差し指をようやく切り離したとき、アレックスはもう何時間も指と格闘したような気がした。だが実際には十五分ほどの作業だった。

彼女はTシャツの切れ端でシャルル・ベリエの指を包むと、はいていたジーンズの尻ポケットに収めた。

それから立ちあがり、用意していた手押し車に遺体を引きあげようとして考え直した。そしてふたたび死体のほうに屈みこみ、その長くて赤い巻毛の束を切りとった。

シャルル・ベリエを手押し車に載せるのにゆうに三十分以上はかかった。両肩を持って引きあげたり、手押し車の前部を死体の下に押しこんでみたりしたがうまく行かない。アレックスはそのたびにくじけ、気をとり直し、ふたたび挑戦するというサイクルを繰り返しながら一ミリずつ勝利をもぎとっていった。

堆肥の山のそばに穴を掘る作業も残っていた。肩がぎしぎし痛み、両手にまめができた。額から流れ落ちる汗が目に沁みて、涙が出た。

そうして掘った穴のなかに死体を転がり落とすと、今度は死体が隠れるように堆肥の山を穴のほうへ五十センチほど動かした。

それからアレックスは凶器となった石を黒い沼に投げ入れた。石はたちまち黒い水のなかにのみこまれていった。シャルル・ベリエの血がついた小石はひとところに集めてとっておいた。

精も根も使い果たし、上半身裸の汚れきった姿で家に戻ったとき、空が白み、薄日が射しはじめた。ぎりぎりのタイミングで間に合ったのだ。

彼女は集めたものを缶箱に注意深く収めた。財布、鍵束、ライター、切りとった人差し指、髪の束。そして血のついた小石。

そのあとシャワーを浴びた。ベリエの血と自分の血、土、汗、埃が排水口に吸いこまれていく。こらえきれずに涙が頰を伝った。

それからネグリジェを着て、ベッドに潜りこんだ。

目を覚ますと昼だった。家族はみんなテラスにいた。アントワーヌがやさしい笑顔を向けてきた。

「いままで頑なに誕生日のパーティーを嫌がってきたのが嘘みたいだな。昨夜パーティーを開かなかったら、残念な誕生日になってたって思うだろ?」

アレックスは発作に襲われたように甲高く笑い、そんな彼女をアントワーヌはあっけにとられたように見つめた。

その日、アントワーヌと娘たちは夕方まで馬で遠出をすることになっていた。アレックスは家族が出ていくとすぐにシャルル・ベリエの部屋へ飛んでいった。そして彼の旅行カバンに、ノートパソコンと身分証を除いたすべての私物を手あたり次第に詰めこんだ。

そのあと、旅行カバンと破れたTシャツとジーンズを畑の奥にある焚き火台まで運んだ。そしていつもは落ち葉を燃やしているその台に運んできたものを載せると、ガソリンをかけて火をつけた。

今日は風がないから燃え広がることはないだろう。アレックスはそう判断して家に戻った。仕事はまだまだたくさんある。彼女はベリエが泊まっていた部屋を片付けると、その痕跡を消すために殺菌漂白剤を使って丁寧に雑巾がけをした。

掃除がすむと、事件現場に戻って状況を確かめた。昨夜はなぎ倒されて折れ曲がっていた背の高い草も、イソップ物語の葦《あし》のようにもうしゃんと頭をもたげている。シャルル・ベリエの血もすでに地面に吸われて消えていて、野に咲く花にもとくに変わったようすはない。昨夜の出来事の証拠品となるのは殺害に使われた石だけだが、それとてすでに黒い沼の水底に沈んでいる。

焚き火台では旅行カバンが灰と化していた。アレックスがそこにガソリンをさらに少し振りかけると、炎がベリエの最後の名残を舐めつくした。

もちろん、何事にも完璧というものはない。灰のなかには革や金属のかけらが残っているはずだ。犯罪捜査課の鑑識班がこの家を徹底的に調べれば、ベリエのDNAが見つかるだろう。そして当然、死体も。堆肥が死体の腐敗を早めるにせよ、完全に分解されるまでには数カ月はかかる。となれば、警察がやってきて地《ドメ》所《ーヌ》を調べるような状況はなんとしてでも避けなければならない。そのためには自分がここを離れ、ベリエに別の人生を、そしてなにより別の死を授けなければならないのだ。

夕方、アントワーヌと娘たちが馬での遠出を楽しんで帰ってきたとき、目に見えるかたちでのシャルル・ベリエの痕跡はどこにも残っていなかった。泊まっていた部屋はすっかり掃除され、風が通されていた。アレックスは焚き火台の灰も忘れずにとり除き、森に撒いた。最初の嘘も用意ずみだった。

「あの人はどこだ?」アントワーヌが尋ねた。

「今日ここを発った。急にパリに戻るって言い出して」

「いきなり?」

「天才がどんなだか知ってるでしょ。気まぐれで衝動的で……」

アントワーヌは解せない顔でアレックスを窺った。そして娘たちが部屋に上がるとすかさず尋ねてきた。

「なにかあったのか?」

心に迷いが生まれ、アレックスは言いよどんだ。そして自分の顔には罪のしるしが刻まれているのではないか、自分の手にはシャルル・ベリエの血がまだついているのではないかと落ち着かない心地になった。

グザヴィエ・デュポン・ド・リゴネスの前準備は念入りだった。捜査官たちはアンドル県のサン＝モールにあるホームセンターのレシートを発見した。買った物のなかには粘着フロアシート一パックと特大ゴミ袋のロール一本が含まれていた。彼はほかにもナント近郊の複数の店でセメントとシャベルと十キロ入りの石灰四袋を購入していた。

殺人鬼の用意周到ぶりを思い出してアレックスは情けなくなった。自分の場合、ハード面での細かい目配りが圧倒的に欠けている。だが冷静に考えた。わたしは頭が切れる。聡明な頭脳がようやく身を助ける時が来た。じっくり頭を使い、戦略を立てればなんとかなる。なんだかんだ言って犯罪者のほとんどは手の施しようのない馬鹿だ。なのにエミール・ルイ（一九七〇年代に七人の女性を強姦・殺害）、クロード・デュナン（一九八〇年代に複数の女性を自宅に監禁して拷問。そのようすを有料で〝客〟に見せていた）、ギ・ジョルジュ（一九九〇年代に七人の女性を強姦・殺害）は何カ月も何年も警察の手から逃れつづけることができた。抜け目がなく、細かい点にまで気のまわるわたしなら、捜査の網の目をすり抜けることも不可能ではないだろう。

その夜、アレックスは一睡もできなかった。まんじりともせずベッドに身を横たえながら、何時間もかけて計画の第一段階の細部を練った。シャルル・ベリエを人々の眼前によみがえらせ、殺人の咎《とが》をわが家と家族から遠ざけるために。

第八章　エレオノール・ドゥレルム

計画のヒントになったのは娘たちの無邪気なコスプレだった。誕生日のパーティーでふたりはそれぞれ仮装マスクをかぶっていた。小猿とやさしい魔女。そう、わたしも別人に扮するのだ。だが、いったい誰になりすませられる？　それを見きわめるにはまず自分自身を把握しなければ。そう考えたアレックスは、自分がかつてそうであった例しのなかった女性のタイプを次々にリストアップした。それはかなりの数にのぼった……。

ベリエの部屋を掃除し、彼の持ち物を処分したあと、アレックスは自分の外見を客観的に分析する作業にとりかかっていた。髪は栗色のセミロング、瞳は茶色。肌は青白く、ほくろが散っている。身長は一メートル六十八センチ、体重は五十七キロ。普段、服装にはほとんど気を使わない。ズボンが定番で、よくはいているのはジーンズだ。それにくたびれたTシャツかタートルネックのセーター。いつもすっぴんで、メイクはまったくしない。趣味ではないし時間もない。それに誰もメイクのやり方をきちんと教えてくれなかった。改まった場に出るときには黒いアイラインを引くだけですませてきた。人には身なりに構わないだらしのない女だと思われているはずだ。それでもアントワーヌはナチュラルで美しいと思ってくれている。だが彼の意見は客観性に欠けるだろう。アレックスはこれまでの人生、ずっと自分に自信が持てなかった。そして人をひとり殺してしまったいま、自己評価が高まるはずがない。

正体を見破られないようにするためには、これまでの化粧っ気のない田舎女の対極を目指すべきだろう。

だがもうひとつ、乗り越えなければならない大きな障害が立ちはだかっていた。なりすます女の身分証が必要だということだ。アレックスはある女性バカンス客が去年の夏、共済健康保険証と図書館利用者カードを忘れていったことを思い出した。小柄で潑剌《はつらつ》とした赤毛の美人で、年齢は三十代後半。現代文学を研究していると言っていた。バカンス客の忘れ物はほかにもあり、その数は相当なものだった。人はある場所を発つとき、なにかしら忘れ物をするものらしい。客がとりに戻ってくる場合に備えて、アレックスはそれらを古い箱にまとめてしまっていた。目玉がひとつとれた熊のぬいぐるみ、ミニカー、口紅、本、下着、ブルゾン、コンタクトレンズ二枚、髪どめ、子どもたちが拾い集めてきた宝物——栗、落ち葉、ドライフラワー、小石。

アレックスは忘れ物を収めた箱から共済健康保険証と図書館利用者カードをとり出した。あのときアレックスは持ち主のエレオノール・ドゥレルムに電話をかけ、「郵送しましょうか?」と尋ねた。すると相手はそれにはおよばないと断った。近々夫と一緒にシンガポールに引っ越すからと。それに共済健康保険証はすでに有効期限が切れているし、図書館のカードも二カ月後には期限切れになるから、どちらももう必要ないとのことだった。

図書館利用者カードにあるエレオノールの写真は二十代のものと思われた。いまのアレックスと見比べたとき、おおざっぱな憲兵や警官なら、〝老けてイメージが変わったな〟ぐらいにしか思わないだろう。新しいエレオノールの身分を証明するものはほかにない。身分証の提示を求められた際にこれだけで事足りるよう祈るだけだ。

「なにかあったのか?」

しつこくアントワーヌに尋ねられて、結局アレッククスはうなずくしかなかった。

「わたしのこと、待っててちょうだい」アントワーヌを抱きしめながら彼女は言った。「必ず戻ってくるから、お願い」

「ええ、ある出来事が起こったの。人生を一変させるような出来事が。だけど、わたしがすべて丸く収めるつもり」

アレックスは言い足した。

「あなたは詳しく知らないほうがいい。わたしたち双方にとってそのほうがいい。誰かに尋ねられても、知らなければなにも答えずにすむ。あなたが言えるのは、わたしが数週間ほどここを留守にすることだけよ」

それからアレックスはこれから各々がすべき事柄の要点を整理し、娘たちにはアントワーヌから「ママは本を書くため数週間よそに行くことにした」と説明してもらうことにした。

シャルル・ベリエについては何度もアントワーヌに念押しした。あの人は八月の数日間だけここに滞在し、そのあと出ていったのだと。

第九章　蛹《さなぎ》

二〇一八年八月十二日

　翌日、彼女はアントワーヌにナントまで車で送ってもらった。道中ずっと、アントワーヌは顎をきつく嚙みしめていた。なにも訊かないでくれとアレックスに懇願されていたから、問い質さないように必死に我慢したのだろう。彼女はアントワーヌの大きな青い瞳を覗きこんだ。だが相手の考えを読むことはできず、シャルル・ベリエと妻が相次いで家を出るという事態をどう受け止めているのかわからなかった。

　アレックスは一瞬、すべてを打ち明けてしまいたい衝動に駆られたが、思い直した。シャルル・ベリエを殺したことを明かせば、おそらく自分の心は軽くなるだろう。だがアントワーヌの良心はうずくはずだ。罪を告白することは、罪悪感という重荷をひとりで背負わないようにするための身勝手な行為だ。アレックスはしかたなく、真実を自分の胸だけに収めることにした。

　アントワーヌとは駐車場で別れた。彼の〝じゃあな〟にやさしさはなく、言葉にされない思いと怒りがあふれていた。引き止めて夫に抱きつきたかった。けれども〝じゃあな〟に永遠の別れの色合いをつけてはならない。抱きついたりすればアントワーヌはもう黙ってはいないだろうし、問い詰められれば真実を打ち明けるという誘惑に抗える自信はない。

　車が遠ざかり、愛する夫が消えていくのをアレックスはただじっと見つめた。

　それから店をめぐって買い物をした。真っ先に買ったのは化粧品だ。オータムカラーのメイクパレット、口紅二本、真っ赤なマニキュア。服は一新することにした。身体に密着するミニスカートの黒を二着に赤を一着。それと、これまたボディラインに張りつく派手な色合いのカットソーを数枚。ヘアカラー剤はいかにも人工的な赤毛に染まるものを選んだ。

変身の作業にとりかかる前に一時間ほどのんびりすることにした。このところバタバタと忙しかったから、長旅に出る前に呼吸を整えておいたほうがいい。彼女はナントの中心部を出てロワール川へ向かうと、造船場まで川沿いに歩いた。考えごとに集中しようとしたが無理だった。思考は一貫性も方向性もなく無意味にさまよい、漂う雲や流れる川や道行く女性の残り香をぼんやりと追った。

遠方ではロワール川の広大な水面がきらめいている。だがすぐ近くに目を転じると、川面《かわも》にビール瓶が浮かんでいた。これはわたしだ。わたしは流れに漂う捨てられたごみだ。アレックスはそんな思いにとらわれたが、それもほんのつかの間で、すぐに別のつかみどころのない雑念が次々に立ち現れては消えていった。

不思議に気持ちが落ち着いた。だがそれは心が安らぎを得たからではなく、冷たく冴えわたったからだった。破滅を確信して、開き直ったかのように。

川べりを一時間ほど歩くあいだ、彼女は静かに絶望の苦い味を噛みしめていた。

その日の午後、アレックスはみすぼらしいホテルに部屋をとった。数十年前、ナントが海洋貿易と春をひさぐ商売でまだ栄えていた頃に、港にひしめいていた売春宿の生き残りとおぼしきホテルだ。その九平米にも満たない部屋で、彼女は別人になり変わる作業にとりかかった。

服をすべて脱ぎ捨て、まずは極小のバスルームで壁を汚さないように気をつけながら髪を染めはじめた。化学物質のつんと鼻を突くにおいが広がった。薄暗かったので作業に手こずった。手首にヘアカラー剤がついてしまい、オレンジ色の染みを消すのに長々と洗わなければならなかった。ごしごしこすったので、しまいには皮が剝けて赤くなった。アレックスは永遠に血で汚れたマクベス夫人（シェークスピアの戯曲『マクベス』に登場するマクベスの妻）の手を思った。粗い手触りのスポンジに石鹼をたっぷりつけてこすったおかげで染みはなんとか消えた。アレックスは考えた。いつかわたしは自責の念もこんなふうにこすり落とそうとするのだろうか？　ヘアカラー剤の染みと同じように、良心の呵責もこんなふうに消し落とそうとするのだろうか？

まばゆいばかりの赤に染まった髪を乾かすと、その長い髪を短いレイヤーにカットした。鏡に映るその顔はもとの自分とはかけ離れており、率直に言ってもっと魅力的だった。髪型も髪の色も彼女をぐっと若返らせ、エネルギッシュで茶目っ気のある雰囲気を与えている。

新調した服のなかから身体に張りつく赤いミニスカートを選び、肌色のストッキングとハイヒールとともに身に着けた。

それから例の共済健康保険証と図書館利用者カードを眺め、写真にある女の表情を真似ようと試みた。古いアレックスに新しいエレオノールをまとわせなければならない。

別の誰かになること。ほかの女になりきること。エレオノール・ドゥレルムは三十八歳で、アレックスより二歳若い。エレオノールのおかげで彼女は少しだけ時間を巻き戻し、自分の人生とは違う人生を歩むことになる。この思いがけない旅立ちは、犯した過ちの数々を消し去る機会を与えてくれる。

生き直しをするチャンスを得たと思えば、強いられる犠牲にも少しは耐えられそうだ。

この赤毛の三十代の女にはひょっとして夫や子や、あるいは女友だちがいるのだろうか？　可能性はまだ無限に開かれている。アレックスはいま、道が何本も交わる場所に立っていた。彼女の日常には現実が運命《さだめ》として刻印されているわけではない。まだなにも選びとられてはおらず、なにも固定されてはいない。彼女の人生はどうとでもかたちを変えられる粘土で、彼女は架空の登場人物だ。

けれども失敗は許されない。過ちのそれぞれが命取りになる恐れがある。選択をひとつ間違えば、正体が暴かれ、シャルル・ベリエ殺しの罪を負わされる。

そしてそのとき、可能性のすべては監房のなかで閉じてしまうのだ。

アレックスは赤いミニスカートのしわを伸ばすと、プリペイド式携帯電話を買うためにホテルの部屋を出た。携帯電話は部屋代と同様、現金で支払った。アントワーヌと彼女は箱のなかに現金を入れておき、それを生活費として使っていた。家を出る前、アレックスは箱の中身をそっくり持って出た。シャルル・ベリエの財布にあった紙幣も抜きとった。罪悪感はなかった。被った損害の、あるいはこれから被る損害に対する償いのようなものだと受け止めた。全部で二千ユーロ弱。すべて小額紙幣だ。

彼女はシャルル・ベリエの銀行カードを使い、オンラインで鉄道の切符も購入した。決済手続きをする寸前、わずか三十ユーロを余計に払えば一等車に乗れることに気がついた。シャルル・ベリエが普段利用していたのは一等車のはずだ。それに、ベリエが女友だちに切符を買ってやるとしたら、三十ユーロぐらい追加で支払ってやるに違いない。そう考えたアレックスは、一等車の切符を購入した。

第十章　嚙み傷

二〇一八年八月十三日

パリへ向かう高速列車《TGV》の一等車に乗りこみながら、アレックスは胃がうずくのを感じた。激しい不安に襲われるのははじめてではない。不安はアレックスにとって、夜じゅうずっと、そして日中でもしばらく執拗につきまとい、彼女の意表を突いて臓腑に嚙みつこうとチャンスを窺う長年の宿敵だった。その日、憎き敵は彼女の肉片をいつにも増して激しく要求した。口を大きく開け、臓腑のくぼみにその牙を突き立てるや、けっして放そうとはしなかった。アレックスはよく、ほかの人もこの同じ苦しみを味わっているのだろうかと疑問に思ったものだ。もしそうなら、この獰猛な生き物の顎をどうやって緩めているのかと。

もちろん、いまの状況なら不安に駆られて当然だ。不安を感じずにいられるのは正気を失った人ぐらいだろう。だがアレックスはいまほど狂気を遠くに感じたことはない。理性が狂気を抑えこみ、凄まじい速度で突っ走っていた。高速鉄道のレールの上を恐ろしい速度で滑っていた。それは気まぐれな暴走などではなく、生存に不可欠な生理現象だった。なにしろこれから数日のあいだに、かつてないほど神経を研ぎ澄まして計画を詰めなければならないのだから。

熟慮とは時に暇潰しの贅沢を意味する。だがこの瞬間、それは生き残りに必要な究極の絶対条件だった。

おそらく運と並んで。

周囲の乗客はわたしの罪に気づいているのだろうか？　わたしの顔に後ろめたさが滲み出てはいないだろうか？

気になって周囲を見まわすと、乗客はみな、自分のささやかな心配事に気をとられているように見えた。だがよくよく注意して観察すると、たまたま近くに乗り合わせた見ず知らずの人を互いにちらちら盗み見している。めいめいの社会的な地位や性的魅力を推し量っているのだ。

それはアレックスが乗っている一等車の第二コンパートメントでとくに顕著で、そこではどこよりも熱心に乗客がそれぞれの経済力を値踏みし合っていた。判断の基準となるのは、カバンの革質、服のブランド、コンピューターのロゴ、持っている携帯電話の数などだ。人は同類を好む。なんらかの特典を利用して一等車にまぎれこんだに違いない二等車の乗客の存在に、一等車の利用客は内心いら立つ。場違いなのはひと目でわかる。二等車の客は体型も身なりも身ごなしも周囲から浮いていて、自分でもそれを感じているのだろう、目立たないように身をすくめている。

たとえ一等車に座っていても、二等車の乗客は死ぬまで二等車の人間なのだ。そのことをはっきり意識していない人や気にかけない人は厄介きわまりない。その厚かましさが社会階級の存続そのものを脅かす。

乗客たちの性的魅力もひそかな評価対象だ。普段は誰もアレックスに特別な注意を払わない。彼女はよく見ればきれいというタイプの女だった。とくに美しいわけでも醜いわけでもなかったが、魅力はあった。アレックス自身は人に関心を向けられたり注目されたりするのが大の苦手だった。

だが今日は違う。新たにつくり出したこの女、つまり彼女がなりすましている、燃え立つような髪と真っ赤なマニキュアをした女に人々の目を集めなければならない。アレックスの思惑どおり、男たちが粘っこい視線を向けてきた。これまでになく異性の関心を惹いたことを喜ぶべきかどうかはわからない。だが、目立つという目標はとりあえずクリアしたようだ。

ほどなくして車掌がやってきた。途端にアレックスの胃は縮みあがり、呼吸が速まった。鼓動も激しくなり、こめかみがドクドクと脈打った。車掌が来るのは当然だし、驚くことではない。だが、マリンブルーの制服を着ているだけで車掌はいまやアレックスにとって法の番人であり、警戒が必要だった。

彼女はゆったりとした腹式呼吸を心がけた。そのやり方はヨガや自律訓練法や太極拳の教室で教わった。緊張を解くために通ったそうした講座はどれも金食い虫となっただけで、不安を手なずけはしなかった。そして今度も呼吸と鼓動を速めただけだった。

前途に待ち受ける試練を垣間見た気がして、胸が苦しくなった。この先、罠や危険にごまんと直面するはずだ。だが試練に身を投じる前に必要なのは、これまでの自分を忘れ去ることだろう。古いドレスを脱ぐように、古い自分を脱ぎ捨てるのだ。

新しい人生は、過去の自分との決別から始まる。

身元を明かす恐れのある書類はすべて自宅に置いてきた。身分証、銀行カード、パスポート、公的医療受給カード、図書館利用者カード、携帯電話。バカンス客の忘れ物の財布に入れてあるのは、現金とエレオノール・ドゥレルム名義の共済健康保険証と図書館利用者カードだけ。

だが、そうした予防措置にもたったひとつだけ不備があった。愛する家族が写った写真との別れの時を先延ばしにしたことだ。背の高い草と花々に覆われた大草原の真んなかにアントワーヌと娘たちが映っている写真で、撮影時、タイスは十三歳でアガトは七歳。姉妹の性格の違いは一目瞭然だった。タイスは笑顔を浮かべることなく生真面目な表情で静かにじっとレンズを見つめ、妹のほうはタンポポの咲く野原を笑い転げている。アントワーヌはおそらく娘たちになにか声をかけているのだろう。半分後ろを向くような体勢のせいで瞳は見えないし、右頰にあるほくろも写っていない。気遣うような表情が窺えるだけだ。

アレックスは写真のなかの三人をじっと見つめた。昨日別れたばかりで、家族はまだほんの近くにいた。耳の奥には彼らの声や抑揚が響いていたし、身体には彼らの肌のぬくもりが残っていた。

家族と離れたいま、自分が粗末な丸裸の存在になった気がした。

彼女は写真を手にとると、座席のテーブルの下でこっそり引き裂いてごみ箱に捨てた。

その瞬間、絶望の嚙み傷を感じた。けれどもすぐに不思議な安堵に包まれた。いや、安堵を超える感覚と言ってもいい。レールを走る列車の音、自動ドアの開閉音、新鮮な風景が彼女の心に突然の予期せぬ感情を生み出した。そしてその感情はある思いに変化した。その思いがなんなのか、彼女は自分の内面を探りはじめた。

列車がトンネルに入ると、アレックスは窓ガラスに映る自分の顔をしげしげと眺めた。衝動的で俗っぽい魅力的な女だと思った。これまでずっと自分を好きになれなかったアレックスは、自分を消し去ってこの見知らぬ女になり変わることに喜びを覚えた。

アレックス・マルサンを消し去って、エレオノール・ドゥレルムになり変わるのだ。カメレオンのように周囲の物や色に合わせて自分を変え、風景に溶けこむのだ。そうすれば、わたしは透明になれる。

ふたりの物語、つまりシャルル・ベリエとわたしの物語はまだ真っ白いページのままだ。そこには無数に枝分かれする道から成る可能性の世界が果てしなく広がっている。この物語を完結させるには、やるべきこと、つくり出すべきものが山ほどある。

アレックスは、胃を締めつける不安のなかにわずかな陶酔が含まれていることに気がついた。

旅立ちへの陶酔。逃走と疾風への陶酔。これからめぐる旅路への陶酔。その旅路は破局へと突き進む、ほんの短い道のりであるかもしれないのに。

三日前、わたしは男をひとり殺した。わたしの顔を見て、その事実に気づく人はいるだろうか？

第二部　カメレオン

第一章　万華鏡

二〇一八年八月十三日十三時四十三分、アレックスはパリのモンパルナス駅に着いた。

彼女は大勢の乗客たちに囲まれて列車を降りた。パリっ子はバカンスに出ていたが、代わりに観光客が押し寄せていた。人波に揉まれながらすぐに息苦しくなった。パリに暮らす人とは違い、都会のまんなかをせわしなく行き交う何百もの身体を器用にかわして歩くことには慣れていない。だがそんな彼女もほんの一時期、〝自信に満ちた足取りでせかせかと歩くすらりと華奢なパリジェンヌ〟という種族に属していたことがあったのだ。思えば当時は彼女も、とろとろと歩く人を迂回すべき障害物、排除すべき敵とみなしていた。

アレックスは地下鉄に乗り換えようとする人の数に圧倒され、駅の出口へ向かった。駅前の広場に出た瞬間、石畳に照り返すまばゆい光に目がくらんだ。太陽を浴びたモンパルナスタワーの威容を見ても、あの人混みを思えばもうそれほど気圧《けお》されはしなかった。地下鉄に乗ったらひどいことになる。そう思い、バスの停留所を探した。九十一番に乗れば、仮の宿の近くにまで行けるはずだった。

綿密な作戦を練りあげるまでの当座の宿として、彼女は〈エアビーアンドビー〉のサイトでメゾン＝ブランシュ地区に部屋を予約しておいた。パリ十三区の中華街を選んだのは、その界隈に詳しかったのと、パリの中心部から少し離れているからだ。目指す地区に降り立った途端、彼女は自分が名もなき存在になったような、過去のアレックスと未来のエレオノールのあいだを漂うどっちつかずの移行期にいるような気がした。

借りた部屋はフィリベール・リュコ通りにあるアパルトマンの七階にあった。家主の女子学生がこざっぱりと片付いた部屋を見せてくれた。彼女は生活費の足しにしようと、大学の新年度が始まる十月まで部屋を貸し出していた。そのあいだ自分は実家に戻るらしい。

「なにか困ったことがあったらいつでも連絡してくださいね、エレオノールさん」と女子学生はアレックスに声をかけた。

部屋は十日間の予定で借りていた。それだけあれば作戦を立てられるだろう。行動に打って出るまでの数日間にこれ以上はないという戦略を練り、できうるかぎりの準備を整えるのだ。

その第一歩として、その日の夕方、彼女は記憶の整理にいそしんだ。

シャルル・ベリエに対する怒りは微塵も感じなかった。ベリエという人物に好奇心をかき立てられたほどだ。なんにせよ、ベリエにどこかよそで死んでもらうには、彼のことをしっかり把握する必要がある。その作業は彼女にとって苦ではなく、気がつくとベリエについて夢中になって考えていた。自分とベリエの人生はいまやもつれ合って結びついている。なのに、相手に関する知識はごくわずかだ。ペンションで過ごした数日のあいだに彼はいくつかの顔を見せた。まずは一緒にいて楽しい明るい顔――ときに粗野で、騒々しく弾けるような豪快な笑い声はまだ耳朶《じだ》で響いている。さらに実際に会うまでに想像していたような、一心不乱に仕事に打ちこむいかめしい作家の顔。そして雄牛のように襲いかかってきたときの、怒りに駆られた真っ赤な顔。シャルル・ベリエは多面性を持つ男だった。

必要に応じてこの特徴を利用しようと彼女は思った。目下のところ、シャルル・ベリエのイメージをつくりあげているのはその作品だけだ。流れるような文章、少し古めかしい文体、登場人物の人間味あふれる描写

──彼の作品は美とやさしさに満ちていた。こんな小説を書く人は、その言動がどんなにさもしく卑劣でも偉大な人物であることは間違いない。それに心根はすこぶるいいのだろう。そうでなければ、子どもや老女や、ブルゴーニュの片田舎で農業を営む夫婦の心の機微をあれほど繊細には描けないはずだ。彼らをあれほど優美に叙述するには深い人間性が必要だ。これまで一度もシャルル・ベリエの死に涙したことのなかったアレックスが、自分でも驚いたことに、彼の書いた作品を読みながら静かに涙をこぼしていた。それは死を悼む悲しみの涙ではなく、非の打ちどころのない文章や的確きわまりない描写に心打たれて流れ出る涙だった。

とはいえ、ベリエについて把握しなければならないことはまだまだたくさんある。

まずは作家の顔の背後にある人間としてのベリエを理解しなければならない。ベリエが好きだった本、よく聴いていた歌、好みの女性のタイプ。結局のところ、この男についてはよく知らないのだから。

探求を進めるうえでアレックスはまさに金の鉱脈に恵まれていた。金の鉱脈。それはシャルル・ベリエのノートパソコンだ。スマートフォンはあとまわしにして、彼女はまずこちらから手をつけることにした。

誰にでも簡単に自己表現できる手段を大衆に与えた消費社会に、アレックスがこれほど感謝したことはない。彼女は普段、フェイスブックやツイッターといったSNSを、個人の心情が垂れ流される嘆かわしい排水口とみなしていた。だがいまとなっては、どんなに個人的なことでも、どんなにくだらないことでも、その好みや思うところを手軽にダダ漏れさせる手段があることを幸いに思った。

シャルル・ベリエもSNS利用者のひとりであり、その壮大な開陳の場で彼は快適なポジションを得ていた。ウィットに富んだ投稿を目指していたらしく、実際、その試みは何度も成功していた。そこには絶妙にコントロールされた常識破りが披露されていた。シニカルな装いのもとに、臆面もなく自分の性向と習性を誇示していた。スマートフォンで撮ったスナップ写真を頻繁にアップしていたが、どれも巧みな出来ばえで、都会の孤独や現代の不条理といったテーマをさまざまな角度から切りとっていた。知的エリートの基準に照らせば、ベリエには明らかにセンスがあった。

ある写真には高速列車《TGV》の向かい合う座席に載せた彼の両足が写っていて、キャプションにはこうあった。

〈旅の成功の秘訣？ それは道連れを厳選すること。
#ありのままのエレガンス〉

ベリエのコメントは節度を保っていて、まさにユーモアのある寛容な人が書くような内容だった。だがそのいっぽうで、あの誕生日の晩に目にしたような彼の闇の顔を感じさせるものもいくつかあった。

闇の顔の片鱗は、彼が経済自由化政策をあげつらい、人種差別を激しく糾弾するコメントとコメントのあいだにアップした女性のヌード写真の数々に表れていた。棒つきキャンデーを舐める女や、四つん這いの女がカメラのレンズを見あげている写真などだ。ブルネット、ブロンド、赤毛とタイプはさまざまだが、けっして二十五歳は超えないと思われる若い女ばかりが写っている。シャルル・ベリエは人種差別を罵倒するいっぽうで、自分の欲望を満たす性差別をネット上で繰り出し、責めを受けることもなかった。

あるもうひとつのささいな事柄がアレックスの注意を引いた。シャルル・ベリエが幾度となく、わが国の年若い大統領を熟女好きとからかっていたことだ。ベリエは友人たちと危ないジョークに興じていた。それを読むと彼は、女の存在価値は彼女たちが男に対してかき立てる性の欲望で決まると考えていた節があるように思われた。ひょっとしたらベリエは、欲望をそそらなくなった女には憎しみしか感じないような男だったのか？

　アレックスはなるべく外出を控えた。彼女にとって滞在先のワンルームのアパルトマンは、彼女の現実の人生とまもなくエレオノール・ドゥレルムが送ることになる新しい人生とをつなぐ気密室だった。それでも時には隠れ家を出る必要に迫られた。だが外に出るたびに監視されている気がした。彼女にとっては通行人のひとりひとりが脅威で、全員が私服警官に見えた。すでに人間嫌いの傾向があったアレックスは、自分が追い詰められた獲物になったように思えてならなかった。

　三日後、アジアンスーパー〈陳氏商場《フレール・タン》〉で買い物をしていたアレックスははっと足をすくませた。大型スーパーのせわしない人混みのなかにアントワーヌを見かけたような気がしたのだ。だがすぐに思い直した。ここにアントワーヌがいるわけがない。あれがアントワーヌだとしたら、どうやってわたしを見つけ出したのだろう？　辻褄の合う説明がふと頭に浮かんだ。アントワーヌはかつてわたしがこの界隈で暮らしていたのを知っている。だからおそらく、わたしが土地鑑のあるこの地区を滞在先に選んだはずだとあたりをつけたのではないか。だが彼女はその考えを振り払った。捕まるのではないかという恐れとやましさで、ノイローゼ気味になっているのだ。平静を保とう。わたしはまだ誰にも追われてはいないのだから。

　幻を見たのだ。アントワーヌが恋しくて、彼を見たと錯覚したのだ。娘たち会いたさに気がおかしくなっていたのだ。家に帰りたい。自然に囲まれた大きな自分の家に。シダレヤナギと白樺の森と沼があるあの家に。家に帰ったらジャケットを椅子の背にかけ、アントワーヌにぴたりと身体を寄せて抱きしめてもらおう。それからベッドで丸くなる。やがていつものように娘たちがやってくる。そうしたら、ありったけの愛をこめてふたりを抱きしめよう。

ベリエに乱暴されたことが尾を引いていたわけではない。それでもアレックスは、自分が非力で脆《もろ》い存在に思えてならなかった。こうして外を歩くとき、カバンのなかに武器をしのばせられればどんなによかったか。近寄ろうとする者を、武器をかざして遠ざけられたらどんなによかったか。スカートをはくのは苦痛だった。裸になったような、誰に対しても無防備になったような気がした。受けた打擲《ちょうちゃく》は、返した打擲によって相殺されてはいなかった。彼女は襲い、彼女は身を守った。それは命を守るための戦いで、彼女はそれに勝利した。だが、シャルル・ベリエの血はなにも帳消しにはしなかった。そしてその死も、彼が彼女のなかで毀《こわ》したものを少しも贖《あがな》いはしなかった。

アレックスはあの夜起こった出来事の記憶を振り払おうとした。だが、何度も悪い夢にうなされた。木立からはらはらと落ちてくる枯れ葉に埋もれてしまう夢。肌の上でオレンジ色のナメクジがひしめき、押し合いへし合いしながら喉のなかを下りてゆく夢。死刑執行人として、無実だとわかっている若い男の首を刎《は》ねる夢。斬首したことを悔やみ、時間を巻き戻したいと願うが、もう手遅れで悪はすでになされている。切り落とされた頭はどこかに消えてしまったが、ぱっくりと切断面を覗かせた胴体が彼女の犯した過ちの大きさを声高に訴えていた。

アレックスは自分を殺人鬼だとは少しも思わなかった。シリアルキラーについては熱心に関連本を読んだから知っている。彼女はそのなかの誰とも違っていた。ミシェル・フルニレ（一九八〇年代末から二〇〇〇年代初めにかけて犯行を重ねた連続殺人犯）でも、エミール・ルイでも、グザヴィエ・デュポン・ド・リゴネスでもなかった。

アレックスは家族に、アントワーヌと娘たちに愛情を注いでいた。これまでは世界の片隅でひっそりと、ごく普通の暮らしを、地味で慎ましい暮らしを送ってきた。シャルル・ベリエがその著作のなかで賛美したような、華やかさとは無縁のささやかな暮らしを送ってきた。

彼女には加虐趣味はなかった。シャルル・ベリエを叩きのめしているときも悦びは少しも感じなかったし、倒錯しているわけでもなかった。あれは性的興奮や血を見る悦楽を得るためのものではなかった。ただ身を守るための行為だった。

そうして四日が過ぎ、そのあいだアレックスはシャルル・ベリエに関する調査を重ねた。ベリエが好きだったもの、愛読書、頻繁に覗いていたサイト、ごくたまにだけ訪れていたサイト。インターネットのおかげで彼女は自分が殺した男について知ることができた。好きな料理についても――ベリエはしょっちゅうデリバリーを頼んでいた――、立て続けに購入していた連続ドラマや書籍についても。

性的嗜好についても調べた。ベリエは大量のポルノ映画を観ていたが、バラエティーに富むラインナップではなかったので、好みは早々に判明した。キーワードは〈雌犬〉、〈拘束ハーネス〉、〈輪姦〉。検索エンジンを利用するときにはいつもこの三つの言葉を組み合わせていた。

SNSにはベリエと彼の身近な人たちの写真もアップされていた。それらはいわば、これから使えそうな人物を集めたフォトアルバムだった。妻がどんなふうかも確認できた。金髪でスポーティーな美しい女性だった。友人のフランク・ルグランはたくさんの写真でシャルル・ベリエの隣に写りこんでいた。テラスでビールを飲んでいる写真、海辺で牡蠣の盛り合わせを食べている写真、路上ではしゃいでいる写真。ほかにもおかしな恰好で写っている写真がたくさんあった。

ビーチで撮った一枚も見つかった。赤い奇抜な水着姿で立っているベリエの背後で、フランク・ルグランはみだらなポーズで横向きで寝そべっていた。写真に添えられたタイトルは〈オデュッセウスと人魚〉。

アレックスはシャルル・ベリエがこの友人について語った言葉を覚えていた。〝わたしの唯一の理解者が、友人で同じく物書きのフランク・ルグランだ。こんなことを言うのは、わたしが時々あいつにパリ十一区にある密会部屋の鍵を貸してるからじゃない。もっとも、あの部屋の存在を知ってるのはやつだけだ。もちろん愛人は別だがね。フランクのことは大好きさ。やつとは高校からの付き合いでね。ふたりとも学校では浮いていた。シルヴァン・ピネルはあいつがモデルだ。幸い、向こうは気づいちゃいないがね！〟

写真のなかのベリエとフランクは少年のようにふざけ合っていた。だが実際の関係はそんな単純なものではなかったのではないか。そもそも、それぞれの風体風貌がふたりの関係性を物語っているようにも思われた。なにしろどの写真でもシャルル・ベリエが空間を独り占めし、その透き通るような肌で周囲の光を吸収しているように見えるのだ。その豪快な笑いはいつもほかの人の声を覆い隠していたに違いない。ベリエの文学的成功にしても、メディア空間を席巻していたはずだ。そう思って探してみると、ベリエに関するおびただしい数の記事が見つかった。当然、賛美するものもあれば、批判するものもあった。ベリエは前者をSNSでシェアし、後者をネット上の〝友達〟に餌として与えた。批判的な記事を無視する代わりに文中の不愉快な箇所を強調し、それを書いた不運な人たち――ジャーナリストもいたが多くは面識のないブロガーだった――を攻撃するよう〝友達〟を煽《あお》る戦術をとったのだ。

SNS上に流れ出ている膨大な情報のなかでただひとつ、シャルル・ベリエを沈黙に追いこんだものがあった。一部のネチズンが嘲《あざけ》って〈スターゲート事件〉

と名づけたちょっとしたスキャンダルだ。ベリエの作家人生に少しばかり泥を塗ったこの事件にアレックスは大いに興味をそそられた。ことによると、このネタは使えるかもしれない。

この一件はパリの狭い上流出版界の内輪のスキャンダルにとどまっていたため、騒がれた当時、アレックスはこれを知らなかった。事件は三年前、ある有名出版社から著作を刊行しているが鳴かず飛ばずの女性作家、セリーヌ・サルモンが大手書店チェーン〈フナック〉とアマゾンのサイトの読者コメント欄でボロクソにけなされたことから始まった。作品を貶《おとし》めるコメントの数がそれほど多くなく、内容もそれほど過激でなければセリーヌもおそらく注意を払わなかっただろう。だがあまりのことに彼女は心中穏やかではいられなくなった。はじめはコメントの尋常ではない辛辣な書きぶりにショックを受け、そのあと、独特な単語や言いまわしが複数のコメントに繰り返し表れていることに気がついた。そこで読者のコメントを何度も注意深く読み返し、表現を分析した結果、彼女の作品を嫌悪してコメントを寄せているのは大勢ではなくたったひとりの読者だという結論を下すに至った。

そしてセリーヌにしかわからない理由から――おそらく恋愛感情か痴情のもつれによるものだろう――、コメントの書き手はシャルル・ベリエだと目星をつけた。それを裏づけるような事実も突き止めた。コメントのユーザー名をいくつか照合した結果、セリーヌ・サルモンの小説を〝ぬかるみにはまりこんでいるのに天を目指そうとする豚のぶざまな試み〟と切り捨てた〝マルタン・ゲール〟なる人物が、シャルル・ベリエの最新作に五つ星をつけ、〝美に向かってあなたはどこから生まれるのかと尋ねたら、美はおそらくシャルル・ベリエのインク壺を指さすだろう〟というコメントを書きこんでいたのだ。

ツイッター上でセリーヌ・サルモンにさんざんやり

こめられたシャルル・ベリエはついに白状した。偽名を使って自著をベタぼめし、同業者であるサルモンの作品を痛烈にけなしたことを認めておおやけに謝罪したのだ。そしてその悪事を、〝手に余る自尊心と傷心による気迷いによるもの〟と釈明した。

この一件によりシャルル・ベリエの名声は損なわれるどころかさらに高まり、フランス社会に根づいているカトリックの文化が重んじる告解という尊い行いをしたことで読者のあいだでベリエの人気が再燃した。そしてこの改悛《かいしゅん》の行為は彼の懐を潤すことになった。

それでも大きな謎は残った。権威あるゴンクール賞に輝いたこともあるシャルル・ベリエほどの大物作家が、どうしてまたアマゾンのサイトで自著に星をつける必要があったのか？　自己愛にもとづく強迫観念のせいなのか？　それとも、情けない醜態をさらしてもスキャンダルを利用してひと儲けしようという魂胆だったのか？

最終的には双方がこの一件で名を売り、セリーヌ・サルモンはほとんど無名の三文作家という地位から脱却した。だがこの勝負の真の勝者はベリエのほうで、罪を犯したこととそれを悔悟したことで二重に注目を集めた。

アレックスはこの事件とそれが引き起こした結末についてじっくりと考えた。このスキャンダルは加害者、被害者双方の存在感を高めることになった。闘牛士が赤い布で雄牛をおびき寄せるように、ベリエは巧みに世間の耳目を集めた。そしてこれは――つまりベリエが世間を騒がせることは、当のベリエが生きていようが死んでいようが可能ではないか？

結局、ベリエが生きていると人々に思わせつづける最良の策は、スキャンダルの赤い布をこれ見よがしに振ることなのかもしれない。

そう考えたアレックスはその晩、未来のスキャンダルの最初の種を蒔《ま》くことにした。彼女は、女性のヌードに対するシャルル・ベリエのいかがわしい好みを利用してSNSにポルノ写真を投稿し、その下にレオ・フェレ（一九一六〜九三。詩人、音楽家、シンガーソングライター）の『犬』の歌詞の一部を載せた。

〈そして俺たちは抗わない。雌犬がすり寄ってくることに。

それが雌犬の性《さが》だから〉

ほぼ無限に広がるネット空間を渉猟《しょうりょう》したあと、アレックスはシャルル・ベリエのスマートフォンと向き合うことにした。この貴重なツールを開くことをいままでぐずぐず先送りにしてきたのには歴《れっき》としたわけがあった。指紋認証式の端末だったからだ。

シャルル・ベリエの人差し指は冷凍庫に大切に保管されている。だから霜のついた袋から指をとり出し、スマートフォンのボタンに押しあてればロックは解除されるだろう。だが、死体から切りとった肉片に手を触れるなど考えただけでおぞけをふるう。このぞっとする作業から逃れようと、指の持ち主が死んだら指紋も消えるのではないかなどと一瞬考えたりもした。けれども肉が完全に腐敗するまでのあいだは当然、指紋は残っているはずだ。そしていずれベリエもほかのすべての人間と同じように腐りはじめる。だから手遅れにならないうちにiPhoneに死人の指を押しつけなければならない。

意を決して指をつかみボタンに触れさせると、すぐにロック画面が消えてベリエの新たな秘密へとつながる扉が開いた。まずはカレンダー、連絡先、サファリの履歴を調べた。思いがけないアプリもいくつか見つかった。たとえば閉所恐怖症向けの催眠ガイドアプリで、どうやらシャルル・ベリエは小型飛行機やエレベーターには乗れない人だったようだ。

面白い動画も発見した。男がピアノの伴奏に合わせてダニエル・ギシャール（シンガーソングライター、プロデューサー）の『アンナに捧げる歌』など一九七〇年代のフランス歌謡曲をいくつか歌っている動画だ。もちろんアレックスはそれがシャルル・ベリエの声だと気がついた。そしてその音程の正確さと――彼にはまぎれもなく才能があった――、フランスの懐メロに捧げる彼の秘めたる情熱に驚いた。

探索の最後にアレックスは、ネットにアップされているベリエのインタビュー映像や彼が登場したテレビ番組の抜粋やポッドキャストを参考に、鏡の前で彼の癖やしゃべり方を真似し、そのしぐさや言いまわしを繰り返した。しまいにはベリエ本人であるような気さえしてくるほど熱心に。

五日目、アレックスは作戦の基本方針を整えた。シャルル・ベリエがほかの誰かにほかの場所で殺されるようにするためにはきわめて説得力のある筋書きが必要だ。となると、ベリエの身近にいた人々のなかから彼を殺したいほど憎んでいた人物を探しあてるのが妥当だろう。そのためにはベリエの近親者や友人に対する捜査が必要だ。捜査もどきではない。まさに警察が行うような本格的な捜査を、それも未来を洗い出す捜査を実施して、ベリエと親しい人のなかから彼を殺すことになる人物を特定するのだ。

六日目、アレックスは容疑者リストを作成した。彼の妻、愛人、親友、義理の父、そして少々強引かもしれないが、〈スターゲート事件〉の被害者。殺人事件ではつねに被害者の親族や顔見知りが恰好の容疑者になるものだ。

七日目、アレックスは休養した。

その週はもう、都会の人混みにアントワーヌを見かけたような気がすることはなくなった。アレックスは、彼の不在を手なずけはじめていた。

第二章　来歴

　とはいえ、時間は着々と過ぎていた。アレックスはまだシャルル・ベリエのうわべをかすめただけだった。早々にその肉に食らいつく必要があった。ベリエの家族や知人たちのあいだに身を置いて彼の人生に入りこみ、その人生を捻《ね》じ曲げなければならない。

　すでに最初の変身、つまり田舎女からパリジェンヌへの変身は遂げている。いま必要なのは、秘密諜報員ばりにこのパリジェンヌの来歴をつくりあげることだ。新しい素性、新しい学歴、職歴、恋愛遍歴。いわずもがな、作業にあたっては現在を起点に時間を遡ることにした。なにしろ彼女の人生航路の行き着く先は決まっている。シャルル・ベリエが新たに雇ったパーソナルアシスタント。ベリエのパソコンに残っていた情報やインタビューのいくつかから、彼が過去にパーソナルアシスタントの女性を何人か雇っていたことが判明した。そのなかの誰ひとりとして長続きしなかったことも。エレオノール・ドゥレルムもベリエと一時期だけかかわりを持つそうした女性のひとりとなる。

　本物のエレオノール・ドゥレルムは、その社会保障番号の六番目と七番目の数字からボルドーの生まれと思われた。ということは、アレックスはこれからフランス南西部の出ということになる。ボルドーにはナントといくつか類似点がある。人口、規模、海とのつながり、奴隷貿易で栄えた歴史。ボルドー出身者になりすますのはわけないように思われた。

　アレックスがつくった来歴のなかで、ティーンエージャーとなったエレオノールはブルジョワ色の強いお高くとまったボルドーの街が息苦しくなり、パリに出ることを夢見るようになる。その箇所の筋書きを練るにあたり、アレックスは自分の青春時代をヒントにした。だがその先はまた自分の人生から離れ、エレオノールを目端の利く生まれながらの商売人という設定にした。ほんの小さな時分から、〝レオ〟ことエレオノールは如才なく口達者で、その話術は耳の聞こえない人にもレコードのコレクションを売りつけられそうなほど巧みだった。物語をつくるのが大好きで、しょっちゅう周囲に披露していたが、それは往々にしてなにかを手に入れるためだった。ごく幼い頃からレオは、売るのは物ではなくてストーリーだとわかっていた。人はテーブルや椅子を買うのではない。それらを所有することで自分たちがまとうイメージや、仲間入りを果たせるようになる新しい世界を買い求めようとするのである。

レオの両親は、巧みな口車で人を手玉にとるわが子を面白がり、その才能を伸ばすべく背を押した。というわけでレオは、ごく自然の流れで国立商業学校への合格を果たし、そこで生来の口のうまさに加え、ビジネスマニュアルにもとづく販売技術をものにした。と同時に、電卓を叩いたり、物事を仕分けしたり、人に命令したりする技術も学んだ。そうして高いスキルを身につけた彼女は、ボルドーで薬剤師として働いていた両親の経済的支援を受けてパリへ出た。

彼女のセールストークのうまさは文学に対する長年の愛にも支えられていた。レオにとって売り口上は美しい文章と密接に結びついていた。というわけで、才能と趣味を両立させるべく、彼女はセーヌ河岸に小さな古本屋のスタンドを出すことにした。そしてそこでシャルル・ベリエと知り合うことになる。

それが三週間前のこと。

シャルル・ベリエはネルヴァルの古い詩選集の前で足を止めた。そしてマラルメとアロイジウス・ベルトラン（十九世紀のフランスの詩人）についてレオと議論を交わした。ふたりはすぐに意気投合した。ベリエは彼女に、じつはいま、スランプに陥っていると明かした。レオはこうアドバイスした。〝これまでのやり方を変えてみれば？　机に向かわず立ったまま書くなんてどう？　歩きながら思いついたことを口に出し、それをスマートフォンに録音するの〟ベリエは面白いアイディアだと感心し、彼女のバイタリティや積極性を気に入った。そしてついにはレオがいればスランプを脱却できるような気になり、パーソナルアシスタントになってくれと頼んだ。

アシスタントの仕事は多岐にわたっていた。手紙の分類、税務署への連絡、著作権の取り扱い……。そうした事務仕事のほか、スポーツクラブの会員証の更新や新しいスニーカーの購入など、日常生活を送るうえでのこまごまとした雑用も任された。

だが、いちばんの仕事はベリエの新作を口述タイプすることだった。ベリエは執筆方法を変えることにした。〝文章をキーボードで打ちこむのはもうたくさんだ。キーボードを叩いて文章をこさえると、どうしたって非の打ちどころのないものをつくろうとする。だからいつだって不満だった。目指すものと出来あがった文章のギャップに落胆して。口述筆記なら、完璧を目指す呪縛から解放される。物事を月並みに描写することで文章が流れるようになる〟そんなわけで、ベリエが語り、レオがそれを文字に起こすというスタイルで執筆が進んでいった。原稿がたまっていくのを見てベリエは安心した。作品はちゃんとかたちを成しつつある。口述筆記という方法に頼れば、パソコンの画面が真っ白という恐怖から解放される。すでに画面は文章で埋められているのだから。

レオの私生活？　とり立てて言うほどのことはない。ただレオと会話した人物に、彼女がシャルル・ベリエに惚れていると思わせる必要がある。たとえ本人が認めようとしなくても、レオと会った人たちがベリエへの彼女の無意識の恋心に気づくよう仕向けなければならない。

レオは独り身で、パートナーも子どももいない。過去に彼女を抱きしめてくれる男はいた。それほど昔のことではない。だが彼はレオを愛するのをやめた。ある日曜のことだ。日付も正確に覚えている。彼は言った。〝すまない、レオ。もう以前のようにはきみを愛せない〟はじめはなにを言われているのかわからなかった。そこで相手ははっきり説明しなければならなくなった。〝きみにはまだ愛を感じているし、肉体的にも惹かれている。でも情熱が消えてしまったんだ。なぜかは誰にもわからないだろう。だけど動かせない事実がある。情熱が消えてしまったという事実だ〟翌日、男が家を出ると、レオはまっぷたつに引き裂かれた。ずきずきと胃が痛み、呼吸もままならなくなった肉体と、ずたずたに傷ついた心のふたつに。

　アレックスは、アントワーヌに捨てられたら自分はいったいどうなってしまうだろうと考えた。アントワーヌは彼女の支えだった。彼女はつねづね、アントワーヌがいなければ自分は理性を保てないと確信していた。彼がいなければ正気を失ってしまうだろう。彼なしで娘たちを育てられるだろうか？　いや、無理だ。怒りや悲しみになぎ倒されてしまうだろう。荒れ狂う感情に押し流されないようにダムを築き、激情を堰《せ》き止めることなどできないだろう。アントワーヌがいるからこそ自分は精神が安定した女、普通の母親でいられた。なんとか危ういバランスを保つことができた。けれどもアントワーヌの愛が失われただけで、腹の奥に隠れていた狂気が飛び出してきて、わたしをのみこんでしまうだろう。タイスとアガトをどれほど深く愛していても、娘たちへの愛だけではわたしを生に留め置くにはじゅうぶんではない。

　けれどもレオはわたしよりずっと強い。レオは家族がいなくてもやっていける。彼女はたとえひとりでも自分の足でしっかり立っていられる。恋人に捨てられたときには悲しみに沈み、どうにかなってしまいそうだった。だが実際には嵐が通り過ぎるのを、葦のように身をこごめてじっと耐えていただけだった。風がやむと頭をもたげ、周囲を見まわした。樫の木は倒れていたが彼女は違った。そしてふたたび自分の人生を歩みはじめた。自分にはもう自分自身しか必要ない、だからこれからはもう、誰も失いはしないという確信にさらなる力を得て。

レオの来歴が完成したのでアレックスはほっとひと息ついた。だがまだまだ仕事は残っている。レオになりきり、その存在に信憑性を与えるには、彼女の人生すべてを漏れなく頭に叩きこまなければならない。大きな出来事から細部に至るまですべてを。どうすれば一部始終が確かに頭に入ったと安心できるだろう？

アレックスはすべてをノートに書き留めることにした。備忘録をつくるのではない――そんなものを残してほかの人に見つかったら大変なことになる――、レオ・ドゥレルムの本物の日記を書くのだ。

日記をすべて書き終えると、アレックスはこれで自分も紙上の人物、小説の登場人物になったのだと思い、自然と顔がほころんだ。これでシャルル・ベリエと同じになった。ベリエとの違いは、彼女には現実の人生があり、紙の上でだけ生きているわけではないという点だ。いっぽうベリエは、アレックスの想像力の糸の先にぶらさがっているだけの存在だった。

アレックスはシャルル・ベリエの自宅のアパルトマンが入る建物を見に行って、近辺をひとめぐりしようと思い立った。数日かけてシャルル・ベリエという人物を探ったあと、今度はベリエを彼女自身の人生の登場人物に仕立ててあげなければならない。実際に暮らしていた建物を目にすれば、ベリエに少しばかり真実味を与えられるような気がした。

彼女は地下鉄のパッシー駅で降りた。そしてシャルル・ベリエが家族と暮らしていたレヌアール広場を目指して坂道をのぼると、デリカテッセンやレストランが軒を連ね、高級車で混雑する通りを横切った。道行く人はみな足早だった——流線型のベビーカーに金髪の子どもを乗せて散歩をする黒人女性、小粋なテーラードスーツに身を包んだ老婦人、スーツ姿の男たち。八十代とおぼしき女性が、前を歩く若い女の子を杖で小突いて道を開けさせている。

アレックスは、この時間ひとけのないレヌアール広場に入り、広場をとり囲む建物をとくと眺めた。建物はすべて同じスタイルでつくられていた。七階建て、凝ったモールディング、赤絨毯の玄関ホール、右側に設けられた管理人室。ブルジョワ趣味の正面壁《ファサード》はどっしりとした重厚感にあふれているのに、なぜかシャルル・ベリエの住む建物は存在感を欠いているように思われた。建物がこちらの予想とあまりにもぴたりと合致していたせいで、現実味が失せてしまったのかもしれない。綻《ほころ》びや瑕疵《かし》や予想と異なるこれといった特徴がないせいで、どうにもつかみどころがないのだろう。

そんなことを考えていると、ふと視界にアントワーヌの姿が入った。今度は疑う余地などなかった。四肢の長いすらりとしたシルエット、心配そうな顔、大きな瞳、かたちのいい唇。駆け寄りたくなったが踏みとどまった。そして車の背後にしゃがみこみ、なにが起きたのか頭を整理しようとした。アントワーヌがなぜここに？　なんのために？　まったくわけがわからない。呼吸を整え、心臓の鼓動が正常に戻るのを待った。筋の通った考えが徐々に頭に浮かんできた。

アントワーヌはわたしを探しているのだ。当然のことながら、彼がここにいるのは偶然ではない。わたしを見つけ出そうとしているのだ。でも、なぜ？　彼はなにを知ってしまったのだろう？

もっともありそうなのは、アントワーヌが死体を見つけてしまったという可能性だ。死体を見つけて理解した。でも具体的にはなにを？　作家としての才能を妬んで、あるいは衝動に駆られて、わたしがベリエを殺したとでも思っているのだろうか？　アントワーヌは精神科病院に収容されたわたしの過去や、その原因となった出来事を——道で行き合った見ず知らずの男にいきなり暴力を振るった出来事を知っている。わたしの風変わりな側面や、社交性を欠く性格をじゅうぶん心得ている。わたしが殺人鬼グザヴィエ・デュポン・ド・リゴネスについて書いた文章を読んだこともある。アントワーヌはわたしが冷酷に人を殺せる人間だと思っているのだろうか？　それとも、実際になにが起きたのか理解したのだろうか？

あるいは、まだ死体に気づいていないという可能性もある。わたしがなぜ家を出たのかさっぱりわからないでいるということも考えられる。であれば、なぜここまで、つまりシャルル・ベリエのアパルトマンがある建物の前まで来たのだろう？

ひょっとすると、ベリエが自宅に戻っているのを期待して情報を求めにやってきたのかもしれない。なにしろ妻が家を出たのはベリエと一日違いだ。それとも、ベリエが自宅に戻っていないことを確認しに来たのか？

アレックスははっと息をのんだ。アントワーヌのスニーカーの靴音が聞こえたからだ。あるいは、聞こえたような気がしたからだ。アントワーヌの視線が広場に注がれるのを感じた。じっとようすを窺っている。カチリとライターの音がした。ということは、またタバコを吸いはじめたらしい。

妻がシャルル・ベリエを殺したと知ったとき、アントワーヌはどうするだろう？　わたしを警察に突き出すだろうか？　それともわたしの逃走に、国外への逃亡に手を貸すだろうか？

わからないことばかりだが、ひとつだけ確かなことがある。アントワーヌが自分たち家族を危険にさらしているということだ。このままでは辛抱強く練りあげた計画が危うくなる。アントワーヌのせいでシャルル・ベリエの周囲にいる人々の注意がわたしに向いてしまったら、エレオノール・ドゥレルムになりすました努力が水の泡だ。

娘たちのことが頭をよぎった。おそらくアントワーヌの両親にあずかってもらっているのだろう。アレックスの父は二十年前に納屋で首をくくって自殺した。母はナントで暮らしているが、いまは旅行中で九月十五日まで戻らない。

アントワーヌはアレックスを愛するあまり、いまや油断のならない敵となっていた。もっと準備万端整えて家を出るべきだったとアレックスは悔やんだ。唐突に家を出ることにもっと説得力のある理由を用意するべきだった。でも、なんと言えばよかったのだろう？ 家族との暮らしにうんざりしたふりをして、少し休ませてほしいと訴えればよかったのか？ そんなことをすればアントワーヌを深く傷つけただろう。そしていくら深刻な事態とはいえ、そんなひどいことはしたくなかった。

スニーカーの靴底がきしむ音がする。アントワーヌが近づいてきたらしい。あと少しで駐《と》まっている車列の前にさしかかり、こっちに気づくことになる。髪を赤く染めて俗っぽくなった妻をこの場所で目にして、いったいどう思うだろう？ もちろんアントワーヌならひと目で妻だと見抜くだろう。見つかったらなんらかの釈明が必要になるはずだ。だが口実はひとつも思い浮かばない。

アントワーヌが迫ってきた。アレックスはぎりぎりのタイミングで車体の下に身を滑らせた。運のいいことに、車輪の大きな4WDだった。身を縮めてじっとした。アントワーヌの青いスニーカーが見える。ジーンズの裾も。アントワーヌの身に着けるものなら、形状も布の質感も手にとるようにわかる。それらがいま、新たにつくり出そうとしている人生のなかに突然現れ出たことにアレックスは動揺した。

　アントワーヌはシャルル・ベリエの自宅がある建物の前でしばらくたたずんでいた。インターフォンを鳴らそうかどうしようか迷っているのだろう。だが、しばらくするとくるりと身を翻して歩き出した。靴音が遠ざかり、やがて聞こえなくなった。パリの雑踏にのみこまれてしまったようだ。

　それから少ししてアレックスは車の下から這い出した。肘から下が黒く汚れている。なんとかティッシュで汚れを拭いた。

　周囲を見まわすとやはりアントワーヌの姿は消えていた。白昼夢を見ただけなのかもしれない、とアレックスは思った。実際、彼女の内に潜むひそやかな狂気から彼女を守ってくれるものはもうなにもないのだ。

　だがすぐにかぶりを振った。違う、夢じゃない。アントワーヌは確かにここにいた。ほんのすぐ近くに。あの人はわたしを捜していた。

　アントワーヌはいまや、アレックスを危険にさらす存在となっていた。

第三章　密会部屋《ギャルソニエール》

二〇一八年八月二十一日

　パリに出てきてから九日目、アレックスはシャルル・ベリエが密会部屋として利用していた彼の別宅に移ることにした。アントワーヌはベリエが別宅を持っているのを知らないはずだ。家族と暮らす自宅のアパルトマンについては、ベリエが一度アントワーヌを前に、そこでのとり澄ましたブルジョワ暮らしを嘲笑したことがある。だが別宅については、その存在を明かしたのは自分ひとりだとアレックスはほぼ確信していた。

　ベリエの別宅で暮らすことはあらゆる点から見て理想的で、一石二鳥どころか三鳥だと彼女は思った。アントワーヌから逃れることができるし、宿泊費を払わずにすむし、ベリエとの関係も深められる。ベリエの肘掛け椅子に座り、ベリエのベッドで寝ること以上に彼を深く知る方法がほかにあるだろうか？

　ベリエが別宅にしているアパルトマンがパリの十一区にあるのは知っていた。けれども正確な住所がわからない。だが幸い、それは公証人から送られてきたメールに記されていた。そこには物件の売買日や販売金額といった種々の情報が記されていた。それによると、広さは三十七平米。メールに添付されていた鑑定書では物件は浸水危険区域にあり、かつ〝鉛含有の塗料を使用〟とされていた。シャルル・ベリエはその部屋を二十年前に購入しており、彼がひとりで所有していた。おそらく妻は別宅の存在を知らないのだろう――そもそも密会部屋とはそういうものではないか。

　つまりシャルル・ベリエはパリの中心部、家族と暮らすアパルトマンからかなり離れた場所に別宅を構えていたことになる。

アレックスは〈エアビーアンドビー〉での民泊を打ちきり、部屋を貸してくれた女子学生に別れを告げた。そして旅行カバンを手に地下鉄でリシャール＝ルノワール駅まで行った。彼女は心拍数が上がるのを感じながら、袋小路の奥にあるぱっとしない古ぼけた建物の前に立った。金属製の門扉に暗証番号式錠がついている。番号を知らないアレックスは、建物内に入る人が来るのを待つことにした。すぐに胃が引きつり出した。なにをしていると尋ねられたらどうしよう？　なかに入れさせてもらえなかったらどうしよう？　合理的に考えようと思った。ここでカバンの中身を探られることはない。門扉の暗証番号を知らなかったからといって、警察に突き出されるわけがない。

セロファンに包まれたシャルル・ベリエの指が見つかるような事態は起こりえないのだ。

やがて女がひとり、建物から出てきた。アレックスはおどおどした人が往々にして見せる厚かましさを発揮して声をかけた。

「あの、わたし、シャルル・ベリエの新しいアシスタントなんです。でも暗証番号のこと、聞いてなくて」

女は無表情な目で見返してきた。

「シャルル・ベリエ？　知らないわね。ここは大所帯だから」

そしてすんなり暗証番号を教えてくれた。6157。アレックスは礼を言ってなかに入った。玄関ホールに郵便ボックスが並んでいる。シャルル・ベリエの名を探したがどこにも見あたらない。彼女はすぐにベリエの常套手段を思い出した。そしてもう一度ボックスをひとつひとつ注意深く確かめて、〝ポール・アルデュソン〟に行きあたった。

ポール・アルデュソン。ほかのあまたある凡庸な名前にまじった凡庸な名前。だがほかのものと違うのは、これがベリエのデビュー作、『他者たちの歌』の登場人物の名であることだ。しかもとても魅力的な登場人物の。アルデュソンは建築家で、顧客のためには壮大な建物をいくつもつくりあげるが、自分のものはひとつとして完成した例しがない。彼は妻とともにヨンヌ県にある古い農場で暮らしていたが、あるとき農場の母屋を改装しようと考えた。だがあまりにも費用がかさむので、屋外から手をつけることにした。農場はもともと自然を楽しむために購入したものだから、自然の成り行きだった。彼はまず庭にプールをつくることにした。それもそんじょそこらのプールとは違う、ひと目見たら忘れられない唯一無二のプールを。水槽は陶器のタイル張りで、エルサレムの大きなモスクを真似て青と金の色調でまとめることにする。プールのまわりには松材のデッキを設け、長椅子やパラソルを置く。

彼はみずから穴を掘り、配管工事を行った。だがそうしているあいだに新たな計画を思いついた。野っ原を禅庭《ぜんてい》に変えるのだ。彼は掘った穴と配管をほったらかしにして周囲を耕しはじめ、種まきや植栽にいそしみ、自然のなかに道をこしらえるために石を運んだ。だが土が掘り返され、石敷きの道にとりかかったところでほかの計画がひらめいた。そうだ、温室をつくろう。むろん、作業をほかの人に任せるなど論外だった。工事はすべて自分の手で行わなければならない……。

ポール・アルデュソンの物語のなかでもっとも不可解なのは、彼の妻も夫に負けず劣らず計画のそれぞれに熱中することだ。地面に空いたままになっている穴にも、置きっぱなしにされたセメント袋の山にも、庭を覆いつくす雑草にも妻は文句ひとつ言わない。夫が次々に新しいアイディアを思いつくたびに彼女も舞いあがり、それまでしてきたことを忘れてしまう。農場は廃材が散らばる見果てぬ夢の遺構と化した。

シャルル・ベリエはそんな夫婦をとがめはしなかった。それどころかふたりのさまざまな試みを、この世界以上にもっと壮大でもっと美しい世界を思い描こうとする彼らのバイタリティの証とみなしている節があった。ベリエはポール・アルデュソンの途方もないことを思いつく才能だけでなく、アルデュソン夫妻の物事をつねに先延ばしにする能力も買っていた。あれこれ目移りして初志貫徹できない性格を才能として賛美していたのだ。

〝ポール・アルデュソン〟とある郵便ボックスにはアパルトマンのある棟と階と部屋番号が記されていた。

その情報を頼りにB棟の前まで来たアレックスにまたひとつ、暗証番号式錠のついた扉が立ちはだかった。けれどもそこは磁気バッジに頼ることもできそうだった。そこでシャルル・ベリエの鍵束をとり出して確かめた。鍵束のなかほどに黒い卵形のバッジがぶらさがっている。それをドアの近くに押しあてると、案の定、カチャリと金属音がしてドアが開いた。

彼女は上階へ向かった。粗末な階段室のペンキは剝げ、壁には大きなひびがいくつも走っている。エレベーターはなかった。そうだ、ベリエは閉所恐怖症だった、とアレックスは思い出した。

五階までのぼると白いドアまで進んだ。心臓がふたたび早鐘を打ち、汗がひと筋、額を流れ落ちた。不安発作の前触れだ。

なかに入るには正しい鍵を見つけ出さなければならない。だがそれは、隣人たちの注意を引かずに鍵束にあるすべての鍵を試すことを意味する。住人が不審に思い、警察を呼んだらどうしよう？

事の次第をどう説明すればいいのだろう？　受けた暴力を証明する余地はまだあるだろうか？　身体についた傷跡はまだ残っているだろうか？　正当防衛を主張できるだろうか？

自宅を出たことは逃亡と見なされるだろう。どこからどう見ても手遅れだ。引き返すことはもうできない。

アレックスはもうひとつ別の恐怖、もっとずっと理屈に合わない恐怖も感じていた。ドアを開けたら、なかに誰かがいるのではないか？

シャルル・ベリエがいるのではないか？

彼女は幽霊の存在など信じてはいなかった。それでも想像せずにはいられなかった。ベリエがドアの向こうに立っている。こちらをじっと見つめている。喉元に手を伸ばしてきて、わたしに報いを受けさせる。

〈空腹の幽霊《ハングリー・ゴースト》〉が思い出された。中国仏教の教えでは陰暦の七月、地下世界の扉が開き、飢えた幽霊たちが飛び出してくるとされている。安息の地を見つけられずにさまようそうした霊は、生者につきまとおうとして戻ってくる。彼らは親族に尊ばれなかったり、非業の死を遂げたり、海難事故で亡くなったりした人たちの霊で、永久《とわ》の責め苦を受けることになった恨みを晴らすために地獄からのぼってくる。幽霊たちをなだめるために生者はドアの前に祭壇を設ける。そしてろうそくを灯して線香を焚き、偽の紙幣や紙でつくった馬や車を燃やして彼らを地獄へ送り返す。

アレックスは鍵束に目を凝らし、それらしき鍵を探そうとした。可能性の高そうなものから試していけば、何度もガチャガチャしなくてすむはずだ。隣人たちとは違ってベリエは防犯ドアをとりつけていた。鍵束のなかに二本、ディンプルキーがあるのに気がついた。この二本がおそらく、十六区にある自宅とここの鍵ではないか。まずは大きいほうで試してみて失敗した。するとその瞬間、同じフロアーの三つあるドアのひとつが開いた。アレックスはぎょっとして心臓が止まりそうになった。だがドアから出てきた男は彼女以上に驚いたようだった。身長が二メートル近くありそうな大男で四十代、ひどく長い金髪をうなじの後ろで束ね、ジョギングウェアを着ている。

男の部屋のドアの隙間からアレックスはすかさず内

部を覗き見た――極小の部屋が家具屋の倉庫のように物であふれている。アレックスは男の表情や、相手の視線を避けてうつむくそのようすから、シャルル・ベリエはこの隣人をモデルにアントン・ジョアンセンをつくり出したのだとわかった。ジョアンセンも建築家のポール・アルデュソンと同様、『他者たちの歌』に出てくる人物だ。彼はアスペルガー症候群の患者で、道で拾ってきた家具を手直しして転売したり、集めたペットボトルの蓋をスーパーで買いとってもらったりして生計を立てていた。

「ボンジュール」アレックスは挨拶した。

相手は返事をせずにフロアーにある三番目のドア――共用トイレのドア――を開けた。

アレックスはもう一本のディンプルキーを鍵穴に差しこみ、シャルル・ベリエの隠れ家に足を踏み入れた。

玄関ドアを開けたすぐその先がミニキッチンのついたリビングだった。中庭に面したふたつの窓、オークの寄せ木張りの床、ココヤシ繊維のラグ、ライトブラウンの木材と白を基調とした明るい色合いの家具、デスクと革張りのチェア、本がぎっしり詰まった大きな書棚。クラシック音楽と歌謡曲のCDも並んでいる。

メインルームとなるリビングに続いて小さなベッドルームがあった。採光の悪い部屋だったが、不思議と居心地はいい。メインカラーは壁の白とベッドやカーテンの紫。ベッドは、シーツ、羽根布団、羽根布団の上にかかっているフェイクファーのブランケットなどすべてが紫で統一されている。ナイトテーブルの近くには多種多様な薬が置かれていた。大量の抗不安薬《ザナックス》、睡眠薬……。睡眠薬は偽薬効果《プラシーボ》が見こまれる植物系のものからロヒプノールのような本格的なものまでよりどりみどりだ。

アレックスは一瞬ためらったあとザナックスを半錠のみ、ベッドに横になった。紫のフェイクファーのブランケットという趣味はいただけなかったが、それでもその肌触りはこれまで経験したことのないやわらかさだった。

アレックスはなぜか自分が落胆していることに気がついた。この場所に自分はいったいなにを期待していたのだろう？　すべてが想像どおりではないか。本、音楽CD、デスク――まさに読み書きをする空間だ。そして愛人を連れこむための寝心地のいいベッド。ミニキッチンにはワインとシャンパンのボトルも何本か置いてある。だが、なにかが足りない。強いて言えば〝魂〟とでも名づけられるものが。日が経つにつれて、この部屋からシャルル・ベリエの痕跡が失われてしまったのだ。そう思った瞬間、アレックスは自分がベリエのにおいを覚えていることに気がついた。無意識に、知らず知らずのうちに、ベリエのにおいを記憶にとどめていることに。彼がつけていた〈ベラミ〉のコロン。もっと秘密のにおいも知っている。汗のにおい、欲情のにおい、恐怖のにおい。普通なら知りえないにおいも知っている――血のにおい、ざっくりと割れた肉のにおい。

これほど個人的な身体の秘密を知っている以上、残されたほかのものすべてがうわべだけの虚ろな遺物に思えるのは致し方ないのかもしれない。

彼女はシャルル・ベリエの薄暗い側面も目にしたし、身を委ねるようなあのありえない死にざまも知っている。そうである以上、この密会部屋に残されているのはアレックスにとっては既知のものか、あるいはとるに足らないものだけで、この場所にはなにも期待はできない。彼女はいまやフェイスブックやインスタグラムにアップされたベリエの自信に満ちた顔写真を眺めながらこの大作家に、彼が死にゆく人間ではなく、すでに死んだ人間であることを思い出させることさえできるのだ。汝、死したことを忘れるなかれ《メメント・モルチュウス・エス》。

おそらく、密会部屋《ギャルソニエール》という言葉が期待と想像を過度にかき立てたのだろう。ギャルソニエール。バルザック的な響きを持つこの言葉は、贅、淫蕩《いんとう》、娼婦、裕福なブルジョワを想起させる。なのにいま足を踏み入れたのは、装飾物はわずかに紫のフェイクファーのブランケットだけというイケアの世界だった。

やがて彼女は眠りに就いた。そして数時間後、玄関のチャイムで起こされた。

外はすでに明るかった。

人は恐怖で死ぬものなのか？　目覚めたとき、そんな疑問が脳裏をかすめた。

第四章　ソラヤ

チャイムを一度鳴らしたあと、訪問者はドアをノックしはじめた。アレックスはその場に凍りつきながら考えた。このままじっとしていれば、ドアの向こうの人物は、唐突に現れたように唐突に去ってくれるのではないか。

だが相手はしつこくドアを叩いている。アレックスはすぐに、アントワーヌが来たのだと思った。レヌアール広場からここまで、知らないうちにあとを尾《つ》けてきたに違いない。もしそうなら、アントワーヌは途方もない脅威となる。なかに入れて話をしなければならない。なんらかの説明が必要だ。真実の、あるいは偽りの説明が。そして早急に追い払う。シャルル・ベリエに新たな死を与えるには、自分とベリエのあいだにどんなつながりもあってはならない。

突然、ドアの向こうからヒールの音が響いてきた。ということはアントワーヌじゃない、女性だ。

アレックスの心臓は乱打した。やってきた女が鍵を持っていたら？　いまこの瞬間にも部屋に入ってきたら？　わたしの顔を見て、ベリエになにかあったと察するのでは？

彼女は恐怖にすくみあがった。だがそれでも、誰が来たのか知りたいと思った。いや、むしろ見たいと。裸足だったので、そのまま二メートル離れた玄関ドアまで近づき、訪ねてきた女の顔を覗き窓から見てみようと決めた。そして、おっかなびっくり足を運んだ。

雄牛がひづめで地面を蹴るように、女がヒールの踵を床にいらいらと打ちつける音が聞こえてくる。

アレックスは寄せ木張りの床をきしませずに玄関のドアまで行き着くと、片目を覗き穴のレンズに押しあてた。

玄関口にマグレブ出身とおぼしき四十代の女が立っていた。俗に言う美人ではない。顔立ちのバランスが崩れている。けれども、見る者の心をとらえるなにか強烈なものを発散している。ビゼーのカルメンを思わせる女。巻毛の黒髪はあちこちで灰色に変わり、白髪の束もまじっている。化粧っ気も飾り気もまるでない、むき出しの素顔。すぐに誰だかぴんと来た。シャルル・ベリエの愛人だ。

突然、女は携帯電話をとり出して番号を押した。すぐにシャルル・ベリエのスマートフォンが鳴り出した。

ベリエの死後、彼のスマートフォンにはショートメールや音声メッセージが次々に届いていた。そのすべてにアレックスは文章で応えていた。返事を書くときは、そうしたやり取りにこれまでベリエが使ってきた簡明直截な言葉を使うよう心がけた。妻や娘からの呼び出しもあれば、仕事関係の連絡もあった。アレックスはベリエの家族には格別の注意を払って返信した。執筆は快調に進んでる。それもこれも最近雇ったアシスタントのおかげだ。書きあげたらすぐに帰る……。

ソラヤからも幾度となく連絡があった。アレックスは彼女にも元気でやっていると返信した。じきに帰る、会いたい、お尻と髪にキスを贈るとかなんとか。ソラヤからの返事はそっけなく、冷淡な感じすらしたが、まさかベリエを捜しにここに乗りこんでくるとは思わなかった。

「シャルル、いるんでしょ? 開けてちょうだい」

沈黙。アレックスはあせった。スマートフォンが鳴っている。電話を切りたいのだが、動けば相手に足音を聞かれてしまう。

「ちょっと、シャルル、どういうつもり? 携帯が鳴ってるのは聞こえてるのよ。なかに入れて」

寄せ木張りの床にヒールを神経質に打ち下ろす音がする。

「ほかに誰かいるの? そうなのね? あきれた人!」

怒りの言葉を残して彼女は立ち去った。カツカツと乱暴に階段を下りる音に続いて中庭からヒールの響く音がし、やがてなにも聞こえなくなった。

アレックスはしばらくじっとしていた。もしかしたらこれは罠なのかもしれない。だが十分もすると我慢できなくなった。テーブルに近づき、スマートフォンに表示されている名前を確かめた。〝ソラヤ・サラム〟

アレックスは検索エンジンの窓に彼女の名前を入力し、〝画像〟を選んだ。するといくつか、先刻覗き穴から目にしたマグレブの女性を写した画像が現れた。ソラヤ・サラムは脚本家で文芸ジャーナリストだった。

少しだけ時間稼ぎはできた。ソラヤはベリエがほかの女を連れこんでいると思って立ち去った。怒り心頭だったから、次は退路を断ち、決死の覚悟で乗りこんでくるだろう。

ソラヤが去ったことはあらゆる面で幸いだった。嫉妬に狂った愛人は警官よりも手強い。これからは四六時中警戒が必要だ。ベリエがソラヤとの逢瀬をやめたタイミングでレオが登場することで、ソラヤは不信を募らせるはずだ。だがまさか最悪の事態までは想像しないだろう。愛人が死んだとまでは考えないはずだ。とはいえ、疑心暗鬼の末にどんな結論に飛びつくかわからない。

シャルル・ベリエをして〝面倒で扱いづらい〟と言わしめたソラヤが、このまますんなり引きさがるとは思えない。このタイプの愛人がすべてを成り行きに任せるはずがない。攻撃の態勢を整えて、容赦ない戦いを挑んでくるだろう。そのときソラヤは、ひょっとするとシャルル・ベリエ殺しの理想的な犯人になるのではないか……。

第五章　ろくでなし

鉄は熱いうちに打て。アレックスは早速行動に出ることにした。シャルル・ベリエが戻らないことを不審に思い、誰かが、たとえば彼の妻、義父、愛人、子どもたち、編集者などがいつなんどき警察に連絡しないともかぎらない。その場合、警官が真っ先にするのは、ベリエの銀行カードの使用状況と電話の通信履歴を確認することだろう。アレックスがそのへんの事情に詳しいのは、新聞の三面記事を熱心に読んでいたからだ。そこで彼女は、シャルル・ベリエの銀行カードを使って大量に宅配を頼むことにした。警官がベリエの買い物リストを子細に調べている図が頭に浮かんだ。疑いを持たれないように、ベリエのイメージに合った物を買わなければならない。彼女はシャンパン、ワイン、サーモン、ショコラ――愉悦と放蕩を連想させる食べ物――を注文した。ソラヤ・サラムは、シャルル・ベリエがほかの女と一緒だと思っている。確かに女連れにしたほうが雲隠れの信憑性が増す。アレックスはこの有望なシナリオをどこまで引っ張れるか検討しようと思った。

配達人が段ボール箱を持ってあがってくると、アレックスは「ボスのシャルル・ベリエから」と言ってチップをはずんだ。ドアの閉まった寝室に向かって声を張りあげる茶番まで演じた。

「ベリエ先生、届きましたよ!」

そして配達人に申しわけなさそうにほほえんだ。

購入したばかりの二十五ユーロのブルゴーニュワインを飲みながら、アレックスはベリエのパソコンの前に陣取った。最後に投稿してからしばらく時間が経っている。先日ポルノの写真をアップしたが、数時間後にはサイトの検閲に引っかかって削除された。というわけでSNSに投稿するネタをもう一度探し、騒動をつくり出す小石を撒かなければならない。

彼女はベリエのスマートフォンで、紫のフェイクファーのブランケットがかかったベッドの写真を撮ることにした。

そしてそこに、ペンション滞在中にベリエがファンだと明かしたランボーの詩の一節をもじってコメントをつけた。

〈おお、オメガ、そのケツから発せられる紫色の光!〉

それをSNSにアップした途端、ベリエのスマートフォンにソラヤからショートメッセージが入った。

〈ろくでなし〉

その簡潔なメッセージを目にしてアレックスは思わず笑った。ソラヤ。化粧っ気のない顔、白髪の束、憤慨した足音――彼女のすべてが気に入った。さまざまな連想に浸らせてくれるその名前までも。ソラヤ。姉妹《スール》。女の友情《ソロリテ》。

彼女を気の毒に思ってはいけない。情にほだされてはいけない。ふたりの娘とアントワーヌの人生がかかっている。彼らには、大切なわたしの家族には、世界の喧騒とわたしの犯した過ちから守られた場所で幸せな暮らしを送る権利がある。

アレックスは受けとったのと同じぐらい簡潔なメッセージをソラヤに返した。〈黙れ〉

そして待った。はたしてソラヤの怒りの火にうまく油を注げただろうか？　ソラヤはこれからその辛辣さを存分に発揮して、罵詈雑言をこれでもかと浴びせてくるだろうか？　そうなれば、悪態のひとつひとつが彼女の首を絞めることになる。なにしろこっちはいま、シャルル・ベリエにもうひとつの死を与えようとしているのだから。

だが反応はなかった。ソラヤは沈黙を守り、スマートフォンの画面は暗いままだった。アレックスは画面にひたすら目を凝らしつづけた。時間が経つにつれてそわそわしてきた。そうこうしているあいだにベリエの息子から留守電に短いメッセージが入った。ギターの授業料の支払いを忘れないでくれという内容だった。妻からもショートメッセージを受けとった。夫妻の寝室の天井のひび割れが広がっているらしい。

ソラヤはまだだんまりを決めこんでいる。

先が読めない不安でアレックスは息が詰まりそうだった。シャルル・ベリエの愛人はどんな手に出るつもりだろう？　ここに乗りこんできてベリエに嫌がらせをする気か？　それとも、誇り高く別の女にベリエを譲るつもりか？

夜中にようやく返事が来た。〈一緒にいるのは誰？〉

なかなか眠れずにいたアレックスは霧笛の着信音にすぐに気がついた。そして返信した。〈きみの知らない女だ〉すると今度は画面に、相手がメッセージを打ちこんでいるときに出てくる灰色の三点リーダーが表示された。ソラヤが返事を書いているのだ。

〈旅先で出会ったの？〉

アレックスがこれまでに目を通したベリエのすべてのメッセージと同様、ソラヤの書くフランス語は簡潔だった。アレックスはなんと返事しようか迷った。パリの文壇を離れた休暇先で新しい女と出会ったと伝えれば、プティ・マルス村に、アレックスの家族に、アレックス自身に注意を引き寄せてしまう恐れがある。

アレックスが返事をためらっているあいだにソラヤは猛烈な勢いでキーボードを叩いたのだろう、メッセージが次々に送られてきた。

〈どんな人？〉

〈どんなタイプ？〉

〈本は書き終えた？〉

最後の質問にアレックスはおや？　と思った。ソラヤがなんの前振りもなくいきなりライバルの女から執筆中の小説に話題を変えたからだ。あるいはアレックスにはわからない前振りがあったのかもしれない。とにかくこの問いがアレックスに新たな方向性を授けてくれた。

〈女がいるわけじゃない。きみが思っているような意味での女はね。新しいパーソナルアシスタントを雇ったんだ。彼女に口述筆記してもらってる。作業が終わったら戻る。それがなにより大事だからな。作品をしっかり仕上げることが〉

しばらく間が空いた。アレックスは画面の向こうでソラヤが頭を猛然と働かせている音が聞こえてくるような気がした。考えてみると不思議だと思った。自分とソラヤの関係が。微妙で、危うくて、けれども新しい自分の人生にとって唯一大切なものに思えるこの関係が。

ソラヤから返事が来た。

〈パーソナルアシスタント？　ありえない《WTF》〉

ソラヤはギアを上げた。

〈どうせ娼婦でしょ？　さっさとそう言えば話が早いのに〉

アレックスは根気よく諭す作戦に出るべきか――〈執筆の行き詰まりをなんとかする必要があったんだ……〉――、切り捨てる作戦に出るべきか――〈おまえにはもううんざりだ〉――迷った。どちらがソラヤを黙らせられるだろう？　どちらが真に迫っているだろう？

〈名前はレオ。彼女のおかげで八十五ページまで進んだ〉

〈きれい？〉

〈いや。とにかくタイプじゃない〉

その夜、この言葉を最後にチャットは唐突に終了した。

このやり取りがシャルル・ベリエを殺したくなるほどソラヤの怒りをかき立てていればいい。アレックスはそう願わずにはいられなかった。

第六章　イヴ・デルマン

シャルル・ベリエのスマートフォンにはショートメッセージや留守電のメッセージがどんどん押し寄せるようになった。パリっ子たちがバカンスから無事に戻りはじめている証拠だろう。そのなかでひとつ、とりわけアレックスの注意を引いた留守電のメッセージがあった。

〈シャルル、電話をよこせ。面白いオファーが来てるんだ。イザベルに聞いたんだが、新作を仕上げるためにまだ田舎をほっつき歩いてるんだって？　だが電話ぐらいできるだろう。義理の父親には無理でも、代理人《エージェント》にはな〉

そう言うと相手は嫌味な笑い声をあげた。

ということは、シャルル・ベリエのエージェント、つまり妻イザベルの父親に電話をかけなければならないらしい。

イヴ・デルマンは豊かな白髪に青い瞳という見目麗しい老人で——インターネットにある最近の写真を信じるならば、とてつもなく見目がいい——、御年七十一、高名な出版エージェントだ。ベリエ帝国の要石《かなめいし》でもある。シャルル・ベリエがイヴ・デルマンの娘をたぶらかして妻に娶《めと》ったのは、高級出版業界に潜りこむための戦略だったのだろうか？

アレックスはスマートフォンに返事を打ちこんだ。

〈辺鄙な場所にいる。書き終えるまでは身動きできない。代わりに、新しく雇ったパーソナルアシスタントを遣わす。名前はエレオノール・ドゥレルム。全幅の信頼を置いている〉

イヴ・デルマンからの返信——〈出身校は？〉

シャルル・ベリエ——〈国立商業学校。優秀だ〉

イヴ・デルマン――〈携帯の番号は？〉

アレックスはナントで購入し、これからはレオのものになるはずのプリペイド式携帯電話の番号を知らせた。

ほどなくしてシャルル・ベリエの義父から電話がかかってきた。アレックスは留守番電話サービスに応答を任せたい気持ちをなんとか抑え、震えながら電話に出た。

「エレオノール・ドゥレルムです」

「〝パーソナルアシスタント〟なるものがなんなのか、いまだにさっぱりわからんな」イヴ・デルマンは挨拶抜きで言い放った。「なんでそんなものをシャルルがあれほど必要とするのかも」

「パーソナルアシスタントを〝娼婦〟の同義語だとお考えになる方もいらっしゃるかもしれませんね。でも、それは品のない誤解です。あなたのような男性が陥ってはいけない類の。それよりも、買い物もこなせる〝タイピスト〟とでも言っておきましょうか」

イヴ・デルマンはここでも嫌味な笑い声をあげた。

だが適性検査はこれで終わりではなかった。

「むろん金勘定もできるんだろうな。そっちの腕前はわたしのオフィスで見せてもらおう。明日、十時半だ」

アレックスはなにも言い返さずに、ただ住所と建物に入るための暗証番号をメモして電話を切った。

これでベリエの実人生に一歩足を踏み入れることに成功した。引き返せないところにまで来てしまった。もう逃げ道はない。あとはうってつけの殺人犯と説得力のある動機を見つけるしかない。

アレックスはシャルル・ベリエのスマートフォンからイヴ・デルマンにショートメッセージを送った。

〈わたしのアシスタントと会うんだって？　どうかお手やわらかに。なかなかの逸材なんでね〉

ふたたび動悸が激しくなり、顔が上気し、頭がずきずきしはじめ、胃の耐えがたい痛みが戻ってきた。あまりの痛みにアレックスは臓腑の奥底に逃げこんだ。そこで縮こまり、彼女の存在すべてがよじれた胃となった。シャルル・ベリエの薬置き場にあったザナックスを半錠のんだ。続けて今度は一錠。

アレックスは紫のフェイクファーのブランケットがかかったベッドに倒れこんだ。そしてブランケットにくるまって身を縮ませながらじっと息を詰めていた。アントワーヌはいまどこにいるのだろう？ レヌアール広場をうろついている夫の姿が脳裏に浮かんだ。必死に考えこんでいる夫の姿が。アントワーヌが妻を見つけ出すまであきらめないつもりなら、彼を遠ざけるためになんらかの説明をしなければならない。とはいえ、あるがままの真実を明かすわけにはいかない。アントワーヌが背負うには重すぎる。もっともらしい嘘をつくべきだ。けれども、どんな嘘をつけばいい？

頭痛をやり過ごすためにアレックスは本棚に目を走らせた。シャルル・ベリエは本は紙で読む主義らしく、電子書籍は利用していなかった。本のほかにCDやDVDも持っていた。アレックスはベリエがそれらを眺め、数え、指先で撫でるようすを頭に描いた。

ベリエはどうやら長大な空想小説がお気に入りだったようだ。だがそのいっぽうで詩もこよなく愛していた。文学全般で言えば、十九世紀末の作家たちと二十世紀の一部の作家を好んでいたようだ。ベリエの本棚に並ぶ書籍を眺めながらアレックスは新しい文学の世界、それまで知らなかった新しい文化と出会った。ジョン・ファンテ、ヘンリー・ミラー、チャールズ・ブコウスキー。

シャルル・ベリエは人生に迷った異性愛者の白人男性を主人公にした長篇ドラマシリーズも好んでいた。〈ブレイキング・バッド〉や〈マッドメン〉は何度も繰り返し観たようだし、ペンション滞在中にも〈ザ・ソプラノズ 哀愁のマフィア〉を再鑑賞しており、死の前日はちょうどシーズン3にとりかかっていた。そしてシーズン4の半分まで観たところで翌日になった。

アレックスはシャルル・ベリエに送られてきた複数のショートメッセージに返信し、ツイッターで新たに、右派系無所属の女性議員の美しい脚について賛美と驚嘆のコメントをつぶやいた。〈馬鹿を絵に描いたような女でも、ドレスの下に意外なお宝を隠し持つことができるとは!〉

翌朝、アレックスは頭を働かせようとコーヒーを五杯飲んだ。できうるかぎり頭脳を明敏に保つ必要があった。なにしろこれから二重の目的を達成しなければならないのだ。ほかの女になりすましてイヴ・デルマンを観察し、この男が殺人犯の有力候補となりうるかどうか見きわめるという目的を。

第七章 切り売り

イヴ・デルマンのオフィスは六区のジャコブ通り四十三番地にあった。目指す場所まで無事にたどり着けるのか、アレックスは不安になった。意識を失いそうなほどひどい過呼吸に見舞われたからだ。それでもほかの女の仮面をつけ、自分自身はその背後に隠れることでなんとか乗りきった。赤い髪、赤いミニスカート、素顔を隠すファンデーションという仮面を身につけることで。精神科病院に収容されていたときに医師のひとりから授かったアドバイスを思い出した。〝できる《フェイク・》まで、できるふりをしろ《イット・アンティル・ユー・メイク・イット》〟

彼女は〝レオ〟になりきろうとしたが、その腹のなかにはアレックスが丸ごと入っていた。

ついに約束の時間が来て、チャイムを鳴らすしかなくなった。なんとなくエレベーターを使うのは避けた。上階でシャルル・ベリエの義父が待ち受けていた。

「なんだ、あんたもか？」

アレックスはわけがわからず老人を見た。

「閉所なんたらとかいう病気だよ。ひょっとして、その病気のグループセラピーでシャルルにリクルートされたのか？」

アレックスは手を差し出した。

「エレオノール・ドゥレルムです。シャルルの新しいアシスタントの。確かにわたしは頭が少々とっ散らかっているかもしれません。ですが、グループセラピーとは無縁です」

頭のてっぺんから足元まで、イヴ・デルマンにしげしげと見つめられた。髪、スカート、ハイヒール。思い過ごしかもしれないが、怪しむような目つきだ。それでもデルマンは脇に寄り、なかに入るよう促した。

アレックスはデルマンとともに法律家や若手エージェントのほか、メールを送ったり契約書のコピーを発送したり、コーヒーを買いに行ったりといった雑用を任されているレオ自身のようなアシスタントたちがせわしなく立ち働いているオフィスを抜けた。

イヴ・デルマンの執務室は広々として光があふれていた。ライトブラウンの寄せ木張りの床、ガラス板のデスク、人間工学《エルゴノミー》にもとづく黒い椅子。著者たちを迎える場所なのだろう、ソファーと肘掛け椅子を並べたコーナーもある。あちこちで原稿が山を成し、大きな部屋の仕切壁となっている。イヴ・デルマンのところにはデジタル化の波はまだ押し寄せてはいないようだ。

なにか飲むかと訊かれたが断った。グラスを倒してしまったり、吐いたりする失態は犯したくない。ソファーの隅に腰を下ろして脚を組んだ。

デルマンが相変わらず無遠慮な視線を投げてくる。汗が噴き出してきた。汗をかいていることをデルマンに気づかれないといいのだが。

「アシスタントは少なくともあんたで五人目だ。ころころ変わるから、ついていくのが容易でない」ようやくデルマンが口を開いた。

アレックスは余裕のあるなれなれしい話し方をしようと必死だった。

「パーソナルアシスタントになにかご不満でも?」

「いや、別に。だがわたしはアシスタントではなくて、〝妾《めかけ》〟と呼んでいる」

イヴ・デルマンは声をあげて笑った。われながらうまいことを言ったとご満悦なのだ。

「デルマンさん、わたしはシャルルの新作の執筆に協力しています。ほかの作品の執筆にも。さっさと要件に移りましょう……」

デルマンは肩をすくめた。

「なるほど、よかろう」

「で、どんなお話ですか?」

「じつは『不動なる歩行者』の翻案権を買いたがっているテレビプロデューサーがいてな。あの作品をもとにしてデジタルプラットフォーム向けのドラマシリーズをつくろうとしているらしい。わたしはそうした新興の分野についてはからきしだが、提示額にそそられてね。七千ユーロ」

その瞬間、レオがアレックスを乗っとった。

「はあ?」

「はあ、だと? 七千ユーロが懐に転がりこんでくるんだぞ、やつがケツを一ミリも動かさずともな。そもそもやつはどこにいる?」

「言えません。本が完成したら戻ってきます」

「どんな内容だ? 確かに田舎の過酷な現実を描いたものが人気だが、やつが書くものは暗くていかん。今度は明るめなやつを頼む」

その言葉を聞いてアレックスはわれ知らず、シャルル・ベリエではなくて自分が侮辱されたような怒りを覚えた。いまの指摘でベリエの義父の本心が見えた。この男はベリエに輪をかけて下品だが、上流階級の出で、裕福な生まれの人にありがちなやさしさをまとった傲岸さで娘婿を見下している。

「お断りします。そういうのはシャルルもわたしも興味ありません」

自然に口を突いて出た言葉だった。ベリエと彼の作品に対する侮辱に一矢報いたかった。イヴ・デルマンは携帯電話をつかむと、武器を掲げるように振りあげた。

「とにかくシャルルに電話する。あんたには悪いが、やつがこれまで濡れ手で粟のうまい話を拒んだことは一度もないんでね」

「もっといい手がありますよ！　シャルルは権利を丸々売るようなことはもう考えていません。切り売りするんです」

義父は携帯電話をテーブルに置いた。興味を引かれたのだ。

ちょうどそこに女が入ってきた。青い目、黒い髪の若い女で、額にたっぷり前髪が落ちている。年齢は二十歳《はたち》を少し超えたくらいか。美人とは言えないが、気難しそうな仏頂面が妙に魅力的だ。イヴ・デルマンは一瞬、闖入者《ちんにゅうしゃ》に眉をひそめたが、入ってきたのが彼女だとわかると表情をやわらげた。

「彼女はマノン、わが社で最年少のエージェントだ。マノン、こちらはベリエのアシスタント。ええっと、なんて名だっけ？」

「エレオノール・ドゥレルム。レオと呼ばれています」

「マノンにいま言ったことを説明してくれ」

アレックスはいましがた口から飛び出したアイディアを詳しく説明した。

「ひとつの作品の翻案権を丸ごと売るのではなくて、

登場人物ごとに売るんです。この人物は〈TF1〉の大河ドラマの主人公、この人物は〈フランス2〉のホームドラマ、さらにこの人物はネットフリックスかアマゾンのスリラーといった具合に」

「へえ、いいじゃん……」

アレックスはマノンが自分に向ける冷たい目つきを見て成功を確信した。

「どっからそんなことを？」

「アガサ・クリスティーの作品ですでに同じ方式が採用されています。クリスティーの著作権を扱うイギリスのエージェントはこれで大儲けしてますよ。わたし、儲け話に興味があるんです」

デルマンの耳障りな笑い声が響いた。エージェントの小娘の仏頂面はしかめっ面に変わりかけている。だが急に態度をやわらげて言い放った。

「オッケー、あたしは乗った！　めっちゃいいと思う、このアイディア！」

大金が転がりこむ可能性が、マノンの恋愛あるいは感情面のわだかまりに打ち勝ったようだ。

イヴ・デルマンは携帯電話を手にとって番号を押した。

「シャルル？」

アレックスは密会部屋に置いてきたベリエのスマートフォンに電話がつながり、電話口からベリエの声が響いてくるのではないかという馬鹿げた恐怖に襲われた。だがもちろん、電話は留守番電話サービスにつながった。

「シャルル、わたしだ。なに、電話に出なくても驚かんよ！　いま、きみが言う逸材とやらが来ている。で、そっちの思いつきを聞いた——もっともわたしは、発案者はきみではなくてアシスタントじゃないかとにらんでおるんだが。なにしろ婿殿のビジネスセンスはお粗末きわまりないからな！　で、話を聞いてマノンとかなり盛りあがってね。すごいじゃないか。電話をくれ」

デルマンは電話を切るとマノンに向き直った。

「おまえ、ベリエの小説に出てくる登場人物を覚えてるか？」

「まあなんとなく。シルヴァン・ピネルでしょ、もちろん。それにポール・アルデュソン」

だがマノンはその先が続かなかった。

「あんたはどうだ？」デルマンがアレックスに水を向けた。

アレックスはうなずいた。まずは会計士のヴァンサン・ルロワール。彼の自慢は、顔にとりつけることに成功した洗濯バサミの数で毎年〈ギネスブック〉に名を連ねていることだ。それにベリエのアスペルガー症候群の隣人をモデルにしたアントン・ジョアンセンや、無菌室で暮らす〝バブルボーイ〟で人生の実体験がないラジャゴパル。そしてソラヤ・サラムの分身であるジャミラ・ラクダールと、彼女と近親愛で結ばれている兄のセリム。さらにカメレオンのようなオロール・モアティ。彼女は周囲に溶けこみ、まわりに合わせて自分を変え、彼女の生きる世界を映し出す影でしかない人物だ。ひょっとしたらモデルはベリエの妻かもしれない。だがアレックスはオロールを、彼女自身を先取りする存在としてとらえていた。オロールの類まれな適応能力をベリエは創造力そのものとして褒め称えていた。と同時に、彼女の本質について問いかけていた。仮面を一枚一枚剝ぎとってゆけば最後に素顔が残るのか、彼女を覆う幾多のベールの下に彼女自身は存在するのか、と。

もうひとり、アレックスがつねづね気になっていたのがマルタン・ラビエという登場人物だ。仕事は髪売り。ここで言う〝髪売り〟とは文学的な比喩表現ではなく歴とした職業で、高度な専門知識が必要だ。フランスでは髪の売買が禁止されているため、この商売に携わる人たちはそれが認められているよその国々で髪を買いつけて美容産業に卸している。高値がつくのは縮れていて脆く入手困難なアフリカ人の髪だ。このマルタン・ラビエがアレックスにとって謎なのは、シャルル・ベリエの小説のほかの登場人物たちとは違い、光を感じさせる部分がまるでないからだった。ラビエは周囲に悪を振りまいてばかりで、償いや贖いをすることは一度もない。彼はわけても女を憎んでいた。それでもベリエはこのラビエにみずからの特徴、つまり彼の風貌と好みを明らかに投影していた。マルタン・ラビエはいわばベリエの邪悪な分身だった。

アレックスはこの間《かん》、もっぱらベリエの小説の登場人物とだけ向き合って暮らしてきたので、彼らのことは手にとるようによくわかっていた。彼らのこまごまとした行動様式も、ちょっとした癖も、口調もすべて把握していた。ベリエが残した空白は彼女が自分で埋めていた。

「登場人物ごとに売値も考えたのか？　それぞれの価値をどうやって決めるつもりだ？」

デルマンの問いにアレックスは不意を突かれた。当然の疑問だが、ひとりひとりに値段をつけるのは酷だった。ベリエがポール・アルデュソンに特別の思い入れを持っていることは感じていたし、彼女自身はオロールに愛情を覚えている。

するとマノンがデルマンの疑問にあっさり答えを出した。

「買い手の提示する最高額がそれぞれの価値ってことでしょ」

デルマンもアレックスもこのもっともな意見にうなずくと、今後密に連絡をとり合うことを確認して打ち合わせを終えた。

部屋を出た途端、マノンの声が聞こえてきた。

「あの人、シャルルの新しい愛人だと思う？」

デルマンは笑い飛ばした。

「まさか！」

アレックスは首を傾《かし》げた。デルマンはなぜそう断言できたのだろう？

通りに出たときアレックスは疲れ果てていた。登場人物を切り売りするなんて、これまで考えたこともない。なにか摩訶不思議な力が働いたとしか言いようがない。アレックスがつくり出した架空の人物エレオノール・ドゥレルムがデルマンとの一時間ほどの打ち合わせのあいだに独り立ちし、みずからの意思で動いたのだ。ピノキオが本物の少年になったように、レオが現実の人間となり、みずからの口でしゃべったのだ。レオが彼女の頭を支配し、自分にはまるで似つかわしくない、けれどもあのレオなら思いつきそうな儲け話のアイディアをひらめかせたのだ。

まるでベリエの小説の登場人物のオロール・モアティのようではないか。アレックスは自分の多面性に気がついた。自分のなかにほかの女が、あるいはことによるとほかの男が何人か住みついているみたいだ……。

と、そこでアレックスの思考の流れが途切れた。

こちらに突進してくるアントワーヌに気づいたからだ。

第八章　飾り気のない女

アントワーヌに腕をつかまれ、身体を揺さぶられたアレックスは右に左に視線をめぐらし、誰にも見られていないか確かめた。

「お願い、離して。説明する」

「その髪はどうした？　その服は？」

アントワーヌは腕をつかんだまま放そうとしない。その瞳はこれまで見たことのない怒りでぎらついていた。アレックスは懇願した。

「お願い、アントワーヌ。ここで一緒にいるところをほかの人に見られたくない」

一瞬、殴られるのではないかと思った。

「おれをおちょくってるのか？　どういうつもりだ？」

アレックスは落ち着いて考えようとした。アントワーヌのこの反応からすると、妻がシャルル・ベリエを殺したことは知らないようだ。とはいえ、つねに冷静沈着でやさしかったアントワーヌが、悲痛な表情を浮かべてわれを忘れている。

アレックスは自由なほうの手で彼の手を撫でた。

「来て。ここを離れましょう」

アントワーヌはうなずくとようやく手を放した。ふたりは通りを歩き、セーヌ河岸まで出て土手の道を下りた。

そこまで来ると、アントワーヌは恨みつらみをぶちまけた。

「あいつに惚れちまったことは、めちゃくちゃつらいがまだわかる！　だがな、なんの説明もないままあいつと家を出るなんて見損なったぞ！　で、娘たちは？　あの子たちのこと、どうするつもりだ？　おれはあの子たちになんて説明すればいい？〝いや、ママは有名人とできちまってね。熱が冷めたら戻ってくるよ〟とでも？」

声のトーンが上がってきたのでアレックスは話を遮った。

「なにからなにまで誤解よ。わたしはシャルル・ベリエとは寝ていない」

「おまけにおれをうすのろ扱いするつもりか？　おれの目が節穴とでも？　こっちはな、きみとあいつがうまいことやってたのを見てたんだぞ。ベリエは発った。おれに挨拶もしないで。で、きみはその翌日に家を出た。そんな偶然あるか？」

「そう、これは偶然じゃない」

「ほらな！　あいつがきみに見とれてたことにおれが気づいてないとでも思ってるのか？　あいつはな、貪るようにきみを見てた。で、きみは腰をくねらせ、かまととぶって、興味のないふりをした！」

アントワーヌは怒りに身を震わせている。アレックスはあまりにも急なことでなんと反論したらいいのかわからなかった。だが考えてみれば、アントワーヌを遠ざけるにはこのまま誤解させておくのも手かもしれない。とはいえ、肯定するにせよ否定するにせよ、少し落ち着いてもらわなければならない。けれども嵐が収まる気配はなかった。

「おれにとってなにがいちばん応《こた》えたと思う？　きみのことが心配でたまらなかったことさ！　きみになにかあったに違いない、あいつにひどいことをされてたらどうしようってな！　でもこっちの心配をよそに、きみはあの鼻持ちならないクソ野郎とお楽しみだったってわけか！」

アントワーヌはシャルル・ベリエを気に入っていて、相手もそうだと思っていた。だから余計に痛手は大きかったはずだ。

「わたし、あの人にひどいことをされた」とうとうアレックスは告げた。

アントワーヌは息をのみ、アレックスをまじまじと見た。その瞳がいつもの青に戻った。

「なにされたんだ？」

「誕生日の夜、あなたが寝たあと、レイプされそうになった」

「あいつがきみを……」

考えるだけで耐えられないのか、アントワーヌの言葉が途切れた。

「犯してはいない。犯そうとしただけ。わたしはあの人を押しのけて逃げた。だから彼は突然出ていったのよ、挨拶もしないで」

アントワーヌはなにも言わなかった。話の筋に納得したらしい。だが、ここ数日来彼を苛んできたであろう疑いがふたたび頭をもたげたようだった。

「じゃあ、きみはあいつのエージェントのオフィスの前でなにしてたんだ？ なぜ髪型を変えた？ その服はなんだ？ いったいなにをしてるんだ、アレックス？」

アントワーヌはこれまでとはまったく違う目でアレックスを子細に観察しはじめた。明らかに精神状態を疑う目だ。妻がふたたび錯乱してしまったのかと不安に思っているのだろう。二十年ごとによみがえる呪いのように、旧知の悪魔たちにまたぞろ支配されて理性を失ったのかと。

アレックスはつかの間、頭がおかしくなったと思わせたほうがいいのかもしれないと考えた。そうすれば自分のおかしな振る舞いに容易に説明がつく。けれどもそれにはリスクが伴った。心配したアントワーヌに家に連れ戻されるか、運が悪ければ保護を名目に病院に強制収容されるかもしれない。そんな危ない橋をわたることはできない。

「内緒にしてたのは、心配させたくなかったから。でも、乱暴されたほかの女性と知り合ったの。ほかにも証人を探し出して、あの人を訴えようと思ってる」

「それにしてもなぜ変装を？」

「ベリエの身辺を探るためよ。彼と付き合いのある人たち、とくに仕事関係で付き合いのある人たちに近づこうと思ったの。そのときわたしの外見が特定されないように、見た目を変えたってわけ」

アレックスは長い時間をかけてアントワーヌを説得した。大丈夫、危険なことはなにもない、嘘はついてない、気が違ったわけじゃない。

だが、実際にはアレックスではなくてレオがしゃべっていた。レオは説得力のある言葉で熱弁を振るった。ふたりの娘を持つ母として、ベリエのような男が女性にひどいことをしてなんの咎めも受けずにのうのうと生きる世界では暮らせない、償いをさせるのだ、これは内なる闘いだ、その闘いをわたしひとりで行うのだ……。

アレックスはアントワーヌに十月一日まで待ってくれと頼んだ。二日には家に帰ってるはずよ。どうか信じてちょうだい。向こう見ずなことは絶対しない。わたしの証言の信憑性が増すように、ほかの被害者たちを探すだけだから。

とうとう最後にアントワーヌは折れた。アレックスを強く抱きしめ、二十歳のとき以来とでも言うように激しく唇を貪った。

そして、光あふれるパリの街に消えていった。

ベリエの別宅に帰り着くと、アレックスはどっと疲れを覚えた。

――どうだった？

――うまく行った。

一両日前から彼女はシャルル・ベリエと会話を交わすようになっていた。ごく自然の成り行きだった。毎日ベリエの机に向かい、彼のベッドで寝ているうちにベリエが身近な存在となっていた。そして孤独が彼女の心に穿《うが》った穴をこの架空の友が埋めてくれた。アレックスはベリエの好みにケチをつけ、その音楽の趣味をけなした。ベリエは少しずつ彼女の打ち明け話の相手、たったひとりの友人となった。アレックスを手ごめにしようとし、彼女に殺された男が。アレックスはその皮肉に気づいていたが、作家としてのうわべの背後にあるベリエの素顔に迫ることで、彼に対して憎悪、感嘆、軽蔑、憐憫《れんびん》が入りまじった複雑な感情を抱くようになりはじめた。

——ビジネスを手がけるべきだったたな。きみにはそっちの方面の才能があるんだから。

——わたしだって偉大な作家になりたかったのよ。でも挫折しただけでなく、病院に入れられるはめになった。

——ネルヴァルもだ。妄想のせいだ。夢のなかの人物と実在の人物の区別がつかなくなるんだ。昼と夜の、白と黒の区別がつかなくなるように。覚えてるか？

〝今夜は待たないでくれ。黒くて白い夜になる〟

その夜はアレックスにとってことのほか黒く、彼女は会話の途中で泥のように眠りこんだ。あまりにも疲れていたので、半日以上ぶっ続けで眠った。

そして翌朝の九時、紫色のブランケットにくるまった状態で目を覚ました。

その三十分後、イヴ・デルマンから電話がかかってきた。例の切り売りの話を進めるのにどうしてもレオの力が要るらしい。「この際、作品と登場人物を網羅した一覧表をつくろうと思ってな。ほんのちょい役でも、プロデューサーの興味を引かんとは言いきれんだろ？」

別宅を出る前、彼女は映画『素直な悪女』に出ていたブリジット・バルドーの画像をSNSにアップし、こんなキャプションをつけた。〈オツムの単純な女は幸いなり。われらに所有されているのだから〉

パリのなかでもとくに洗練された六区で、ベリエの小説の解体作業が始まった。アレックスはマノンが用意したホワイトボードに作中人物全員の名と彼らが登場する作品と、それぞれの個性をつくりあげているおもだった特徴を書き出した。それはいわば売りこみツールを作成する土台となる作業だった。これをもとに登場人物たちを俯瞰し、テレビドラマシリーズのテーマとなるような彼らの葛藤や諍《いさか》いを提示して売りこみをかけるのだ。

そうした作業を通じてアレックスは徐々に周囲の環境になじんでいった。そしてベリエと付き合いがあった人々を、自分がされているのと同じぐらいしげしげと観察した。社内の噂もかき集めた。それによると、意外なことにシャルル・ベリエは飾り気のない女が好きだったようだ。メイクをしていないすっぴんの女にしか興味がなく、グレーヘアーであろうと白髪であろうと、染めていない髪を好んだ。偽りの仮面をかぶっていない女、自分をごまかすことなくナチュラルに年齢を重ねている女を賛美した。となると、ベリエがレオ・ドゥレルムを気に入ることなどありえない。これは差しあたりこっちの計画にとっては好都合だとアレックスは考えた。余計な興味を引くことなくほかの人を観察できる。そうしてベリエについて貴重な情報を集め、彼を消すことになる殺人者へとたどり着くのだ。

それにしてもイヴ・デルマンとマノン・リオレの関係には当惑させられた。あんなに若くて魅力的な娘が、あんなに年齢のいった男とどうして出歩けるのだろう？　ふたりは寝ているのだろうか？　もっともデルマンは、事あるごとにそう思わせようと仕向けていた。おそらくやりすぎと思えるほどに。だがそれより気になるのは、ふたりがなにかにつけて動画を自撮りしようとすることだ。何気ないシーンをスマートフォンで撮影する。盗み撮りされたと見せかけて、そのじつ演出された仲睦まじい不自然な瞬間を撮る。デルマンのベッドでマノンが半裸で本を読んでいる映像。マノンがカメラに向かって中指を立てている映像。そこにデルマンの声が入る。声は雄弁だった。つまり声の主が老人であることを物語っていた。世界にさらけ出されたそれらの痛い映像を見る人はゼロ、いや、かぎりなくゼロに近かった。再生回数は二十、いくつかの動画でせいぜい二十五。それでもデルマンはせっせと動画を投稿している。彼が肉屋か教師だったなら、五十の年齢の差は世間の顰蹙《ひんしゅく》を買っただろう。だが著名人ということだけで大目に見られている。

いっぽうのマノンは勝ち気で、か弱い雰囲気は微塵もない。とはいえ、両目にまでかかるあの黒々とした前髪の下でどんなおかしな考えがめぐらされているか、知れたものではない。

――あなたの義理のお父さんはどうやらあなたを殺せなさそう。

「そうだな」とシャルルは笑った。

――義父がわざわざそんな手間をかけるとは思えない。

――それにあなたはあの人にずいぶん儲けさせている。彼は自分の大切な稼ぎ頭を殺すほど馬鹿じゃない。

――知ってのとおり、あれは情より利を重んじるタイプだからな。

――でも、あなたがマノンに手を出していたら話は別よ。

――義父は冷徹な怪物だ。自分の恋人すら妥当な買値がつけば売るはずだ。

――あのふたりであなたを殺すっていうのもありかも。計算高い冷酷なデルマンと激情型のマノン。メディア受けする組み合わせだと思う。老人と若い娘。恐ろしくも魅力的なカップル。そのふたりがシャルル・ベリエを殺害する。チャールズ・マンソン風に悪魔の儀式を完遂しようとして。

――アメリカナイズされすぎてるな。われらが怪物はエミール・ルイでありミシェル・フルニレだ。単純な動機で人殺しをするうすら馬鹿どもさ。

イヴ・デルマンとマノンを通じてアレックスは〈リッツ〉で食事をとる人たちの世界を覗き、そんな高級な場所でもしきたりを無視できる人がいることを知った。その日の昼、彼らはレオの奇跡のような思いつきを祝うため〈リッツ〉へ出向いた。イヴ・デルマンはサン・ジョセフの赤と鱈《たら》のフィレを注文した。アレックスはデルマンが魚に合わせて白ワインを注文しなかったことに驚いた。だが、魚には白ワインと条件反射的に思ってしまうところが田舎者の田舎者たるゆえんなのだろう。彼女はリブステーキを頼む勇気は持てず、同じように鱈を注文した。ワインは遠慮した。手持ちの武器や防具はひとつも失いたくない。ここでガードを下げるわけにはいかないのだ。レオの仮面の下からアレックスが顔を覗かせたりする失態は許されない。

食事の席では無理に会話はしなかった。アレックスは沈黙を苦にするタイプではない。沈黙を言葉で埋めようとあせったりせずに、目の前にいる相手をじっと見つめたままいつまでも座っていられる人間だった。

アルコールを嗜《たしな》むことは国民の義務だぞ――そう執拗に迫るデルマンにアレックスは根負けし、とうとうワインを注《つ》がれてしまった。彼女はのろのろとグラスを口に運び、唇をつけるだけで中身は飲まないように注意した。自分を制御できなくなるのが怖かった。デルマンのしつこさはもはやハラスメントと紙一重だった。

「娘婿のシャルルのことはよく知っている。あいつは酒を飲まない人間を信じない」

本気か冗談かわからずデルマンの表情を窺うと、真剣そのものに見えた。そこでしかたなく、自分はポーランド人のように底なしだが、それは夜だけの話だと強調した。そう言いながらも、目の前にあるサン・ジョセフを一気に空けたくてうずうずした。アレックスはワインも酔いの感覚も大好きだった。

だからその夜、埋め合わせをした。

彼女は十九時頃に密会部屋に帰り着いた。玄関のドアを閉めると、なぜか気持ちが不安でざわついた。不意に襲ってきたその感覚の出どころを理解するのに少し手間どった。不在のせいだ。ここには自分を待つ人はいない。帰宅を喜ぶ人も、笑顔で迎えてくれる人も、胸に飛びこんでくる人もいない。娘たちが恋しかった。抱きついてきてキスをされるのが、時に息が詰まるようなあの瞬間がいまは途方もなくかけがえのないものに思われた。世のつねで、人は失ってはじめてその価値と重さを痛感する。手のひらに滑りこんでくるもうひとつの手。息ができないほど強く抱きついてくる身体。そんなものすべてがいまの孤独を際立たせた。

それでも自分はまだ自力で立っている。前に進みつづけている。呼吸し、みずからの生き残りをかけて、家族の生き残りをかけて格闘している。殴打を食らわせ、ぶつかって行こうと覚悟を決めている。脆く崩れ落ちるのではないかと不安だったが、思っていたより自分は強く、気丈だとわかった。心身ともに万全というわけではないが、それでも生きている。

寂しさと欠落感をかき消すために、娘たちがじゃれ合い、言い合い、笑い合う声がどこにも響かず、アントワーヌのコロンの香りがどこにも感じられないこのアパルトマンの静けさを埋めるために、アレックスはポイヤックのワインをあおった。一杯、二杯。四杯目を飲みながら、スマートフォンを開くため冷凍庫にシャルル・ベリエの人差し指をとりに行った。指はいまや彼女の護符だった。最初は嫌悪を覚えていたこの肉片を、いまでは幸運を呼ぶお守りとみなしていた。

メッセージが来ていないか確認し、返事の要るものにはショートメッセージで応じた。相変わらずソラヤ

・サラムから連絡はない。シャルル・ベリエの最近のSNSの投稿には男友だちから〈いいね〉が多数寄せられ、女友だちのひとりが辛辣に批判したがそれだけだった。スキャンダルと言うほどの騒ぎからはほど遠い。

——世間を本気で怒らせるのに、あなたにいったいどこまで言わせればいいんだか。

——炎上騒ぎが絶えない昨今、もっと努力をしないとな。

——手荒なことは苦手なのよ。

——嘘を言いなさんな。

——あれは別。身を守っただけだもの。

——一発殴るだけでじゅうぶんだったのに。

家を出てからほぼ二週間、それがその日二度目となるシャルル・ベリエとの会話だった。

第九章　友情

デルマンのもとでマノンと一緒に働き出してから一週間。その夜アレックスはかなり遅くに帰宅した。というわけで玄関のチャイムが鳴ったとき、夜九時はまわっていたはずだ。チャイムを聞いてはっと身体がこわばった。またソラヤが来たと思った。シャルル・ベリエの愛人はここ数日妙に静かで、アレックスは彼女がシャルルのことはもうあきらめたのか、それともなにかをたくらんでいるのかとやきもきしていた。

同じ過ちは繰り返すまい。そう思ったアレックスは、相手にこちらの気配を気取られないように、玄関のドアまで近づきたい気持ちをぐっとこらえた。だが驚いたことに、鍵が錠に差し入れられてぐるりとまわされ、ドアがガチャリと開いた。

アレックスは心臓が止まりそうになった。目の前にフランク・ルグランと知らない女が立っている。驚愕のあまり最初、自分が目にしているものを冷静に分析できなかった。だが衝撃で固まっているあいだに、フランク・ルグランも自分と同じぐらい驚きで凍りついていることに気がついた。

「きみは誰だね？」

その瞬間、レオがアレックスを助けに飛んできた。

彼女はパニックに屈することなく反撃に出た。

「そちらこそどなたです？　そこでなにをしてるんですか？」

そう言いながらはじめてじっくりと相手を見た。フランネルのズボン、しわの寄ったシャツ、禿げあがった頭に赤ら顔。朝から飲んだくれている男の典型といった風情だ。女のほうは若く、身体にぴったり張りつく赤いワンピースを着て化粧をし、ベリエ家が暮らす

世界に属するにはあまりにも出るべきところが出すぎている。

フランク・ルグランは友人であるシャルル・ベリエの密会部屋を利用しに来たのだろう。赤いワンピースの若い女を、フェイクファーのブランケットの上に転がそうという魂胆なのだ。

「わたしはシャルルの新しいアシスタントです。わたしのこと、聞いてません？　変ね。だってフランクさん、あなたについてはいろいろお話を伺ってるんですもの。それにシャルルは言ってましたよ。わたしがパリに住まいを見つけるまでのあいだ、このアパルトマンをわたしに貸したことをあなたに伝えておくって」

フランク・ルグランはあっけにとられた顔でアレックスを見た。

「それは知らなかったな。すまない」

彼女は手を差し出した。

「エレオノール・ドゥレルム。レオって呼ばれていま

フランクも手を伸ばした。相手の自信たっぷりな態度に面食らっているようでもあり、その派手な色の服と髪にとまどっているようでもあった。アレックスは肉感的な体つきをした若い女にも握手を求めたが、女は口ごもるばかりで名乗ろうとはしなかった。商売女だとアレックスは思った。この女はほうっておいても問題ないだろう。

だがフランクは違う。アレックスはフランクに怪しまれないように、シャルル・ベリエが語ってくれたエピソードをいくつか彼に披露した。

「で、あいつはいまどこに？」話の最後にフランクが尋ねた。

「はっきりとは言えません。誰にも邪魔されずに作品を仕上げたがっていますから」

フランクが怪訝な顔をしたので、一瞬、嘘がばれたのかと不安になった。

「ソラヤから身を隠してるって、本当か？」

アレックスはとまどうそぶりを見せた。

「私生活には関知していないのでわかりません。でも、そんなことないと思いますよ」

フランクはしつこく食いさがった。

「よく知ってるからな、あの野郎のことは。新しい女ができるといつもだ。前の女と話をつける代わりに行方をくらます。そして相手がうんざりしてあきらめるまで知らんふりだ」

アレックスはうなずいた。

「ええ、わかってました」

「だがソラヤはおとなしく引きさがるタイプじゃない。面と向かって話し合わないかぎり、あれはあきらめないぞ」

アレックスは肩をすくめた。

「でも、たぶん彼女には関係ないんじゃないかしら？とにかくシャルルはいま小説を書いてます」

フランク・ルグランは半信半疑の表情でうなずいた。そして隣にいる女の存在を思い出したのだろう、もごもごと言いわけして去っていった。

アレックスは動悸が収まらないまま寝室へ行き、ベッドに横になって呼吸を整えようとした。そして一時間じっと我慢してから、シャルル・ベリエのスマートフォンでフランク・ルグランにショートメッセージを送信した。

〈おい、おれの隠れ家に淫売を連れこんでるみたいだな〉

返事が来るまで時間がかかった。ほかにするべきことがあったのだから当然だ。返事を待つあいだ、胸に不安がせりあがってきた。メッセージの口調がぞんざいすぎただろうか？　とはいえ、アレックスはふたりのこれまでのさまざまなメールやメッセージに目を通し、いつもこんな調子で、つまり投げやりで突っかかるような言葉でやり取りしているような印象を持っていた。

一時間後、フランクから返事が来た。

〈で、おまえは？　新しいアシスタントをものにしたのか？〉

アレックスは迷った。シャルル・ベリエが新しいアシスタントとできているという噂に乗ったほうがいいのか、それとも打ち消したほうがいいのか。噂と言えば、シャルル・ベリエと付き合いのあった人たちの輪に入っていけばいくほど、ベリエの人生が噂の数々で織り成されていることが判明した。ベリエはそうした噂を焚きつけ、本当のように見せかけ、人々の想像をかき立てる肥やしとしていたようだった。ベリエについて人はじつに多くのことを語った。そのなかにはおそらく真実も含まれるのだろうが、どれがそうなのかは判然としなかった。

アレックスが返事を書く前にフランクからふたたび

駆逐するために、彼に人殺しができるだろうか？


メッセージが届いた。

〈黙ってるってことは、さては図星か？〉

続けてもう一通。

〈返答に窮するシャルル・ベリエ、これすなわち、恋に落ちたシャルル・ベリエ〉

今度はなんとか言い返した。

〈誰にも言うな〉

〈ビールの一杯ぐらいはおごってもらわんと！〉

〈了解。だがいまはとにかく秘密にしておきたい。文学第一だ〉

フランク・ルグランから親指を立てたオーケーマークが送られてきた。

友人のフランク。売れない作家。ベリエの引き立て役。愚者の晩餐会でコケにされるきわめつきの愚者。そんな彼が妬みから友人を殺せるだろうか？　周囲の光をすべて一身に集めてしまうこのライバルの友人を

第十章　未完の小説

その夜、寝つけなかったアレックスはシャルル・ベリエの書きかけの小説を読んだ。そしてその複数のバージョンにまで目を通した。というのもベリエは小説を三段階に分けて保存していたからだ。最初のふたつのバージョンではヒロインのモデルはまだアレックスではなく、色白の顔にそばかすが散った豊満な金髪女性だった。第三のバージョンが執筆されたのが二〇一八年八月で、そこではじめてアレックスが作品の主人公となった。人にこんなふうに観察され、鵜《う》の目鷹の目で分析され、丸裸にされていたとわかり、アレックスはとまどいと同時に大きな不快感を覚えた。自分が小説の主人公として描かれるという経験は、ちょっとした陶酔感や、自己愛を満たしてくれる夢のようなひとときをもたらすものであってもおかしくはなかった。なのにまるで違った。小説は彼女を美しく描くどころか、泥の沼に文字どおり――実際に小説のなかにおいて彼女は泥沼で沐浴させられた――沈めていた。ベリエはアレックスを暴き、彼女の惨めな人間性をあらわにした。

――ほかの人たちの人生をくすねて蹂躙《じゅうりん》するなんて、醜悪すぎる。

彼女はシャルル・ベリエに噛みついた。

――温情と文学のあいだで、わたしはどちらの陣営につくか選んだだけだ。きみとは違ってね。

気は進まなかったが、アレックスはこの未完の作品の続きを書く必要性をすぐに理解した。執筆が進んでいなければ、シャルル・ベリエはまだ生きている、小説を書くために隠遁生活を送っているという説明に信憑性を与えることはできない。それにこれは収入を得る手段にもなりうるのではないか。銀行口座の残高はじきに底をつくだろう。数章分の原稿が出来あがっていれば、前金を支払ってもらえるかもしれない。そう考えたアレックスは、シャルル・ベリエのスマートフォンからベリエの編集者、セバスチャン・ラムジーに〈冒頭の数章を送る。出来に満足したら前金を多めに払ってくれ〉というメッセージを送った。その結果ラムジーは、全体の三分の一以上の原稿を提出することを条件に前金の支払いを承諾した。

すんなり要求が通ったことに気をよくしたアレックスは、すぐに仕事にとりかかった。まずはすでに書かれた原稿を何度も何度も読み返し、作品世界と作中人物のなかに身を置こうとした。

シャルル・ベリエはアレックスの家や畑や沼を描写していたが、地所《ドメーヌ》を彼なりの視点、つまりよそ者の視点から眺めていた。アレックスはその距離感を保とうとしたが難しかった。自分と家族を裏切っているような気がしてならなかった。登場人物については当然のことながら、もっと大きな困難が伴った。ベリエがテーマにしようとしていたことを彼女はつかみとっていたし、理解もしていた。ベリエは〈ジキルとハイド〉の女性版を書こうとしていた。それも豚飼いの女を主人公にして。アレックスはつかの間、レオは自分のなかのジキルなのかハイドなのかと考え、軽いめまいに襲われた。アレックスとレオ、いったいどっちがどっちの善きバージョンなのだろう。

小説の女主人公フレッドを自宅の窓から覗き見している男は狩人だ。冒険好きの風変わりな色事師。旅行記をしたためるいっぽうで銃と猟犬をこよなく愛している。額に走る大きな傷跡は酒場でのケンカでついたものだ。男はセックスと各種のクスリとウィスキーの多重中毒に苦しんでいた。

《彼女を頻繁に目にするが、双眼鏡を使えばもっと心ゆくまで観察できる。彼女の家の内部を翳らせる八月の光のせいでその表情は判然としない。それでも彼女がなにをするでもなく歩きまわるのを眺め、午後に鏡の前で髪を整える姿に目を凝らしている。彼女がただ髪を梳《くしけず》るのを、くしがその巻毛を引っ張り、髪が何度も引き伸ばされては緩むを繰り返した挙げ句にうなじでふたたびくるりと丸まるのをいつまでも眺めていられるだろう。

少女じみた行為でも、彼女の手にかかると戦争映画を観ているような緊迫感を帯びてくる。

ひとつひとつの細部が私の人生の空白を埋め、ひとつひとつの細部が私をぎりぎりまで満たす。

そしてある夜、彼女が左手に大きな肉切り包丁を持って母屋から出てくるのを目にする。彼女は豚たちが眠る小屋へまっすぐに歩いていく。私は夜陰にまぎれ、彼女が豚たちの前に仁王立ちするのを見つめる。

と、次の瞬間、刃《やいば》が闇夜を照らす。獣の咆哮が響く。

それで終わりだ》

アレックスは二日間続けて作業し、すでにあった原稿に四十ページを追加した。そして全体を通読し、満足している自分に驚いた。文章はベリエほど流麗ではなかったが、感情はもっと真に迫っている。いつもは制御不能となる想像力が、今回ばかりはシャルル・ベリエが始めた物語を通じてしかるべき方向へきちんと誘導されていた。ベリエの視点と文体を再現しようと努め、その課題をうまくこなしていた。とどのつまり、アレックスには代筆者としての才能があった。自分自身の作品となるとうまく行かないのに、ベリエの筆を借りればすらすらと書き進められた。彼女は〝幽霊《ゴースト》作家《ライター》〟となったのだ。

アレックスは書きあげた原稿に最後にもう一度目を通すと、シャルル・ベリエの編集者のもとへと向かった。

第十一章　編集者

おそらく九月三日のことだった。天気はよかった。アレックスは地下鉄でリュー・デュ・バック駅まで行き、そこから出版社まで歩いた。二十年あまり前、この界隈にどれほど憧れていたことか。当時のことを思い出すと奇妙な感慨に襲われた。通りを歩きながら緊張が高まるのを感じた。原稿の最後のほうを書いたのはシャルル・ベリエとは別人だということを編集者は見抜くだろうか？　それとも、編集者も気づけないほど完璧にベリエの世界に溶けこめただろうか？

明るい色目の木のドアを押し、入り口と受付を隔てる数段の階段をのぼった。これが自作の持ちこみなら、出版社の神聖なる敷居をまたぐ勇気は絶対に持ちえなかっただろう。追い返されるのが怖くて、屈辱を受けるのが、初対面の人と会うのが怖くて尻ごみしていたはずだ。情けないことに、頭のなかで妄想のイメージが踊り狂った。入り口にいる取り澄ました女に追い出される自分。門番にすごまれて縮みあがる自分。

実際にはほほえみを浮かべた受付係の女性ふたりに迎えられた。「セバスチャン・ラムジーさんにお会いしたいのですが。シャルル・ベリエの代理の者です」と申し出ると、受付係が編集部にメッセージを伝え、「少々お待ちください」と言われた。

待たされているあいだ、壁を埋めつくす写真に視線を走らせた。シャルル・ベリエの写真は一発で目についた。彼の顔はほかの顔すべてをもかすませていた。燃え立つような赤毛の顎ひげ、ボリュームのある巻毛、大きな赤い蝶ネクタイ。いかにも大作家然としているけれど、この男はいまやわたしの手のひらのなかにあり、わたしだけがどうとでもできるのだ。アレックスは写真を見ながらそんな思いにとらわれ、その瞬間、誇らしさを感じた。だがすぐに良心がうずいた。高名な作家と薄汚い強姦魔のあいだには確かに大きな落差がある。だが強姦魔を殺すことで、自分はこの世界から計り知れない才能を奪ってしまったのだ。この先ベリエはいったいいくつ傑作を生み出しただろう？　ひとつの傑作が世界の歩みにおよぼす影響はいったいどれほどのものだろう？　人類全体の見地に立てば、わたしの犯した過ちは償われてしかるべきものだ。ベリエの作品を完成させることがおそらく、その償いの第一歩になるのではないか……。

アレックスの考察はそこで突然断ちきられた。編集者のセバスチャン・ラムジーが現れたのだ。どうやらシャルル・ベリエに対しては、たとえそれが彼のアシスタントであっても、長時間待たせるような無礼は働けないのだろう。ラムジーは毛並みの良さを感じさせる男だった。年の頃は四十、白髪まじりの短髪ですらりと細い。ジーンズ、白シャツ、マリンブルーのジャケット。いかにもパリの文壇の中心サン・ジェルマン・デ・プレで育ちましたと言ったような自信と余裕がみなぎっている。

「あなたがいらっしゃるって、シャルルから聞きましたよ」彼は感じのいい笑顔で声をかけた。

「あら、電話があったんですか？」

アレックスはセバスチャン・ラムジーに導かれて小さな階段をのぼった。なぜかラムジーはエレベーターを使おうとはしなかった。彼も閉所恐怖症なのだろうか？　それともアシスタントも雇い主と同様、狭いところが苦手だと無意識に思いこんでいるのだろうか？

「いくつかショートメッセージをもらいましてね」

アレックスはシャルル・ベリエのスマートフォンから一度だけラムジーにメッセージを送った。だからラムジーの言う〝いくつか〟は嘘だったがたわいもない嘘で、それ以外は確かに真実だった。だが注目すべきは彼が話を膨らませ、シャルル・ベリエとあたかも電話で話したかのように思わせようとしたことだ。これはどういう心理なのだろう？　アレックスは〝要検討〟のタグをつけてこの件を頭の片隅に収めた。

通されたのは四階の狭い部屋だった。出版社のオフィスは文学エージェントの大御所イヴ・デルマンのオフィスに比べるとずっと慎ましかった。

「で、御大はお元気ですか？　それよりなにより、いまどこに？」

「わたしもはっきりとは知らなくて。どうやらノルマンディーに少しのあいだ滞在し、そのあと女性に会いにフォンテーヌブローのほうへ移ったようなんです。真偽を確かめるすべはありませんが」

「じきに戻られますよね？」

「たぶん。とにかく十月一日には戻っているはずです。創作ワークショップに参加しなければなりませんから」

「早く戻ってくれないと困るな！　で、本のほうは順調ですか？」

「新しい執筆法にえらく救われてるって言ってます。思いついたまま書き殴り、読み返さずにこっちに送ってくるんです。細かいことは気にせずに一気に書くんですよ。それをわたしが少しばかり整理して校正します」

セバスチャン・ラムジーは、それはすごいと身を乗り出した。そして、「その方法をとれば、シャルルは遅々として進まない作業や苦しい言い逃れからおさらばできますね。それに同時に十もの作品にとりかかり、そのいずれもが完成をみないという悪い癖とも無縁でいられる」と顔をほころばせた。

「毎度同じことの繰り返しでしたからね。幸先よく書きはじめ、これは傑作だと盛りあがり、何章か書くとほっぽり出す。ときには数百ページも書いた挙げ句に。もっと壮大な話を、もっと魅力的な人物を思いついたとか言って」

アレックスは編集者の話を聞いて、手をつけた工事を終わらせることのできない建築家ポール・アルデュソンのモデルはベリエ自身だったのだとわかった。

すぐにラムジーは単刀直入に切り出した。

「シャルルはカネに困ってるみたいですね」

そして書きあげた原稿と引き換えに、シャルル・ベリエの口座に追加で二万ユーロ振りこむことを約束した。

「売り方についても少々相談しないといけません。ターゲットを絞って宣伝しようと思うんです。手元にある情報にもとづいてこれぞという人たちに広告ツールを送れば、費用を抑えることができますからね」

アレックスにはよくわからなかったが、編集者が自分のアイディアに満足しているようすだったので、彼女も笑顔でうなずいた。

「ほんとにそうですよね。それにわたしからも提案があって。シャルルの小説に出てくる登場人物を切り売りしたらどうかと……」

そしてその内容を説明すると、セバスチャン・ラムジーは興奮して彼女の手を握りしめた。

「それは面白い。そうだ、もしよかったら、本の売上げアップを目指してなにができるか、少し相談しませんか？ ディナーでもとりながらざっくばらんに意見を交換し合うんです。どうです、エレオノールさん……でしたっけ？」

「レオと呼んでください」

「レオ」

この招待をどう解釈すればいいのかアレックスにはよくわからなかった。二十年の結婚生活でアントワーヌを裏切ったことは一度もない。それは貞節を絶対の道徳的価値と考えていたからではなく、おそらく自分のなかにカトリックの教えのかけらのようなものが残っていたからだ。

編集者の誘いを拒んだらどんなリスクがあるのか、彼女はその点についても考えた。やはりラムジーとねんごろになったほうが疑われはしないだろう。わが身を救いたいのなら、編集者をベッドに引き入れるのが良手であるのは間違いない。シャルル・ベリエからのメッセージも伝えやすくなるだろうし、向こうもアシスタントと親しくなることで、ベリエが身近にいるように感じるはずだ。ベリエと実際に会って話をしているような錯覚さえ起こすかもしれない。

「数日中に連絡します」とアレックスは返答した。

ラムジーは〝エレオノール〟に「シャルルによろしく」とことづけた。

別れ際、アレックスは思いきって誘ってみた。

「作品が完成したら、お祝いのディナーをしませんか。あなたとわたしで」

「ええ、喜んで」

建物を出た途端、アレックスは不穏な気配に気がついた。

誰かに見張られている。本能的にそう感じた。とはいえ、通行人のなかから私服警官や私立探偵を見つけ出すのは至難の業だ。

なのに、なぜか彼女にはすぐにわかった。

第三部　切り傷

第一章　探偵

アレックスはただの一度も振り返らなかった。だから男がどんな表情を浮かべているのか、どこに視線を向けているのかわからなかった。それでも監視され、値踏みされ、探られていることは感じた。背後で足音を響かせている男には明確な目的がある。なにかを欲している。

男があとを尾けようと歩調を合わせているのは間違いなかった。こちらが足を速めれば相手も速め、緩めれば同じように緩めている。

すでに警察に追われているとすればアウトだ。それ

は地所《ドメーヌ》でシャルル・ベリエの遺体が見つかったことを意味する。あるいは密会部屋で指が見つかったことを。どちらにしても警察はベリエの死を把握している。

アレックスはアントワーヌに電話するのを自分自身に禁じていたから、彼が警察を呼んだかどうか確認するすべはなかった。だが通報したとしても、アントワーヌなら妻に容疑がかかるようなことは言わないはずだ。彼女はアントワーヌと話をしたくて、彼の声が聞きたくてたまらなくなった。

と同時に義父母に電話して、アガトとタイスとどんなささいなことでもいい、話がしたかった。娘たちをこれほど恋しいと思ったことはない。日々の小さな出来事を話してくれるふたりの声が聞けたらどんなにいいか。だがその気持ちを必死にこらえた。尾けてくる男が警官と決まったわけではないのだから、下手に動いて墓穴を掘るわけにはいかない。すべてが終わった暁に、つまりベリエにもうひとつの死を与えることに

成功した暁に、アレックスと彼女の分身レオ・ドゥレルムのあいだにどんなつながりも残っていてはならないのだ。

アレックスは理詰めで考えようとした。尾行者が警官だとしたら、とっくに呼び止められて捕まっているだろう。犯罪組織を解体するために、共犯者をあぶり出すために、武器やクスリの隠し場所を突き止めるために警察が容疑者を尾けることはあるかもしれない。だが、殺人事件であれば容疑者を見つけ次第署に連行して尋問し、留置所に入れ、自白を引き出そうとするだろう。

最近のあれこれの事件からアレックスは、殺人者が窮地を切り抜けるにはふたつの条件を満たさなければならないという結論を引き出していた。ひとつは頭が切れるということ、そしてもうひとつはけっして自白をしないということだ。頭がよければ死体をうまく隠すことができるし、万一死体が発見されても身元が特定できないような細工が施されている。身元特定の決め手となるのは歯と指紋だ。このふたつがないと死体の主を突き止める作業は困難をきわめる。

死体がなければ殺人の罪もない。その場合、警察に残された手札は自白だけということになる。となれば、鋼《はがね》の神経さえ備えていれば、なんとか追及をかわすことができる。

アレックスは自分が鋼の神経の持ち主だとは到底思えず、尋問に耐えきれる自信はなかったので、死体が見つからないほうに望みをかけていた。

男は相変わらずあとを尾けてくる。男の靴音が聞こえる。彼女は数を数えることにした。一、二、三……。一分間このまま数えよう。二十、二十一、二十二……。三十まで達しても捕まえようとしないなら、男は警官じゃない。三十七、三十八……。数が増えていくのに合わせてアレックスの脳裏をさまざまなイメージの断片がよぎった。それが人生のハイライトを切りとったものであればよかったのだが、残念ながらまったく意味も脈絡もない雑多な瞬間の映像だった。絵本を手にしてキッチンに通じる廊下を歩いている幼い頃の自分。転んだせいで血を流している自分の膝小僧。名前も忘れてしまった赤毛の男との惨めなセックス。勝敗がどうだったのか覚えてもいないアントワーヌとのテニスの試合。五十九、六十。

やはり警官ではないようだ。となると私立探偵か。でも、依頼主はいったい誰だろう？

それを考えるとめまいがした。イヴ・デルマンが探偵を雇ったとしたら、ベリエの義父に疑われていると いうことであり、レオが偽物だとばれていることを意味する。それよりも、浮気調査で雇われた探偵であればいい。会うのを拒み、釈明すらしようとしないベリエに腹を立てた愛人か、行方をくらました夫を捜そうとする妻が雇い主であってほしい。

男の顔を確かめたくて後ろを振り返りそうになった。だがなんとか好奇心に蓋をした。その代わり、パティスリーのショーウィンドーの前でいきなり立ち止まった。不意を突かれた男はそのまま行きすぎるしかなかった。そのとき、ガラスに映る男の姿をすばやくチェックした。大柄で屈強な、いかめしい顔の男だった。

男が通り過ぎるや、くるりと首をめぐらせて後ろ姿を観察した。ジーンズ、スニーカー、スポーツジャケット、黒っぽい髪。年齢は四十がらみか。張りのあるずしりと詰まった筋肉を感じさせる引き締まった背中からは敵意のようなものが滲み出ている。むろん、勝手な思いこみかもしれないが。

アレックスは猛スピードで頭を回転させた。最初にはっきりさせなければならないのはこの男の雇い主と動機だろう。このままなにもしなければ、探偵——この男が探偵であればの話だが——はいずれ、ベリエの失踪はレオの登場とほぼ時を同じにしていると結論づけるはずだ。だがこの偶然に気づかれるのはあまりにも危険だ。だからベリエの失踪にレオが絡んでいるという見方を早々に潰しておく必要がある。探偵を雇った男なり女なりに、ベリエがまだ生きていると早急に思わせなければならない。

レオの証言だけでは足りないだろう。ほかの人に「ベリエと会った」、「ベリエと電話で話した」と言わせる必要がある。アレックスは編集者のついたちょっとした嘘について考えた。彼はシャルル・ベリエからショートメッセージを何度ももらったふりをした。それに加えて間違いなく、最初はベリエと電話で実際に話したかのような口ぶりだった。その意味についてアレックスは少しのあいだ考えた。一般に人は有名人が大好きで、自分は彼らと親しいのだと見栄を張ろうとする。そうした虚栄心は今回の計画に大いに使えるのではないか。編集者のささやかな嘘はアレックスに

アンデルセン童話の『裸の王さま』を思い出させた。詐欺師のふたり組が気取り屋の王に、「愚か者や無能な者には見えない世界一美しい布地を織り、それで衣装をおつくりします」と約束するあの話だ。数日後、王は作業の捗り具合を確かめようと機織り工房へ足を運ぶが、織っているはずの布地がなんと見えない! だが、そもそも布などなく、織っているふりをしているだけなのだから当然だ。王は愚か者や無能な者という評判が立つのを恐れ、布が見えているふりをする。そして大臣ふたりを工房へ遣《や》り、作業が進んでいるか確かめさせる。大臣たちにももちろん布は見えないが、それを王に伝えることができない。そうして出来あがった新しい服を着て——つまりなにも身につけない状態で王はパレードに繰り出す。沿道の民衆も服が見えているふりをする。だがとうとう子どものひとりが「王さまは裸だよ!」と声をあげる。民衆がそれに同意し、「王さまは裸だぞ」と笑い合うなか王だけが澄

ましてパレードを続けるという話だ。

最初はタイスに、次にアガトに読み聞かせをしたこの童話をヒントに、アレックスはちょっとした策略を思いついた。

翌日、イヴ・デルマンに会ったとき、彼女は笑顔を浮かべてこう告げた。

「シャルルが言ってましたけど、彼が電話をかけるのは親しい人だけなんですって」

イヴ・デルマンは一瞬ためらうような表情を浮かべたあと、自虐を選んだ。

「電話はまだだ。ったく、こっちはやつのエージェントで、義理の父以上の存在なのに」

屈辱を覚えたのだろう、口調にいら立ちが表れていた。これはいい兆候だ。数日もすれば、電話があったとうそぶくはずだとアレックスはあたりをつけた。童話のなかの王さまや大臣と同じだ。真実を言うよりも見栄を張り、結局、裸の王さまとなる。

だが裸ではあるけれど、強力な人殺し候補とまでなるわけではない。

ぐずぐずしてはいられない。ベリエを殺すことになる人物を早々に見つけ出さなければ。

その日の午後、マノンは事務所にいなかった。絶好の機会とばかりにアレックスはデルマンに探りを入れた。

「お嬢さんは心配していらっしゃらないんですか？」

「なにを？」

「シャルルの行方がつかめないことを」

「行方がつかめないことより、誰と一緒かが問題みたいだな。だがここだけの話、あいつは慣れてるから」

なるほど、有力な情報だ。ベリエの妻は夫に愛人がいるのではないかと疑っている。それも下手をすると、複数の愛人が。これは夫を殺す有力な動機になるのではないか。情痴殺人。古くからよくある話だ。そしてなんにしても、古くからあるものに頼ればうまく行く。浮気は殺人の動機として申し分ない。しかも相手の女の名前も把握ずみだ。つまり材料はそろっている。探偵を追い払うのにもこれが使えるかもしれない。

となれば、この方向で動く必要がある。まずはなんらかの理由をつけてベリエの妻に会う。そして一家のなかに、つまり憎しみや恨みが巣食う中枢部に入りこむ。

そうすれば、シャルル・ベリエもようやく死ねるかもしれない。

第二章　大切な家族

三日後、アレックスは十六区の巨大なアパルトマンのリビングでイザベル・デルマン＝ベリエを前にエスプレッソを飲んでいた。

アパルトマンにあるすべてのものに贅と趣味のよさが表れていた。シャルル・ベリエはおそらく、結婚を通じて裕福なフランスの良家に潜りこむことに成功した世渡り上手だったのだろう。

アレックスは書斎にある原稿をとりに来たことを口実にベリエの自宅に上がりこんだ。それには少しばかり危険が伴った。ベリエの妻が不審に思い、なんの原稿かあれこれ訊いてくる恐れがあるからだ。だがイザベル・デルマン＝ベリエはおそらく孤独を募らせており、夫が誰と一緒なのか知りたくてうずうずしているから、原稿のことなどそっちのけになるのではないか。そんなアレックスの読みどおり、イザベル・デルマンは根掘り葉掘り尋ねてきた。しかし、どれも仕事にかかわる質問ではなかった。

　シャルル・ベリエの妻は国際色豊かな裕福なブルジョワ階級の出で、イタリアとスイスの血を引いていた。だが外見はフランスのブルジョワそのものだった。金髪に青い目。すらりと背が高く、スポーティーな雰囲気が漂っている。年齢は五十三歳だが、それとわからない程度に美容整形を施しているのだろう、四十そこそこにしか見えない。身につけているものは品がよく、今風のテイストをほどほどにとり入れていた――ジーンズ、白いシャツ、ショートブーツ。アレックスはひと目見た瞬間、〝明るくて才気煥発、なのに哀しみを湛《たた》えた人〟という印象を持った。だが驚くほどの朗かさをまとっていたから、最後の〝哀しみを湛えた〟という特徴を見抜くには相当な観察眼が必要とされた。

　イザベルはそわそわと落ち着かず、何度もあれこれ口実をつけて立ちあがった。お砂糖をお持ちしますね。コーヒーを淹れ直してくるわ。窓を開けましょうか。窓は閉めたほうがいいわね。彼女はファッション誌の仕事をしていた。読者層は三十代から四十代前半、教養があり、リッチで流行に敏感な都会の女性だ。自分の仕事についてイザベルは数分ものあいだ饒舌に語った。

「次の記事を書くためにいろいろ調べているところなの。テーマは〝性依存症の女たち〟。だって、セックスを男の専売特許にするわけにはいかないでしょ？」

　しぐさ、声の調子、笑い方――すべてに彼女の余裕が滲み出ていた。生まれてこのかた高級住宅街で暮らしてきた彼女にとって、世界はつねに自分のものだったのだろう。そしてそれは、自分の話には誰もがいつも興味を持って耳を傾けてくれるという自信に満ちあふれたしゃべり方や身のこなしを見れば明らかだった。イザベルは世界じゅうを飛びまわっていた――それも仕事で。バリ島からバンコクへ、カナダからオーストラリアへ、ベトナムからカプリ島へ。どこにいても、誰と一緒でも、萎縮することなく自然体でいられる人なのだろう。

「それであなたは？ シャルルとはどこでどうやってお知り合いになったの？」

「セーヌ河岸です。わたしの店で本を買ってくださって。そのときに会話を交わして、それから少しずつ……」

そこから先のエピソードを披露するのはいまやお手のものだったが、それでもアレックスは、シャルル・ベリエの妻がライバル心を燃やさないように話を少しアレンジした。自分を卑下して笑いの対象とし、ベリエを男としてではなく作家として扱い、その仕事に対する厳しさや徹底したこだわりを強調した。

「豚が出てくる作品を書いていらっしゃるんですが、それがまるでご自身で実際に豚を育てたことがあるみたいな書きぶりで」

妻は笑ったあと、首を右に傾げた。

「あたらずといえども遠からずよ……まあ、ちょっと大げさだけど。ほんのちょっとだけね。だって、あの人のお祖父さまは牛を育てていたんですもの。お父さまはペンキ塗り職人で、お母さまはお針子さんだったのよ」

おそらく意識してのことだろう、イザベル・デルマンはベリエの両親のブルーカラーの職業を蔑むような態度はとらなかった。だがその善意の裏、彼女の心の奥底には、自分は下級の出のベリエと、パリの文壇の寵児《ちょうじ》となる前の貧乏なベリエと結婚したのだと自負する思いがあるのが見てとれた。だがそれもある意味、無理からぬことだった。彼女の属する世界から見れば、疑問の余地なく不釣り合いな結婚だったのだから。

会話を交わしているうちに、このブルジョワ女性の自信に満ちたうわべが徐々に剝げ落ち、不幸な女性がその姿を表してきた。ほんのわずかに。彼女の額のしわに注入した化学物質と同じぐらいほんの目立たぬ程度に。だがベリエの妻自身もそのことにごくかすかに気づいていたのではないか。彼女の不幸はそのまなざしと、嗚咽《おえつ》に変わりそうなその笑い声の響きに滲んでいた。

「申しわけございませんが、お水をいただけませんでしょうか」アレックスは頼んだ。

イザベル・デルマン＝ベリエがキッチンへ向かうや、アレックスはカバンから毛抜用ピンセットとプラスチックケースをとり出した。そして先ほどまでイザベルが座っていたソファーに近づいて布地を眺めまわし、目あてのものを見つけた。金色の髪の毛を一本。そしてもう一本。彼女は二本の金髪をピンセットでつかんでプラスチックケースに収めた。そして今度はセロハンテープを手にしたところで声をかけられた。

「お水をお持ちしたわ。それをお飲みになったら夫の書斎に案内するわね」

いつの間にかイザベルが戻ってきていた。セロハンテープをカットしているところを見られてしまっただろうか？　だがイザベルの物腰は丁寧だし、いぶかしんでいるようすも見られない。アレックスは自分の怪しい行動を目撃されていないことを祈るしかなかった。

書斎に足を踏み入れた瞬間、シャルル・ベリエのにおいがした。ベリエのコロンのにおい。紙の上に赤い巻毛が一本落ちている。

大切な人の思い出がよみがえったかのように、心ならずも胸が締めつけられた。

と同時に、シャルル・ベリエの自宅にこんなふうにすんなり入りこめたことにも驚いた。しかも作家の書斎という聖域中の聖域に。ずいぶん無防備ではないか。人は自分の周囲で事件が起こるなどとは考えもしないのだろう。殺人など別世界の出来事だと思っているのだ。アレックス自身、驚きを禁じえなかった。ひと月前までは彼女も犯罪など考えられない世界に暮らしていたのだから。

　デスクの上には写真がいくつも飾られていて、そのなかにひとつ、いまは成人した子どもたちを写したものがあった。ベレニスとオレリアン。娘は母親似だった。スレンダーで背が高く、金髪に青い目。現在二十八歳で、メールのアドレスからBNBパリバ銀行の買収部門で働いていることがわかっている。息子のほうはそばかすの散った白い肌に青い瞳を持ち、父親の赤毛を受け継いでいたが、父とは違って短く刈りそろえていた。年齢は三十前後。なのにどこか中途半端な印象だ。ネットの検索エンジンから得られた情報では、ニューヨークに住み、MBAの取得を目指しているらしい。けれども父親の銀行口座はソーシャルメディアが伝えない情報を教えてくれた。この息子がいまだに父親のすねかじりで、多額の仕送りを受けているという事実だ。バカンスの写真から判断すると、オレリアンは旅行とエクストリームスポーツが趣味らしい。

　お金というものはつくづく面白いとアレックスは思った。金銭とはデジタル空間を行き交うかたちのない現実ではなく、その背後には人間のひそかな序列がはっきりと投影されているからだ。たとえば、シャルル・ベリエが娘にはもう金銭的な援助を一切していないことはすぐに判明した。そのいっぽうで、三十にもなった息子には多額の仕送りを続けている。それはなぜだろう？　これほど多額の支援をするのは娘より息子を愛するベリエの心理の表れなのか？　それとも愛の欠如を補おうとする象徴的な行為なのか？

　シャルル・ベリエが遺書を用意していたかどうか調べたほうがいいかもしれない。たとえばシュヴァリーヌ事件（二〇一二年九月、バカンス先のフランスでイラク系英国人一家三名と仏人一名が銃殺された事件。未解決）の場合、警察が金銭的動機に目をつけ、とくに被害者の兄の犯行を疑った。もっとも、有罪にまでは持ちこめなかったのだが。それでも金目あての犯行という線はそそられる。物語的には面白くないが、現実的ではある。

ベリエの家族の写真を眺めながら、アレックスは胸がずきりと痛んだ。

シャルル・ベリエの兄弟と思われる人の写真もあった。さまざまな年齢のたくさんの写真でベリエと一緒に写っている。三歳、五歳、十歳、十八歳。同じ赤毛、同じ肌、同じ青い瞳。年齢もほぼ同じに見え、双子のようだが瓜ふたつと言うほどではない。けれども二十歳前後を境にして、写真にはシャルル・ベリエしか写らなくなった。

ふと振り返るとイザベル・デルマンが立っていた。ドア枠のところから無言でこちらを見つめている。視線が合った。射貫くような目つき。品定めをしている目だ。なにか答えを探っているようにも見えるのだが、アレックスにはその問いがなんなのかわからない。罪を犯したことを疑っているのだろうか？　いずれにせよ、いまの状況で選択の余地はない。すでに狼の口のなかに入ってしまっているのだから。

アレックスは自然な笑顔になっていることを祈りながらイザベルにほほえみかけた。だが、相手は笑みを返すことなく尋ねてきた。

「あなたはいったい何者なの？」

第三章　邪悪な分身の短い登場

・イザベル・デルマンの問いにアレックスは言葉を失った。イザベルがこちらをじっと見据えたまま答えを待っている。猛然と頭を働かせた。別人になりすましていることをシャルル・ベリエの妻に見破られたのか？　レオなど存在しないと気づかれたのか？　ひょっとすると尾行してきたあの探偵が、エレオノール・ドゥレルムについてすでに調べあげてしまったのかもしれない。本物のエレオノールがシンガポールで暮らしていることを突き止めたのかもしれない。だとしたら、万事休すだ。

だがイザベル・デルマン＝ベリエがすべてを知っているとはかぎらない。となれば、ここで必要以上の情報を明かすわけにはいかない。そこまで考えたとき、アレックスを押しのけてレオが登場し、時間稼ぎに出た。

「深遠な質問ですね。自分が何者か、はたしてわかる人がいるでしょうか？　これまで多くの人がこの問いにとり組みました。わたしなんかよりずっと知性豊かな人たちが」

イザベル・デルマンは歯噛みをしているかのように顎にぎゅっと力をこめると、ようやく言い返した。

「あなたはいきなりわが家に乗りこんできた。シャルルのアシスタントだと言って。父はなぜかあなたの言いなりになっている……。そしてシャルルには連絡がつかない」

ここでレオが引っこんで、アレックスがふたたび前面に立たされた。だが言うべき言葉が見つからず、ぼうっと立っていることしかできなかった。

そのとき頭に浮かんだのは、太陽系をさまよう地球のイメージだった。太陽系の尺度で考えると、わたしなんか塵のひと粒にも相当しない。わたしも、そしてわたしの娘たちも、まるでとるに足らない存在だ……。だがアレックスのまぶたの裏には娘たちの顔がありありと焼きついており、宇宙の壮大さを前にしても、消えて失われることを拒んでいた。

「本当のことをおっしゃって。あなたたちふたりはいったいなにをしようとしているの？」

アレックスははっとわれに返った。〝あなたたちふたり〟とはレオとシャルル・ベリエを指すに違いない。ということはどう考えても、イザベルは夫の死を疑っているわけではないのだ。

「おっしゃっている意味がわかりません」アレックスは言った。

本心からの言葉だった。

「あなた、なにを隠していらっしゃるの？」

「なんの話でしょう？」

「とぼけないで！　あなたは夫の不倫相手なんでしょ？」

なるほど、そういうことか。結局はきわめてありふれた、リスクの小さな疑念だったのだ。ここでレオがふたたび登場した。

「まさか！　ご主人はわたしのタイプじゃありません。もっとも、それはお互いさまだと思いますが」

「シャルルにタイプなんてない。女なら誰でもいいの。ヴァギナさえついてれば！」

アレックスは思わず吹き出してしまったが、なんとか笑いを収めて言った。

「ご主人のことはわたしよりずっとよくご存じだと思います。でも、一緒に働きはじめてわかったんですが、ご主人についてはたくさんの噂が飛び交っているようですね。いますよね、こういう人。ほかの人たちに話を盛られ、面白おかしく語られてしまう人って」

意外な答えだったのだろう、今度はイザベル・デルマンのほうが言葉を失った。そしてつかの間思案げな表情を浮かべると、「そうね」としぶしぶうなずいた。

ふたりとも突っ立ったままだった。ひとりはデスクのそばに、もうひとりはドアロに。シャルル・ベリエの甘いコロンの香りがあたりを漂い、数メートル先で掃除機がうなりをあげている。

ベリエの妻は自分たちが気まずい状況にいることに気づいたのだろう、コーヒーをもう一杯飲まないかと誘った。

ふたりは中央にアイランド型の調理台とバーカウンターが設えられた光あふれるキッチンへ移動し、背の高いスツールに腰掛けてエスプレッソを飲んだ。

イザベルはすでに刺々しい態度を引っこめていた。

「あの人がしょっちゅう浮気をしているのは知ってるの。わたしだって馬鹿じゃない」

「とにかく、わたしとはそういう関係ではありません、絶対に。それに正直、まったくタイプじゃないんです!」

イザベルは疑いの目でアレックスを見た。夫である大作家のシャルル・ベリエの気を惹こうとしない女がいるなんて信じられない、とでも言いたげな顔だった。アレックスはイザベルが気の毒で胸が潰れそうになり、ついやさしい言葉をかけた。

「ご主人はあなたのことをよくお話しされていますよ。すばらしい女性だと称賛なさっています。美しくて、聡明で、一緒にいて肩が凝らないと」

「問題はね、あの人は面倒な女が好きだってこと。気づいていたかしら？」

ここは正直に答えたほうがいいとアレックスは判断した。

「ええ」

不意に掃除機の音がやみ、小柄な女性がキッチンに入ってきた。イザベルは彼女が現れたことに気づいていないのか、あるいは客に紹介するまでもないと思っているようだ。だがアレックスはこの家政婦の女がこちらをじっと見ていることに気がついた。視線が合った。色白の家政婦の目には敵意がありありと浮かんでいた。アレックスは人を無視するようなタイプではない。だからみずから名乗った。

「はじめまして。エレオノール・ドゥレルムです」

イザベルが振り返った。

「あら、オクサナ。気づかなかったわ」

若い家政婦は無言のまま、食洗機から皿をとり出しはじめた。

アレックスはオクサナのなかに自分と似たものを感じとった。どちらも人の目につかない透明人間のような女。そして相手もそう感じたに違いないと確信した。行動が人の注意を引かないのではない、その存在自体が目につかないのだ。オクサナは社会のなかで顧《かえり》みられない脆い存在だ。そしてその同じ脆さを、目の前にいる訪問客の女のなかにも嗅ぎつけたはずだ。

だがアレックスは思った。そうは言っても、いまはもう以前とは違う、自分はかつてのような幽霊そのものの存在ではなくなった。ベリエから発せられるまばゆい光が少しばかり自分にも降り注ぎ、それによって輝き、意義ある存在に、何者かになれた。人に招かれ、名を呼ばれ、友人になりたいと思われる何者かに。〈リッツ〉で食事をとることも許される何者かに。

イザベルが家政婦と短い会話を交わしているあいだに、アレックスはイザベルが砂糖をかきまぜるのに使った小さなスプーンを紙ナプキンを使ってつかみ、カバンに滑りこませた。

辞去する前、家族写真に写っていた謎の男について好奇心から尋ねてみた。するとイザベルは、シャルルには双子の兄弟がいたのだが、二十四歳のときに自動車事故で亡くなったのだと説明した。彼女も会ったことがなく、ベリエも死んだ兄弟の話はまったくしないらしい。その話を聞いてアレックスは、シャルル・ベリエはおそらく亡くなった兄弟の思い出をずっと胸に抱えて生きてきたのだろうと思った。

「名前はマルタンっていうのよ」

マルタン。

マルタン・ゲール。女性作家セリーヌ・サルモンを攻撃したときにベリエが使った偽名だ。マルタン・ラビエ。こちらはベリエの小説の登場人物で、女を憎悪する髪売りの名前。不思議だとアレックスは思った。人は普通、死者を崇め、英雄か聖人に仕立てるものではないか。

だがシャルル・ベリエは自分の双子の片割れを、みずからの邪悪な分身に仕立てていた。

第四章　悔恨

ベリエの自宅を出ると、背後からまた探偵の足音が響いてきた。アレックスは前回と同じように突然立ち止まるという手に出た。今回は曲がり角でつと足を止め、スマートフォンでなにかを調べるふりをした。そして探偵がしかたなく通り過ぎたあと、踵《きびす》を返して駆け出した。通りの角という角を曲がり、路地という路地を通り抜け、追っ手を撒いたと確信できるところまでひた走った。

ベリエの別宅のアパルトマンまでたどり着いたものの、胸は不安で一杯だった。あとを尾《つ》けていたのがじつは警官で、ドアの向こうで待ち構えていたらどうしよう？　切りとった指、赤い髪の毛、銀行カード、スマートフォン、パソコン、血のついた小石がすでに見つかっていたらどうすればいい？

　アパルトマンには誰もいなかった。アレックスは金髪を収めたプラスチックケースをカバンからとり出すと、そこに〈イザベル・デルマン＝ベリエのＤＮＡ〉と書いたラベルを貼った。それからゴム手袋をはめ、今度は小さなスプーンを引っ張り出した。そしてルーペを手にとり、金属の表面をためつすがめつした。二カ所に指紋の一部がついている。アレックスはその上にセロハンテープをそっと押しあてた。そして指紋を写しとったテープを毛抜用ピンセットを使って別のプラスチックケースに収めると、〈イザベル・Ｄ＝Ｂの指紋〉と書いたラベルを貼りつけた。それからそのふたつのプラスチックケースを書棚にある大量の本の後ろ、『ボヴァリー夫人』の近くに忍ばせた。

　そのあと紫色のブランケットの上に横たわった。そして両腕で自分の身体をかき抱き、頬と腕を撫でた。アントワーヌの腕のなかでやさしく愛撫されているのだと想像した。夫に会いたいと思った。娘たちに会えないつらさで身体が痛かった。

　自分が闇を湛《たた》えた底なしの井戸になったような気がした。その井戸にシャルル・ベリエは落ちたのだ。急になにもかも放り出したくなった。放り出して、警察に自首したくなった。

　自首すれば逮捕される。刑務所がどんなところか想像はつく。監房。それはおそらくサンタンヌ精神科病院の病室に似ているのだろう。ただ監房では最低でも二人、あるいは三人の相部屋となる。オレンジ色の食事プレート、廊下、鍵がガチャガチャ鳴る音、何人かの女たちの悲鳴、テレビの雑音、絶えることのないわめき声、プライバシーの欠如。ほんの小さなことでもアレックスにとっては恐怖だった。だがなにより怖いのは、自分で自分の人生に終止符を打てなくなることだ。それがいちばん手っとり早い解決策だというのに。

さっさと身を引けばすべては終わる。でも自分にはアントワーヌと娘たちがいる。

アントワーヌはきっと不幸になる。ほかの女性《ひと》と出会うのにも苦労するだろう。けれどもいつかは立ち直れる。ずっと一緒に生きてきたせいで、アントワーヌにとって自分は不可欠な存在なのだと思いこんでいるだけだ。実際以上に自分自身を買いかぶっているにすぎない。二年、あるいは三年かかるかもしれないが、アントワーヌはいずれほかの女性と寝ることになる。もっと若い女が相手になることだってあるだろう。はじめはほかの女性を抱いても死んだ妻を想うはずだ。だがやがて思い出は薄れていく。自分のなかですでにアントワーヌの思い出が薄れはじめているように。

そもそも物事は思いもよらない速さで進展している。家を出てひと月ほどで、すでにもうアントワーヌのぬくもりもその身体の手触りも忘れている。その肌の柔らかさも。

残る問題は娘たちだ。パートナーは簡単に替えがきくが、母親となるとそうはいかない。アガトはまだ幼い。タイスにしても母親にべったりだから、この先自分がいなくなったらどう成長するのか想像もつかない。娘たちがそばにいないことから来る傷の痛みがぶり返した。あの子たち——彼女たちのほうは、母親なしでいったいどうしているのだろう? けれども心の奥底では大丈夫だと信じてもいた。自分の場合、女手ひとつで子どもを育てろと言われたら、狂気や自己破壊の淵に沈むことなく子育てするのにかなり苦労するだろう。だがアントワーヌは、アレックスが脆いのと同じくらいタフだ。彼ならひとりでもやっていける。自分自身の世話も、タイスやアガトの世話もちゃんとできる。アントワーヌは不安をはねのけるタイプだ。とり越し苦労などせず、不安に苛まれることもない。考えすぎないこと。それがおそらく精神のバランスを保つ秘訣なのだろう。でもどうやってその境地に達すればいい？　自分はと言えば、どんなにがんばってもつまらぬ事をぐだぐだと考え、不安にのみこまれるだけなのに。いっぽうアントワーヌは問題に目をつぶり、どんどん前へ進んでいける。

あの子たちがたとえ一、二ヵ月のあいだ母親なしで過ごせたとしても、七年も八年も、あるいは十年も過ごせるだろうか？　そのうえ恥辱にも耐えしのばなければならない。すでに敵意に満ちている校庭で、あの子たちは人殺しの娘として扱われることになる。悪意にさらされるだろうし、〈ミルグラム実験〉の電気ショックよりももっとひどい暴力を受けるかもしれない。想像しただけで耐えられない。どんなことよりも耐えがたい。

――わたしが知っているきみはもっと勇ましかったがね。

いきなりシャルル・ベリエの声がして、うなじに彼の息を感じた。まるでベリエに身体を撫でまわされているようだ。アレックスは頬を伝う涙を拭いて半身を起こした。

――こんなことになったのは、すべてあなたのせいよ！

――いずれ……わたしは発つ。きみの悔恨の情を連れて消え去ることになる。

アレックスは冷静さをとり戻した。シャルル・ベリエをどんなに卑劣な男とみなそうとしても、不思議なことに彼への親愛の情は大きくなるいっぽうだった。夜、ベリエがしぶしぶ十六区の大きな自宅のアパルトマンに帰っていく姿が頭に浮かんだ。その足取りは重い。なにしろアパルトマンでは、苦渋と落胆が入りまじる愛で夫を想いつづける金髪の妻が待っているのだから。

アレックスはベリエに返事しようとしたが、彼はすでに消えていた。

その夜、アレックスは悪い夢を見た。祖母ミレィユを埋葬する夢だった。ひと握りのバラの花びらを撒こうと墓穴を覗きこんだ。だが穴の底に落ちたのは、花びらではなくてアレックス自身の歯だった。まず一本。そのあと口のなかで歯が折れはじめた。歯を守ろうと顎を食いしばったが、歯は次々に折れて穴のなかにボロボロと落ちていった。

目覚めたとき、アレックスは心に決めた。なんとしてでも逃げきってみせると。

第五章　合併／買収

その日、起きるとすぐにアレックスはシャルル・ベリエに届いたメッセージに返信した。仕事関係のメッセージもあれば、家族からのものもあった。妻はしびれを切らしはじめていた。息子はふたたび金の無心をしてきた。娘のベレニスは誰よりもいら立っていた。

〈いつ帰るつもり？〉

〈あと十二章分書いたら〉

〈家族より仕事優先ってわけね、相変わらず〉

〈戻ったら旅行に連れてくよ〉

ベレニスから返事はなかった。アレックスは気の毒になった。父親に傷つけられたベレニスの心を癒やしてやりたかった。ベレニスに、「お父さんは作品よりもあなたのことを大切に想ってる」と言ってやりたかった。たとえ事実はそうでなくても。ベレニスはベリエの著作のどの登場人物のモデルにもなっていない。妻もそうだ（アレックスは実際にイザベルに会って話してみて、そう確信した）。おそらくベリエは妻と娘を凡庸で社会に順応しすぎていてつまらない、と考えたのだろう。

アレックスは最後にもうひとつ、ベレニスにメッセージを書いた。

〈愛している。パパより〉

返信はなかった。だがベレニスには少なくとも父から〈愛している〉のメールをもらったという思い出は残るだろう。

そんなことを考えていると、シャルル・ベリエが声をかけてきた。

――だからきみの書くものはくだらないんだ。きみは自分のことを残酷な人間だと考えている。だがそのいっぽうで愛情深い。善意だけではよい作品はものせない。きみを抑圧している感情をとり去れ。夫に対するあきれるほどの思慕、娘たちに対する慈しみ、みず知らずの他人に対する共感をかなぐり捨てるんだ。あるがままの自分でいろ。カミソリのように鋭利で、手強くて、怒りをたぎらせた自分自身に。

――わたしはそんな人間じゃない。

――ああ、おそらくきみはな。だが、きみの分身はまさにそんな人間だよ。

アレックスはシャルル・ベリエの声を洗い落とすためにシャワーを浴びた。そして迷いの数々をたっぷりのお湯で流したあと、ベリエのツイートを投稿した。

〈アンゲラ・メルケルがなぜいつも不機嫌なのか、そのわけを知ってるか？　朝起きたとき、鏡に映ったおのれの姿を目にするからさ〉

そのあとアレックスはイヴ・デルマンのオフィスに

出向いて作業した。そしてちょうど作中人物のリストをつくり終えたとき、デルマンが広々とした部屋にふたりの人物を招き入れた。

「エレオノール、登場人物の買い手候補を紹介しよう！」

振り返ってぎょっとした。ソラヤ・サラムが立っている。彼女がなぜここに？

デルマンは続けた。

「彼は〈テルメディア〉のプロデューサーのグレゴリー・ルポステック。で、そちらは……」

プロデューサーがすぐにパートナーを紹介した。

「ソラヤ・サラムです。脚本家で小説家の」

イヴ・デルマンはソラヤが誰なのか知らないようだ。彼はふたりにアレックスを紹介した。

「彼女はエレオノール・ドゥレルム。シャルル・ベリエのアシスタントだ」

それを聞いたソラヤ・サラムはあっけにとられた顔をした。だがすぐにアレックスを、それとわかる執拗さでじろじろとねめつけはじめた。

アレックスも負けじと相手を見た。そして実物の彼女と作中の彼女を、つまりジャミラ・ラクダールを比較した。シャルル・ベリエは外見を大きく変える手間は省いていた。同じまなざし、白いものがまじった同じ黒髪、同じ勝ち気な雰囲気。アレックスの脳裏に疑問がよぎった。ソラヤにも恋愛関係にある兄がいるのだろうか？　それともあの近親愛はシャルル・ベリエによる完全な創作なのか？

ふたりはすぐに来訪の理由を説明した。『粉砕』の権利を買いたいというのだ。『粉砕』はまさにラクダール家を描いた小説だった。アレックスは即座に、ソラヤは映像化を実現させるためではなく、彼女の物語をほかの人がいいように脚色するのを阻止するために権利を買おうとしているのではないかと疑った。

「ひとつご提案があります」とレオは切り出した。

「作品の翻案権は高額です。こちらとしてはその半値で、登場人物の権利を別個にお売りしてもいいと考えています。たとえば、ジャミラ・ラクダールの翻案権を。あるいは、ジャミラとその兄をセットにした翻案権を」

プロデューサーが興味を示し、ソラヤも身を乗り出した。ソラヤはイヴ・デルマンの前で非の打ちどころのない態度をとりつづけた。権利を買ってなにがしたいのか、どんな芸術作品をつくろうとしているのか整然と論じた。彼女は、国から見捨てられた農村部で暮らすマグレブ出身の女性を主人公にした映画の脚本を書きたいのだと説明した。ジャミラの粘り強さ、一徹な生き方が好きだと言って。そのいっぽうで兄の権利は買う気がなかった。女性の力強い人生にだけ焦点をあてたいのです、そこに兄妹愛を持ちこめば、社会的なメッセージがぼやけてしまいますからね……。

そういうわけでふたりは、ジャミラの権利だけを買うことにしてオフィスを去っていった。

ソラヤはつまり、自分自身を買い戻しにやってきたのだった。

オフィスを出たとき、遠くに尾行者のシルエットが見えた気がした。だがアレックスはそのまま帰宅し、シャルル・ベリエにせっせとツイッターでつぶやかせた。その結果、ベリエは機知に富んだ害のないユーモアと、〝軟弱者〟に対する辛辣なコメントを交互に繰り出すことになった。〝軟弱者〟とはベリエが女々しいと判断した、おむつを替えたり、顔にクリームを塗ったりする男たちのことだ。さらにベリエはネットで映画を購入し、代金を支払った。家族や友人にショートメッセージを送り、世界とオンラインでつながった。

だがそうした小細工も、念入りに調べられればすぐに嘘がばれるだろう。それに遠からず、シャルル・ベリエはいったいどこにいるのだとみなが疑問に思うようになるはずだ。レオは、ベリエはノルマンディーに滞在したあとフォンテーヌブロー近郊に移ったと説明したが、警察が本腰を入れて調べれば、どこから買い物が発注されたのか、ネット上のコメントがどこで書かれたのか一発でわかるだろう。ベリエのスマートフォンがパリの十二区にあることも。

ベリエのスマートフォンと言えば、アレックスはそこに入っていた情報を調べ、ソラヤの住所を難なく知ることができた。

そこで彼女は花屋へ行き、真紅のバラの大きな花束を買った。そして通りをゆっくりと歩いた。件《くだん》の探偵が、まるで良心のうずきのように彼女につきまとっていることを通りの角ごとに確かめながら。

ソラヤは三区、シャルル・ベリエの別宅から二十分ほどのところに住んでいた。文化・スポーツセンター〈カロー・デュ・タンプル〉の近くのデュプティ＝トゥアール通りにあるアパルトマンだ。アレックスがオスマン様式の建物のインターフォンを押すと、女性の低い声が響いてきた。

「どなた？」

「エレオノール・ドゥレルム、レオです。シャルル・ベリエのアシスタントの。下まで来ていただけませんか？　コーヒーでもご一緒できないかと思いまして」

返事はない。アレックスはそのまま待った。少しするとソラヤが下りてきた。レオは花束を差し出した。ソラヤは面食らった顔でレオを見た。

「シャルルからです」

「なんのお祝いのつもり？」

「謝罪したいんだそうです。ジャミラの権利をあなたが買われたことを知って、申しわけないって、そう言ってました」

「馬鹿な人」

ふたりは歩道上で向き合っていた。アレックスは探偵に見られていることを知っていたし、感じてもいた。

ソラヤは花束をつかむと悠然とした足取りでごみ箱まで行き、花を投げ入れた。

それから笑顔でレオに向き直った。

「まだコーヒーを飲みたい気分？」

アレックスはうなずいた。計画が首尾よく動き出している。

探偵はそれまでソラヤの存在に気づいていなかったはずだ。だがいまはレオのほかにもうひとり、女がいることを知った。赤いバラの花束を贈られる女。それをごみ箱に捨てる女。この女とベリエがどんな関係なのか、探偵はやすやすと理解できるはずだ。そして疑いの目をレオからソラヤへと転じるかもしれない。そうなればチャンスだ。ほんの少し息を吹きかけて、盤上の駒を動かすことにしよう。

第六章　豚どもに死を！

六ユーロのミネラルウォーター二本を前にアレックスとソラヤは雑談を始めた。場所は〈カフェ・クレーム〉。デュプティ＝トゥアール通りにある感じのいいブラッスリーで、若者たちでにぎわっていた。職に就いているとおぼしき彼らも、どうやらこの火曜の午後は働いていないらしい。アレックスは興味を引かれてしげしげと見た。パリに着いたときからこの現象には気づいていた。バカンス明け、九月のはじめになってもパリでは人が働かないという現象だ。彼らは通りをぶらぶらし、店を覗いたり、コーヒーを飲んだりしている。だが結局のところ、それが彼らの仕事なのかもしれない。カフェのテラスでのんびりタバコをふかしているとこちらが勝手に思っているだけで、実際には打ち合わせをしているのかもしれない。シャルル・ベリエが書いた、名もなきささやかな人々のことが頭に浮かんだ。ベリエはパリの中心、六ユーロを出して水を飲むこの世界で暮らしていたのに、彼らの、つまりそうした慎ましやかな人々の人生をなぜあれほど的確に描き出すことができたのだろう？

アレックスは、プティ・マルス村の近くに住む知り合いのアルマン・ルブシュのことを考えた。彼はいわゆる学のない農民で、広い畑でアブラナと小麦を育てていたのだが、地元の富農に安値で土地を買いあげられた。ルブシュはいま、先細りするばかりの土地の売却金と、村で頼まれるさまざまな手間仕事でなんとか暮らしを立てている。刈り入れ、配管修理、木の伐採。そうしたほそぼそとした雑務をすべて合わせても、稼げるのは月にせいぜい四百から五百ユーロ。ルブシュは役所の支援のおかげで猫たちとともに生き延びていた。少々変わり者だが親切な人だった。それでも道路工事の作業員には手厳しく、しょっちゅう彼らを罵っていた。ルブシュの住む集落ではごみの収集が有料化されていたため、自宅のごみをほかの家のごみ箱に突っこむ行為が横行していた。ルブシュはちゃんと税金を払っていたので、ごみ収集の有料化には怒り狂っていたが、ほかの人とは違い、よそさまの家にごみを捨てるといった不埒な真似はしなかった。

アルマン・ルブシュは日曜日に時折アレックスの一家をお茶に招いた。訪ねていくと、必ず〈スクラブル〉を引っ張り出してきた。アントワーヌは単語をこしらえるこのボードゲームが大嫌いなのだが、しかたなく誘いに応じてやった。するとルブシュはぱっと顔を輝かせたものだ……。

シャルル・ベリエは自分が暮らすパリの中心部以外の場所にも目を向けることのできる人だった。ソラヤはひょっとしたらベリエのそんな一面に感嘆し、心惹かれることになったのかもしれない。

最初、アレックスには探偵のシルエットが見えていた。探偵はいっときアレックスとソラヤのようすを窺っていた。けれどもいつの間にか姿を消した。アレックスは首をめぐらし、探偵がまぎれこんでいないか確かめようと店の客に目を凝らした。だが見あたらない。彼は消えていた。

ソラヤは作中人物のジャミラについてみずから話しはじめた。彼女は自分の人生のささやかなかけら――歯の磨き方、髪が抜け落ちた経験、腹部の縦じわ――を盗まれたことにひどく傷ついていた。

「それに母のこともある！　母はあの本を読んでわたしを罵倒した」

ソラヤの母は明らかに現実の人生と文学を混同したようだ。兄のカリムも気を悪くした。小説は未読だったが、誰かに話を聞いたらしい。以来、兄は妹に対してこれまでにないほどよそよそしくなった。そうでなくてもすでに親しい間柄ではなかったのに……。

「シャルルがなぜあれを書いたのかわからない。率直なところ、わたしは作家の仕事には敬意を払ってる。だけど、あれは兄との距離をさらに広げただけだった……。カリムはもう、わたしに挨拶のキスさえしようとしない」

ソラヤの表情は目まぐるしく変わり、強烈な精彩を放っていた。両手もじっとはしておらず、しゃべっているあいだ、まるで話し相手をどこかに連れ去ろうとしているかのようにせわしなく宙を舞った。

アレックスは距離を置こうと努めた。この女性《ひと》に惹かれてはならない。離れたところから眺めつづけなければならない。彼女は相手を観察した。ソラヤ・サラムは丈の長いインドのサリーをまとっていた。金糸とビジューで飾られた、栗色を基調にしたドレスだ。華美な服と化粧っ気のない顔との対比が際立っている。

髪は結わずに下ろしていた。

一瞬、アレックスはソラヤのようになりたい、ソラヤになりたい、と思った。ソラヤに罪をかぶせ、彼女の地位を奪うことさえ想像した。ソラヤの人生はどんなものなのだろう？

ソラヤの世界に入るため、アレックスは彼女を笑わせ、滑稽なエピソードを語った。そして嘘をつく意外な才能が自分にあることに気がついた。

ペンションの宿泊客のエピソードをもとにアレックスは話をつくった。彼女はいつだって話を聞くのも語るのもお手のものだった。これまでに耳にした話のすべて、何十年も自分自身のなかに溜めこんできた話のすべてを活用した。ソラヤに今日、自分がきれいでエスプリの利いた人間だと思ってほしかった。まるで女優になった気がした。観客の拍手が聞こえてきそうだった。


パリに来てからはじめて、彼女は人前でアルコールを飲むことさえ自分に許した。二杯目を空けるころには心から楽しくて演技する必要もなくなった。ソラヤはたまらなく愉快な人だった。

「シャルルのどこに惚れたと思う？　最初に惹かれたのは靴下よ。すぐに目についた。だって片方が赤、片方が緑だったから。そんなちぐはぐな靴下をはける人なんている？　よっぽどの変人よ」

そんなふうにしてソラヤはシャルル・ベリエとの愛を語った。

「この話のいいところはね、靴下から始まったような愛は、けっして冷めないってこと！」

六杯空けたあと、アレックスは気がつくとソラヤと一緒に界隈のレストラン〈マダム・ショーン〉のテーブルを囲んでいた。ハイテンションな活気あふれる雰囲気が持ち味のアジア料理の店だった。ふたりはたわいもない話で盛りあがりつづけた。

ソラヤがトイレに立った隙にアレックスは、イザベル・デルマン＝ベリエにしたのと同じように小さなスプーンを盗んだ。それから椅子の背にかけていたソラヤの薄地のジャケットをつかみ、布地についてあった黒い巻き毛を一本手にとった。そしてそれを慎重にプラスチックケースに収めると、急いでカバンのなかに突っこんだ。

ソラヤが戻ってきたとき、アレックスは何事もなかったかのようにおとなしく彼女を待っていた。ふたりはおしゃべりを再開した。

リラックスしながらも、アレックスはレオのままでいることを心がけた。明るくて現実的なレオに。と同時に、シャルル・ベリエに対するソラヤの本当の気持ちを探ろうとした。彼女はいま、シャルル・ベリエが行方不明になっている事実をどう思っているのだろう？


「白状するとね、あなたはシャルルの浮気相手じゃないって本気で思いはじめてるところ。だって、あなたはあの人にとってあまりにも……いい人すぎるから！」

ソラヤはそう言って笑ったが、冗談めかした言葉の背後で彼女が本気でそう思っていることが感じられた。

「でも、あなたが嘘をついているとも思ってる。あなたはシャルルの居場所を知っている。誰と一緒かも」

アレックスは思考をめぐらせ、可能性をひとつひとつ検討した。そのひとつがたとえば、あの探偵を雇ったのがソラヤだという可能性だ。探偵は、レオとソラヤがあの一連のショートメッセージをやり取りし、そのあとソラヤからの連絡がふつりと途絶えたあとに登場した。探偵を雇ったことは、愛人の不可解な行動に対するソラヤからの回答なのだろうか？

アレックスは、自分を尾けてくるあの男についてソラヤにストレートに尋ねてみようかと思ったがやめにした。まだ早い。不安が募るあまり不用意に口を滑らせ、みずから尻尾を出すような失態をしでかすわけにはいかない。

そのいっぽうで、探偵の雇い主を突き止める賢いやり方は、めいめいに異なる情報を与えることではないかとも思い、餌を撒くことにした。

「そうね、読みはあたってる。シャルルはパリにいる」

ソラヤは身をこわばらせた。

「どこ？」

「それは知らない。本当よ。それについては知らないの」

「シャルルと会ってるの？」

「ええ、小説のことで。頭に浮かんだ文章を片っ端からタイプするのが面倒になると、わたしに口述筆記させてるから」

「どこで会ってるの？　あのアパルトマン？」

「誰にも言うなって口止めされてるの。ごめんなさい」

「あのアパルトマンに来てるのね、絶対そう。これまでもいつもあそこで書いてたもの。それで、ほかの女と一緒なの？」

「それは知らない。わたしに私生活は話さないから」

「それはびっくり。だってシャルルは年がら年じゅう自分の私生活を吹聴してたから。ほかの人の私生活も！　ほかに女がいるんだわ、絶対そう！」

アレックスは自分は知らないと繰り返した。

そのあと、なにがどうなったのかわからないが、気づいたときアレックスは〈ビュス・パラディアム〉で踊っていた。それまでクラブで遊んだことはない。十六のときも、二十のときも、三十のときも。それがいま、四十歳にして多種多彩な人々に囲まれて踊っていた。その大半が自分より若かった。こんな若い子たちと一緒で気まずくないのかソラヤに訊いてみた。する

と四十代、いや、ことによると五十に手が届いている
と思われるソラヤは笑い飛ばした。
「そんなこと、全然気にしないけど。それって問
題？」
「わからない。ただ、見られているような、〝このお
ばさん、ここでなにやってんだ？〟って思われてるよ
うな気がして。この年齢で男に声をかけようとするの
はちょっと痛いじゃない？　若い男を追いかける
〝肉食の熟女《クーガー》〟みたいで」
「クーガーって言葉、わたしは大好き！　この表現を
つくった男は大の熟女好きだったはず。それに実際、
ここには男を引っかけに来たわけでしょ？　ひょっと
して、男はすでに足りてるってこと？」
ここは警戒するべき場面だとアレックスは気を引き
締めた。ソラヤの質問は引っかけかもしれない。シャ
ルル・ベリエとの関係を白状させるための誘導尋問と
いう可能性もある。
「なんにせよ、人生において足りてるなんていう状態
はないと思う」
アレックスはそう答えると平板な口調で言い足した。
「そう、ここにはナンパしに来たの」
ソラヤは軽く笑い、質問を続けた。
「あなた、結婚はしてなかったわよね。お子さん
は？」
アレックスは嘘をつくときには手短かに答えるのが
鉄則だとわかっていた。だが、ここはどうしても言い
わけをしたかった。そこで長々と語った。以前、非の
打ちどころのない素敵な男と恋愛を、それも大恋愛を
したこと。子どもを授かったが、流産してしまったこ
と。そのあと、やさしかった男がろくでなしに変わり、
彼女のもとを去っていったこと。以来、子どもは欲し
いが男は必ずしも要らないと思うようになったこと。
それで将来に備えて、卵子を凍結保存したこと。
ソラヤはつかの間、まじまじとアレックスを見た。

「いまの話、シャルルにした？」

アレックスはかぶりを振った。

「よかった。絶対にあの人に話しちゃだめ！　彼は話をよく聞いてくれる。そりゃもう熱心に。やさしい笑みを浮かべて、目を潤ませながら。頭に来るのは、それがすべて偽善じゃないってこと！　あの人でなしは自分の感情を抑えられない。だから全部吐き出して、すっきりしようとする。そういうわけでひとたび彼にこっちの人生を話してしまったら、それが丸ごと、あの人の罰あたりな作品のなかで描かれることになるのよ！」

アレックスは苦々しい笑みを浮かべた。ソラヤの言いたいことはわかりすぎるくらいよくわかる。なにしろすべてを――自分の顔、自分の身体、自分の庭、自分の家をベリエにちゃっかり奪われ、いいように荒らされたのだから。

ソラヤはシャルル・ベリエについて愚痴りはじめた。

軋轢《あつれき》の発端はベッドのなかでの打ち明け話だった。ソラヤがベリエに、むかし実父から身体を触られる性的虐待を受けていたと明かしたのだ。シャルル・ベリエは驚くと同時にその話に食いついた。根掘り葉掘り、しつこく尋ねた。何歳のときの話だ？　触られるって、どんなふうに？　そのときどう感じた？　悲しかった？　気持ちよかった？　嫌悪を感じた？　それぞれの感情の度合いは？　お兄さんも父親にいたずらされたのか？

ソラヤはなにもかも洗いざらいぶちまけた。嫌悪、恥辱、愛、それらがひどくもつれ合った感情を抱いたこと。そのときのトラウマはまだ続いていること。そのせいで、なぜかいつも支配的な男を求め、同じシーンを演じてしまうこと。

そのあとソラヤは小説『粉砕』を知った。愛人が彼女の人生を捌《さば》き、料理し、真実と嘘とを、事実とフィクションとをごたまぜにしたのを知った。ベリエはソラヤが実父から受けた性的虐待を自分なりに咀嚼し、兄との美しくも悲しい愛の物語に変えていた。なぜそんなことを？　創作の自由を追求し、奔放な想像力を発揮しようとしたのか？

　ベリエはあの小説がソラヤの家族にどんな影響をおよぼすか考えもしなかった。ソラヤの母親は自分の子どもたちや、当時住んでいた古い家の詳細な描写からこれは自分の家族をモデルにした小説だと気がついた。そして作家のつくり話を真実だと思いこんだ。読んだあとは、息子のカリムと娘のソラヤが同衾《どうきん》していたと信じて疑わなかった。ソラヤとはもう話もしなくなり、警察に兄妹を告発する一歩手前まで行った。

　父親のほうはソラヤを売女呼ばわりした。彼女はかつての悪行について父を責め立てた。だが父はそっくりすべて否認した。そして捨て台詞を吐いて会話を打ちきった。

「昔の話だ、覚えてないな」

　ソラヤは父と縁を切った。

　だがなによりも問題だったのはカリムとの関係だった。双方とも顔を合わせるのが気まずくなり、会うのを避けるようになった。ソラヤは苦しんだ。疎遠になってしまったが、それでも兄を愛していたからだ。まるで小説のなかの近親愛に兄妹が感染したような、埋もれていた禁断の欲望を暴かれてしまったような気がしてならなかった。

「シャルル・ベリエみたいな男がどんな厄災をわたしたちの人生にもたらすか、これでわかったでしょ！　だから用心なさい。あの人にはなにも語ってはだめ！　たとえしつこく訊かれても絶対にだめ！　あなたもあれこれ訊かれたはずよ。でしょ？」

　アレックスはなんと答えようか迷った。

「うーん、どうだろう。わたしに対しては違う。シャルルは自分のことばかり話しているもの」

　ソラヤは意外そうな表情を浮かべた。アシスタントにだけ違う態度をとるということは、彼女には興味がないと解釈していいものか、そんなことがあるのだろうかと疑うような顔つきだ。アレックスは軌道修正を図った。

「そう言えば、ふたつだけ意味深な質問をされた。ひとつ目が、貞節についてわたしがどう考えてるかってこと。ふたつ目が、彼と同じようにわたしも女たちを面倒な存在だと思っているかどうかってこと」

ソラヤはグラスを掲げて言った。

「あの恥知らずに死を！」

その言葉を聞いてアレックスは内心うろたえた。彼女の動揺をソラヤは感じとり、彼女流に解釈したのだろう、すぐにこう訊いてきた。

「もしかして、あの人のことが好きなの？　そうなのね！」

「まさか。ただ、シャルルの死を願うなんて、とんでもないって思っただけ。だって、わたしの雇い主だもの」

「そうね！　じゃあ、もっと対象を広げましょう。豚どもに死を！」

「あなたもそうよね。シャルルの死を本気で望んでるわけじゃない。そうでなきゃ、とっくに別れてたはずよ。でも、あの問題作が書かれたあとも別れてないじゃない？」

ソラヤは考えこんだ。

「あの一件ではシャルルのこと、ずいぶん恨んだのよ。半年のあいだわたしはあの人に会おうとしなかった。けれども彼は半年のあいだ毎日謝ってきて、半年のあいだ花束や心揺さぶる愛の言葉を贈ってきた。だから最後は赦したの。でも、それはあの人が頭を下げたからじゃない――シャルルはね、いまもこれからも自分第一、自分大好きの卑怯者だもの。そうじゃなくて、彼の文学の才能に免じて赦してあげたの。シャルルがくれた言葉はあまりにも美しくて、わたしにとってはドラッグのようなものだった」

そう言うとソラヤはカバンから鮮やかなピンク色の錠剤を二錠とり出した。そして一錠のむと、残りをアレックスに差し出した。

「ドラッグと言えば……ほら、これ。これを飲めばほかの人を愛せるようになる」

アレックスは錠剤をまじまじと見た。レオがこれを知らないというシナリオに現実性はあるだろうか？　アレックスが返事に窮したので、ソラヤは彼女のためらいに気がついた。

「エクスタシー《MDMA》をのんだことないの？」

「ええ」

「でも、男をハントしたいのよね？」

アレックスは慌てて薬をつかんで飲みくだした。

一瞬たりともコントロールを失った感覚はなかった。ただ悦びの波を感じ、激しく欲情し、底知れないパワーが全身にみなぎった。これなら山だって持ちあげられそうだ。いまならシャルル・ベリエを堆肥の山から引きずり出して、チェーンソーで切り刻むことも、酸で溶かすこともできそうだ。たぶん、家族を置いて家を出る代わりに最初からそうすればよかったのだ。なにも怖くはなかった。不安はすっかり消えていた。人生を理解した瞬間、人生は生きやすくなる。自分にふさわしいものを、欲しいと思うものを手に入れればいい。バーカウンターに友人ふたりといるあの男。若くて、すごくかっこいい。三十ぐらいか。あの探偵に似ている。本人だ。たぶん。いや、そんなこと、どうでもいい。その男と踊ったとき、アレックスの身体の動きはなめらかだった。そんなことははじめてだった。よく言われたものだ。きみは踊れないと。でも、本当は踊れる。彼女の身体は波打ち、音楽と完全に調和し、音楽を先取りした。次の波を見越し、あくまでダイナミックに軽々とその波に乗った。若い男の身体。その顔。ひと目見ただけで、こちらの気持ちが決まる人がいる。好きか、嫌いか、気持ちが瞬時に決まる人がいる。

アントワーヌと離れたいま、彼は遠い人生に属していた。いまこの瞬間の彼女の人生とはなんのかかわりもない人生に属していた。アレックスの身体はアントワーヌとは別の身体に囲まれたこの場所にあり、自分の身体の存在だけが重要だった。彼女は身体そのものだった。と同時に、他者の身体のなかに滑りこみ、彼らの動きに合わせ、その動きに完全に溶けこむことができた。

店を出ると、アレックスは若い男にぴったりと身を寄せてパリの通りを歩いた。最高にいい気分だった。彼女が自分自身から遊離していたあいだに雨が降ったが、いまは雨がやみ、歩道がきらめいている。側溝を雨水が流れている。荒れた海のように水が湧き立っている。銀とグレーとすみれ色をまとったパリが見渡すかぎり広がっている。

アレックスは脇に寄り、男を密会部屋《ギャルソニエール》に通した。考えてみれば、それこそがこの部屋の本来の使い途ではないか。男《ギャルソン》を連れこむことが。アレックスは笑った。

音楽をかけるため、パソコンを立ちあげた。男が近づいてきた。

「きみにキスしたいって言ったら、なんて言う？」

アレックスは男を間近で見た――ものすごく若く見える。

「それであなたは、わたしがあなたと踊りたいって言ったら、オーケーしてくれる？」

男は笑った。

「ああ。でも、このダサい音楽は変えようぜ」

男がキーボードの前に陣取り、アレックスは彼のまわりで踊った。

「なに、これ？　本物？」

男が目の前で指を振った。アレックスが冷凍庫に戻すのを忘れていた、シャルル・ベリエの指を。

第七章　指先にある破滅

目が覚めると裸だった。身体を覆っているのは紫色のフェイクファーのブランケットだけ。隣に見知らぬ若い男がブリーフ姿で眠っている。

記憶がよみがえってきた。ワイン、〈ビュス・パラディアム〉、MDMAの錠剤、仲間とバーカウンターにいた若い男。頭がずきずきするし、喉もカラカラだ。指。

胸にブランケットを巻きつけると、ベッドから起き出して水を二杯飲んだ。

朝の九時。時間がない。とっとと頭を働かせなければ。男はシャルル・ベリエの指に手を触れた。指を見られてしまった以上、男をこのまま立ち去らせるわけにはいかない。

周囲を見まわした。花瓶。ガラスの灰皿。けれども大きさが足りない。

キッチンコーナーに一本、ナイフがあったはずだ。それも長いやつが。それがメインルームのなかで唯一、凶器となりうるものだった。

寝室のほうへ戻り、ドア口にとどまって男を見た。その美しさにドキッとした。昨夜、この男と交わったのだろうか？　もしそうなら、覚えていないのが残念だ。

男は深く眠っている。額にひと筋、茶色の髪が落ちている。無防備な獲物。だがどこを襲えばいいのだろう？　致命傷を負わせる前に相手が目を覚ます可能性がある。そうすれば凶器を奪われ、身動きを封じこまれてしまうだろう。逆に殺されるかもしれない。そうしたらすべてが終わる。

指を見られてしまった以上、男をこのまま立ち去らせるわけにはいかない。

頸動脈を切る。さっと一度だけ。映画では簡単そうに見えるが実際はどうだろう？　アレックスは毎週日曜の昼、丸鶏を切り分けるのにいつも苦労した。家族にはそれぞれ好きな部位があった。一家は鶏を食べるには最高のチームだった。アガトは手羽、タイスは上腿、アントワーヌは下腿、アレックスは胸。

腿を切るときの自分のぎこちないナイフ捌きが思い出された。鶏には腱や皮があり、それらを切るのはなかなか厄介だ。若い男はもっとずっと厄介だろう。鮮血もそこらじゅうに飛び散るはずだ。

彼はいったい何歳だろう？　朝の光のもとで見ると、二十八ぐらいに見える。三十には届いていない。この青年にもきっと彼を愛する父と母がいるはずだ。

指を見られてしまった以上、男をこのまま立ち去らせるわけにはいかない。

男が指をつかみあげたシーンが頭によみがえった。彼はそれを軽く横に振るしぐささえした。子どもに、だめ、だめ、と注意するときのように。へらへら笑っていた。ということは、酔っ払っていたはずだ。あるいはわたしのように、クスリでラリっていたはずだ。

指を見られてしまった以上、男をこのまま立ち去らせるわけにはいかない。

キッチンコーナーへ行ってナイフをつかむと寝室に戻った。指の震えが止まらない。男が寝返りした。恐ろしさで卒倒しそうになる。まるで子どものような寝姿だ。片手が上掛けから飛び出している。

アレックスは急いで服を着るとベリエの家を出た。レピュブリック通りにいたずらグッズを扱う店があるのは知っていた。

店の前まで行ったが開店前だった。時間を潰そうと、陽あたりのよい広場を歩きはじめた。スケートボードに興じる若者にいっとき見入ったあと、ふたたびあたりをうろうろした。店のシャッターが開いた瞬間、なかに駆けこんだ。闇に沈む薄暗い店内に、パーティーやイベントを盛りあげるための小物やおもちゃがところ狭しと並んでいる。コショウ鉄砲、吹き矢、紙吹雪、スーパーヒーローの仮装セット。

店員は薄毛で真っ青な目をした太鼓腹の小男で、ライトセーバーと笑顔のお面にはさまれて途方に暮れているように見えた。その全身からいわく言いがたい哀しみが発散されているような気がしたアレックスは、思わず足を止めて話しかけたくなった。つねに聞き上手だったその習い性から、悲哀に満ちたその店員のために時間を割いてやりたくなったのだ。

だが、いまはそんなことをしている暇はない。だからやさしくほほえみかけるだけにした。彼女は黒いマントと蜘蛛の巣と、顔を黒く塗るメイク用品とサルコジのお面と、そして最後にゴムの指はあるかと訊いた。

愁いを帯びた店員はカウンターに蜘蛛の巣とメイク用品を置くと、あいにくサルコジは切らしているがフィヨン（フランスの元首相）はあるのでそれでどうかと訊いてきた。

「それで結構です」とアレックスは力強くうなずいた。

「で、指は？」

店員は急に生き生きしはじめた。ちょうどいいのがありますよ。そう言って、切りとられた五本指のセットを見せた。切断面に偽物の血がついていて、しかも骨まで飛び出している。探し求めていた指ではなかったが、これでなんとかなるだろう。それにとにかく、あの美形の若い男が目覚める前に帰らなければならない。彼女は指を一本買い、哀愁漂う店員に礼を言うとすぐにアパルトマンへと向かった。

そのとき足音が聞こえた。探偵に尾行されていたのだ。店に入るのも見られていたにちがいない。おそらくあとから店に行き、なにを買ったか確かめるはずだ。彼はそこからどんな推理を導き出すだろう？

とにかくいまは考えないほうがいい。いまはそれどころじゃない。昨日はあんなにシンプルに見えた世界が、今日は複雑きわまりないものに変わっている。

どんなに空が青くても、世のなかの複雑さは変わらない。昨夜は雨がパリの街をあれほど美しく飾っていたのに、今朝は澄みわたる空が汚濁と不潔と貧困をあらわにしている。シャルル・ベリエは華やかなパリの中心部にアパルトマンを購入した。だが見ようとする者には傷跡や困窮がはっきり目につく。いたずらグッズの店からそれほど遠くないベンチの近くで真っ青な顔をした若者がひとり、通行人を捕まえて小銭をせびっている。そのしぐさ、その肌、その攻撃的な態度。どこからどう見てもヘロインかクラックの常習者だ。その先では女の物乞いが手を差し出している。アレックスはその手に二ユーロ載せた。

女は片目で硬貨をちらりと見た。その瞳は狂気の光でぎらついていた。

探偵がこの先尾けてこられないように、アレックスは建物の門扉をぴしゃりと閉めた。そして五階まで階段をのぼってアパルトマンに入った。男はすでに起き出してシャワーを浴びていた。

指のことなど忘れているようだった。その証拠に、くつろいだようすでアレックスに笑いかけた。

「気分はどう？　よく寝れた？」

ふたりはとりとめもない話をしはじめた。もしかしたら、あのことはまったく覚えていないのかもしれない。

アレックスがそう思いはじめた矢先、男は言った。

「クソッ、そうだ、指。あれはなに？」

「指って、これのこと？」

アレックスはソファーまで行き、そこに無造作に投げ出しておいたゴムの指を拾いあげた。

青年はいぶかしげな表情で指をじっと見つめた。

「これじゃない。もっとヤバいやつ。本物の指」

自分がどれほど突飛なことを口にしたのか相手にわからせようと、アレックスはあっけにとられたように間を置いた。

「これがそう、あなたの言うヤバいやつ。昨夜、あなたが遊んだやつ。この指よ」

「でも、なんでこんなものを？」

「ここに来る男たちを面白がらせようと思って」

男が笑ったので、この件は片がついたと安心した。

だが相手はしつこかった。

「いや、マジな話、ゴムの指でなにしてんのさ？」

彼女は買ってきたばかりの品々を男に見せた。

「去年のハロウィンで使ったの。すごく盛りあがったんだから！」

男は笑いながらアレックスを見た。

「ヤバいな……」

青年が帰ったあと、遅ればせながらアレックスは、アジア料理のレストランで手に入れた採取品のことを思い出した。彼女はバッグから紙ナプキンに包んだスプーンと髪の毛を入れたプラスチックケースをとり出した。そしてDNA用と指紋用の二枚のラベルをつくった。

そしてようやくザナックスを二錠のみ、翌朝まで眠った。

第八章　対決

行きずりの男に指を見られるという失態を犯しはしたが、アレックスはシャルル・ベリエについて多くを知ることには成功した。そしてとくに、ソラヤにベリエを殺す有力な動機があることをつかんだ。ベリエはソラヤの人生をくすねて捻じ曲げ、彼女と両親、そして兄との関係をめちゃくちゃにした。アレックスはベリエの周囲にいた人たちに会い、ベリエが残した思い出や傷に触れることになったが、それらは愛や憎しみ、あるいは愛憎半ばする感情に彩られていた。

大物作家ベリエの小説の登場人物のなかでももっともぞんざいに扱われているのがシルヴァン・ピネルだろう。ピネルはベリエの作品にたびたび登場する文無しの哀れな存在だ。そのモデルとなった作家崩れの友人フランクがピネル同様、アルコール依存症の負け犬だとしたら、成功の数々を手にしたベリエをひどく妬んでいるに違いない。親切にも誰かがフランクに、彼の〝親友〟の書いた小説のなかで描かれている落伍者が彼に似ていると指摘した可能性もある。

――親友に小説の登場人物のモデルとして勝手に使われ、作品のなかで笑いものにされるのは、その友人を殺す動機になると思う？

「警察にとっては」とシャルルは言った。

――そんな動機は小説のなかだけの話だろう。あくまで個人的な意見だが。

――でもソラヤは違う。兄と寝ていたなどと誤解されるのは由々しき事態よ。

――しかも、情婦が愛人を殺す情痴殺人はいつの時代にも読者にウケる。

――判事たちにもね。

アレックスが外出すると、探偵があとを尾けてきた。

彼女は衝動的に振り返り、探偵に向かって突進した。そして踵を返して逃げようとした探偵の腕をさっとつかんだ。

「数日前からわたしを尾けてますよね。どういったご用件でしょう？」

間近で見る探偵は思っていたよりもずっと矛盾に満ちた存在に思われた。大柄で身長は一メートル八十センチ以上。体重は九十キロを下らないだろう。やや長めの濃い茶色の髪。黒っぽい瞳。肉づきのよい唇。目の下に青みがかった大きな隈が浮き、片方のまぶたが重く垂れさがっている。

その重苦しい顔には粗野と繊細が同居していた。

アレックスは、彼の身体のどの部位がこの嫌悪と好感の入りまじった複雑な感情を引き起こすのか理解しようとした。線の細い女性的な鼻と厚ぼったい唇のコントラストだろうか？　それとも幅の広い隈に強調されたつりあがり気味の目だろうか？　あるいは余裕たっぷりのぞんざいな態度や屈強な身体つきだろうか？　にこりともしないので眉間にしわが寄ったままで、怒っているような印象を与えている。

探偵のほうもアレックスを眺めまわした。

「いまの時代、通りで人につきまとうのは犯罪行為だってことぐらいご存じよね？」

「つきまとっているわけではありません」

探偵は顔色ひとつ変えずにしかつめらしく言った。少し鼻にかかった低い声で、語尾を引きずるような話し方だ。

アレックスはこれまでの人生で出会ったさまざまな人を思い返した。皮肉の効いたジョークが好きな彼女の身近にいたのはユーモアのセンスのある人ばかりで、冗談の通じない堅物を相手にした経験はあまりない。

「コーヒーでも飲みませんか？」

いかにも余裕のあるふうを装ったが、本心ではその場から逃げ出したくてたまらなかった。手のひらに真っ赤に燃えた炭を載せられて、必死に耐えているような心地だ。

探偵は相変わらずにこりともしない。本当にジョークのまったく通じない相手だとしたら、どうやってこの窮地を切り抜けたらいいのだろう？　アレックスにとってユーモアのセンスを欠く人は、人間味を欠く人を意味していた。

相手は落ち着き払った口調で名乗った。

「私立探偵のバンジャマン・ブリュネルです。シャルル・ベリエを捜しています」

第四部　邪悪な分身

《幸いなるかな、オデュッセウスのごとく
あるいは、金羊毛を手に入れたあの彼のごとく
すばらしき旅をし、
しかるのちに経験と智慧を蓄えて故郷に帰り、
肉親たちのもとで人生の残りの日々を送る者は！》

ジョワシャン・デュ・ベレー『幸いなるかな、オデュッセウスのごとく……』

第一章　バンジャマン・ブリュネル

アレックスと探偵が歩道に立ったままにらみ合っていると、レオがここは任せろとばかりに登場した。レオからすれば、シャルル・ベリエの妻や愛人よりも男のほうが手玉にとるのが楽だった。ソラヤにしたように、おしゃべりをし、陽気に振る舞って相手の気を惹けばいい。ことによれば、探偵を利用して偽の情報を流すこともできるかもしれない。危険なゲームだが、試してみる価値はある。

「わたしはシャルルのアシスタントにすぎません」

「でも、彼がどこにいるかはご存じですよね？」

「ええ。でも向こうは人に知られたくないと思っています」

「そうでしょうね。でも、こっちは彼がどこでなにをしているのか知るために雇われていますから」

アレックスはどぎまぎした。探偵は相変わらずほほえみひとつ浮かべない。その表情にはどこまでもこだわりつづける頑なさが感じられた。

「そうしたことをいったい誰が知りたがってるんですか？」

「依頼人は名を伏せたがっています。現段階では」

アレックスはふたたび頭のなかでさまざまな可能性を検討した。もしかしたら自分は根本から間違えていて、この探偵に人殺しを疑われているわけではないのかもしれない。単にベリエの妻が、愛人が誰か知りたがっているだけかもしれない。妻が愛人の名を突き止めて夫をやりこめ、こってり油をしぼろうとしているだけなのかもしれない。

その場合、ソラヤ・サラムの場合と同様、ベリエの死は情痴殺人のかたちをとりうるだろう。バンジャマン・ブリュネルの調査を通じて明るみに出た事実に、イザベルは激しい嫌悪と怒りを覚える。ベリエはイザベルによってドブから救いあげられたというのに、恩知らずにも公然と彼女に〝夫に浮気された女〟の烙印を押した――それというのもベリエは愛人の存在を隠しもせず、妻と愛人それぞれの美点を事あるごとに周囲に吹聴していたからだ。イザベルは〝ひとかどの者〟になる前のベリエに賭けた。最初の小説を書いている三年間、ベリエを養いすらした。そしてひとたび小説が完成すると、みずから編集者のセバスチャン・ラムジーに夫を引き合わせた。デビュー作は批評家の関心を引いたが、それはイザベルの人脈のおかげでもあった。だが売れ行きのほうは、散々とまでは言わないまでもぱっとしなかった。そこで彼女は父親のイヴ・デルマンに、夫をデルマンの事務所で引き受けてくれと頼みこんだ。イヴ・デルマンは渋った。〝うちの事務所は大物作家の著作権を専門に扱っている。おまえの夫は雑魚にすぎん〟イザベルはベリエの書く文章の美しさと繊細な感情表現を口をきわめて称賛した。野や湖や森といった自然の美を描写する彼の筆力や、他者に対する真の共感と人間味にあふれる彼のまなざしに惚れこみ、それらを狂おしいほど愛していた。美しい言葉を生み出しはするが、彼女をないがしろにする赤毛の蓬髪の男よりずっと。そう、イザベルは小説の登場人物と違って実在し、すぐそばで彼を支えつづけているというのに、ベリエに無下に扱われてきた。

バンジャマン・ブリュネルの調査を通じてイザベルはソラヤの存在を知ることになる。密会部屋の存在を知ることになる。フランク・ルグランが商売女を連れこんでいた、裏切りの象徴であるあの部屋の存在を。そして彼女は復讐をする。奪われた歳月に対して。支えつづけてきた努力が報われないことに対して。

イザベルならどうするだろう？　どんな手に出るだろう？

彼女は密会部屋に赴く。そしてシャルルを殺す。寝ているあいだに首を絞めるのだ。遺体は紫色のフェイクファーのブランケットに包む。それをおそらく父親の手を借りて袋小路まで下ろし、車のトランクに積む。そして森に捨てる。そのあと彼女は全面否認し、警察も彼女が遺体を捨てた場所を特定できない。遺体なし、自白なし――かくして彼女は無罪を勝ちとることになる。それでも判事は大きな疑いを抱く。彼女には動機があり、アリバイがない――問題の夜、彼女はひとりで読書をしていた――それに密会部屋のあちこちに彼女の指紋が残っている。もっとも本人は、自分の指紋がなぜそんなところについているのかわからないと主張する。指紋と金髪数本。彼女に対する嫌疑は晴れない……。それでも結局は免訴を勝ちとることになる。

とはいえ、探偵を雇ったのがイザベル・デルマン＝ベリエであるという確証をどうやって得たらいいのだろう？

ふたりは顔と顔を突き合わせてにらみ合っていた――探偵のほうはアレックスを見おろし、彼女のほうは身長差をまなざしの強さで補おうとした。

「シャルルがどんな人かご存じですか？　あの人はほかの人がどう思おうとどこ吹く風です。誰かが自分を探しているとか、会いたがっているとか、そんなことどうでもいいんですよ。目下、頭にあるのは執筆のことだけですから」

「彼がどんな人かは知りません。話してもらいましょうか」

アレックスは希望の光が垣間見えた気がした。探偵は相変わらずぞんざいな口調だが、唇には嘲笑とともにほほえみがうっすらと浮かんでいる。相手にこちららの不快感を悟られてはならない。感じよくしなければ。アレックスはそう自分自身に言い聞かせた。

第二章　小手調べ

ふたりはこれといって特徴のないブラッスリーでブラックコーヒーを前に対座した。

アレックスは頭のなかで同時にふたつの疑問を追っていた。ひとつは正体がばれないように気をつけながら、探偵の調査の矛先を変えるにはどうすればいいだろうという疑問。そしてもうひとつは、密会部屋でいまなにが起きているのだろうという疑問。ふたつ目の疑問については考えが暴走し、手がつけられなくなっていた。時間が経つにつれてどんどん疑念が膨らみ、妄想で頭がおかしくなりそうだった。これはわたしを外に留め置くブリュネルの奸策ではないか？　いまこうしているあいだにも彼の仲間が密会部屋に押し入っているのではないか？　切断した指や赤毛の髪や、本とＤＶＤの後ろに隠した例のプラスチックケースを見つけられてしまったのではないか？　イザベル・デルマンのものは『ボヴァリー夫人』の、ソラヤのものはドラマシリーズ〈トップ・オブ・ザ・レイク〉のＤＶＤの、イヴ・デルマンとマノンのものは――アレックスは念のためこのふたりについても髪と指紋を採取しておいた――『ロリータ』の背後に潜ませてある。

「ところで、そちらにはこんなふうにわたしのあとを尾けまわす権利があるんですか？　そういうのって、許されるんですか？」

気軽な口調を装おうとしたが、緊張のため最後のほうで声がひっくり返ってしまった。

「ＣＮＡＰＳの規定に従っているので問題ありませんよ。それがあなたの知りたいことならば」

「ＣＮＡＰＳ？」

「治安関連民間業務全国評議会。内務省管轄の行政的公施設法人です。われわれは司法関係者と連携して働いています。わたしの場合は警察とも」

直後に続いたブリュネルの説明から、アレックスは彼が元刑事だったことを知った。ブリュネルはサン＝トゥアン警察署で司法警官として働いていた。だがどうやら署内の上下関係になじめなかったようだ。というか、社会一般の上下関係に。そこで十年前に私立探偵として独立し、パリに事務所を構えた。専門は調査と犯罪捜査と張りこみおよび尾行。

仕事は多岐にわたっていた。浮気調査、失踪人の捜索、離婚後の子どもの監護権や面会権の遵守にかかわる調査、ドラッグ摂取やアルコール依存やセクトへの参加が疑われる未成年および成人の素行や移動、交友関係、出入り先などに関する情報収集と監視、血縁者捜し、結婚前の身上調査、信用調査、債務者捜し等々。守備範囲はじつに広い。さらに刑事事件の捜査も請け負っていた。彼の場合は警察のかつての同僚のなかに協力者がいるため、情報をふんだんに入手できるらしい。

ふたりはシャルル・ベリエについて互いに探りを入れるようにして会話を進めた。バンジャマン・ブリュネルは矢継早に質問した。作家はどこにいるんです？　誰と会っているんです？　なにをしているんです？　アレックスはそれらの問いを巧みに避け、誰にも言うなと命じられていると言いわけして曖昧な答えに終始した。

それでも、ベリエがそれほど遠くにいるわけではないことだけは匂わせた――フォンテーヌブローなどパリ近郊とパリ市内を行ったり来たりしています。大変な旅好きで、パリの周辺部をあちこち見てまわってるんですよ。ええ、女性たちにも会っています。シャルルは新しい場所を探訪するのが大好きなんです。

バンジャマン・ブリュネルは解せないという顔をした。もともとすべてを疑ってかかる性格なのかもしれない。

「口述筆記はどこで？」

ブリュネルがかなり前からアレックスのあとを尾けていたとしたら、彼女がこの間ずっとパリにいたことは知っているはずだった。アレックスがデルマンの事務所に出入りするところを目撃し、ベリエの別宅に寝泊まりしているのも知っている。となるとごく自然に、ベリエは本当に別宅を留守にしているか、あるいは別宅に閉じこもっているかのどちらかだとあたりをつけているのではないか。そのいっぽうで私立探偵には警察のように家宅捜索をする権限はない。さらに一般的には司法捜査が開始されないかぎり、個人のメールを読んだり、盗聴したりということはできない。この間隙を縫うしかない。今後誰かがシャルル・ベリエの失踪を警察に届け出るまでのわずかなあいだにすべてを解決しなければならない。

「最近は電話で作業することが多くなってきました。

音声ファイルが送られてくることもありますよ」

　アレックスは考えた。どうしたらブリュネルという脅威を遠ざけることができるだろう？　私立探偵の目をよそに向けるために、なにか餌を与えたほうがいいのだろうか？　編集者のラムジー向けに考えた例の手を使ってみるのはどうだろう？　つまり探偵を籠絡《ろうらく》して愛人となり、疑惑の火消しをするのだ。と同時にシャルル・ベリエの近況をこまごまと語ることで、ベリエがすぐ近くで生きている錯覚を探偵に抱かせる。だがこれは大きな賭けだ。探偵を深入りさせれば、シャルル・ベリエを殺害した証拠を見つけ出されるリスクが高まるだろうから。

　どの手段に頼ればいいか決めかねたアレックスは、とりあえず手っとり早い方法に訴えることにした。

　別れ際、彼女はさっと探偵の手を引いた。

「そのうち夕食でもご一緒しません？」

　探偵は驚きを隠そうとしながらも真意を探るようにアレックスを見た。彼女はその視線をしっかり受け止めた。誘惑するでも無邪気さを装うでもなく、ただしっかり見返すような目で。

「そうですね」と探偵。

　この先愛人関係に発展するかもしれないという可能性のドアを開けたまま、その日アレックスは探偵と別れた。

第三章　誘惑に抗う

シャルル・ベリエの別宅に戻ると、アレックスは新たにひとつツイートを投稿した。〈どの女もいいモノを持っている。こっちが挿れてあげさえすれば〉それからここ数日の出来事を振り返り、慎重さを欠いていたと反省した。なにしろ別宅に見知らぬ男を連れ帰り、指を見られてしまった。探偵にも尾行された。しかもその探偵はこちらの説明を信じてはいないようすだ。もっと注意深く、もっと素早く賢く立ちまわらなければならない。

まずは犯人候補を特定することよりも、身を危うくする証拠品をしかるべき場所にきちんと隠すことを優先すべきだろう。もしシャルル・ベリエの銀行カードやパスポートを所持しているところを人に見つかったらどうする？　その場合は最悪、〝ベリエは事務処理が大の苦手〟という嘘をこしらえ、彼に代わって些事をこなすよう頼まれたことにすればなんとか言い逃れできるかもしれない。

だがベリエのライターは？　血のついた小石は？　さらに、プラスチックケースに収めたあの採取品の数々をバンジャマン・ブリュネルが見つけたらいったいどう思うだろう？

あれを見つけられてしまったら、探偵に、そしてそのあとは警官、検事、判事、陪審員にもれなく有罪とみなされるに違いない。

以前は人に知られたくないそうした品々をコインロッカーに収めたものだ。だが、政府が進める例のテロ警戒対策〈ヴィジピラート〉以降、状況が変わってしまった。コインロッカーが使えなくなった以上、金庫を購入したほうがいいのだろうか？　あの種のものは本当にほかの人には開けられないのだろうか？　警察には金庫を開けるための、こちらの知らないなんらかの手立てがあるのだろうか？

アレックスは検索エンジン〈Qwant〉の窓に〝絶対に見つからない隠し場所〟と打ちこんだ。じつにさまざまな場所が提案されていた。換気システムの内部、浴室の鏡の裏、装飾品の内側、掃除機などの家電製品のなか。専用のプラスチックのレタス玉まであった。値段は九十九ユーロ。

最初は掃除機にしようかと思った。だが数日後には誰かが、はっきり言えばフランク・ルグランが——とはいえ、ここの合鍵を持っているのは本当に彼ひとりなのか？——、突然ふらりとやってきて、掃除機のなかに指を見つけ出さないともかぎらないと思い、金庫を買うことにした。

アレックスは現金でそれを買うと、ベリエの別宅に配達してもらった。

購入したのはトレイがついた二段式の電子金庫で、サイズは縦五十センチ、横三十五センチ、奥行き三十センチ。ボルトで壁や床にとりつけられるタイプだ。

アレックスはそこにすべてを収めた。プラスチックケース、指、髪の束、ライター、血のついた小石、書類。それとゴム手袋、ルーペ、毛抜用ピンセットも。

金庫にはテンキーによる電子式のロック機構と二本のボルトで嵌めこまれた錠が備えられ、緊急解除キーが二本ついている。

金庫の扉を閉めた瞬間、アレックスは安堵に包まれた。

午前中、アレックスはベリエ宛に来た請求書を処理したり、彼のiTunesのアカウントで映画やドラマをレンタルしたり、パリやパリ近郊の各所にあるATMで現金を引き出したりといった作業を毎日続けた。

さらに、ベリエのアドレスから連日たくさんのメールを送った。自分自身、つまりエレオノール・ドゥレルムの名前で設けたアドレスにもメールを送信した。ベリエに代わって打ち合わせやインタビューなどのスケジュールの調整もした。ポートレート記事を書きたいという女性ジャーナリストからの要請には、シャルルはいま静かな環境で著作の執筆に専念したがっていると説明し、こう書いた。〈当方がわざわざご指摘するまでもなく、彼のそうした執筆の作法について貴殿は誰よりもよくご存じのはずです〉ジャーナリストはもちろん、シャルル・ベリエの執筆作法などあずかり知らぬといった失礼なことは言えず、それでもぜひと食いさがる代わりにスマイルの絵文字を送ってきた。

いっぽう、私立探偵のバンジャマン・ブリュネルはあの日以来姿を現さず、どこかに消えてしまったようだった。おかげでモンマルトルの丘へ行って現金を引き出すのが楽になった。ある日、アレックスは探偵が尾行していないことをしっかり確かめたうえで、医療現場などさまざまな職場で使用されている防護服や防護用品を製造しているメーカーの直売店に足を運んだ。そしてそこで鑑識スタッフの装備一式、つまりラテックスの手袋、鑑識帽、つなぎの作業着、紙製上履きを購入した。

その日は九月二十二日だった。あと七日、あるいはぎりぎりあと八日ですべてに片をつけなければならない。そう考えたアレックスは、シャルル・ベリエの小説を急いで仕上げることにした。期限切れになる前になんとしてでも小説を完成させたかった。もちろん未完のままにすることもできる。シャルル・ベリエが書きかけの小説をそのままほっぽり出したとしてもまったく不思議ではない。だがアレックスにはそうする決心がどうしてもつかなかった。

そうして執筆にとりかかってしばらくすると、ほとんどアレックスも気づかないうちに小説のなかに変化が生まれた。それはあたかもシャルル・ベリエがアレックスの手をとり、いくつかのシーンを削除して書き直させたかのようだった。そしてなにより、物語はいつの間にか過去形で語られていた。そのことはアレックスの心に多くの葛藤を生み出した。彼女は現在が、現在に含まれる多重の意味が、その瞬間性や永遠性が好きだった。なのに過去が現在に勝利したことを認めざるをえなかった。なぜそうなったのか、彼女にもはっきりとはわからなかった。時制の選択は本能的なもので、彼女の意思とは無関係だった。ベリエは〈単純過去〉や〈半過去〉をこちらに押しつけることで、物語の主人公たちに、〝幽霊市民〟たちに、荘厳さと神話的な広がりを与えようとしたのではないか――そう彼女は考えた。

《九月二十二日、私は空に目を凝らした。この年の儚くも崩れやすい晴天が秋の終わりまで続くことを願って。そうすれば息子ポールと一緒に秋の太陽、赤や黄に色づいた木の葉、カサコソと乾いた音を立てる枯れ葉に覆われた大地を眺めることができる。

私とポールは枝の下で身を屈め、イラクサを避けようと脚を高く引きあげながら沼を目指した。そして水辺に着くと息子とふたりで、ここに来るたび夢見てきたように草むらに身を隠した。

私たちは無言のまま地面にうつ伏せになりながら、枝がきしむたびにぱっと舞い立つトンボを眺め、鈍重に飛び立つ鴨の羽が水面を打つ音に耳を澄ました。私は反射的に銃を構えて狙いをつけ、ふざけて「パン！」とささやいた。

それから同じくささやき声で、水中でブーツに水が入り足がとられてしまったように感じたときや、泥の水底を歩くはめになったときにとるべき行動を息子に説明した。

「大切なのは」私はポールに耳打ちした。「仰向けに、つまり背中から倒れこむことだ。立ったままでいては絶対にいけない。どんどん深みにはまっていくからな。仰向けになりながら浅瀬まで移動するんだ。とにかく最初はひとりじゃない。なにかあったら父さんがおまえを引きあげる」返事がないので、しんとした静けさのなかで私は続けた。「けっしてひとりでは行かないと約束するな？」するとポールは言った。「わかった」私はポールに、父の飼っていた雌犬マルヴァが死んだときのようすを語って聞かせた。マルヴァは池の氷が足下で割れて溺れ死んだのだ。

犬はその重みに耐えられなかった氷の表面に這いあがろうとし、死にもの狂いで吠え立てた。前足を私たちのほうに伸ばし、必死に氷にしがみつこうとするが、滑ってしまってうまく行かない。私は助けを求めている犬のほうへ駆け出そうとした。だが父にむんずと強く腕をつかまれた。父は冷然と言った。「無駄だ。もうどうしようもない」見あげると、吠えわめく犬を直視しながら父は泣いていた。私たちは犬が水のなかに消えていくのを見ていた。少しのあいだ水面であぶくが弾けたが、やがて泡も立たなくなった。それでも私たちはその場に立ちつくし、しばらくしてからようやく立ち去った。

「あのお祖父さんが泣いたんだ？」ポールが尋ねた。

だが、父の涙は一瞬だけだった。

突然、沼の向こう岸で茂みが動いた。フレッドだ。私はポールに頭を下げて黙っているよう合図した。

遠くから眺める彼女は、少女のようなその笑みのせいかいつもより美しく見えた。

私は思わず上体を浮かせ、少しでも彼女をよく見ようと這い進んだ。夏の終わりの太陽の光を受けた彼女の髪は、ほとんど金色に輝いていた。

彼女が白いスカートをたくしあげ、腿の一部があらわになった。

ポールもじっと彼女を見た。

息子はまだ十五歳だった。私は油断していた》

決着の日が近づいてきたことでアレックスは奇妙な状態に陥った。かつてないほど激しい不安に襲われながらも、なぜか体調がいいことに気づいたのだ。不眠の症状が消え、悪い夢を見る回数が減った。プティ・マルス村にある自宅では、穏やかな幸せと家族との暮らしと美しい自然が待っている。そのいっぽうでここパリでは、スリリングな体験と自分自身を築き直す唯一の機会を得ることができる。

女神カリュプソーはオデュッセウスに、ぶどう畑と糸杉に囲まれた魔法の洞窟で七年にわたって妻と故郷を忘れさせた。

オデュッセウスと同じようにもしここに、あまたの危険が生の実感を授けてくれるこの人生にとどまったなら、わたしはいったいどうなるだろう？

アレックスは誘惑から逃れようとかぶりを振った。

そして自分自身に言い聞かせた。ここに長くとどまればとどまるほど、身動きがとれなくなるのだと。

第四章　不感地帯

二〇一八年九月二十三日

翌日の九月二十三日、アレックスが密会部屋で小説の続きを書いていると、ベリエのスマートフォンに電話がかかってきた。続けざまに五回。画面を確かめると、電話の主は妻のイザベルだった。彼女は結局、留守番電話サービスにメッセージを残した。かなり腹を立てていた。

〈いったいどういうこと？　自分本位もいい加減にして！〉

前日は娘ペレニスの誕生日だったのだが、ベリエはそれを忘れてしまったのだ。イザベルの口調に疑いの色はなく、ただ夫の身勝手さに怒りを爆発させていた。

〈あの子に電話してあげて！〉最後にそう怒鳴りつけて電話を切った。

イザベルはもうひとつメッセージを残していた――

〈私立探偵を名乗る妙な男から連絡があったわよ。あなたを捜してるんですって〉

〈まったく、今度はいったいなにをしでかしたのかしら!?〉

イザベルのメッセージを聞いてアレックスは複雑な気持ちになった。イザベル・デルマンの怒りは計画を進めるうえで好都合だ。ベリエの妻が怒気をあらわにすればするほど、彼女は有力な容疑者となる。だがそのためにはベリエが生きているという証拠を出さなければならない。そのいっぽうでベリエが娘の誕生日を忘れたという事実は、ベリエの身になにかあったのではないかという疑いをかき立てるものだ。少なくともバンジャマン・ブリュネルのように穿った見方をする人にとっては。

〈あの子に電話してあげて！〉

アレックスはペレニスの住所をベリエのスマートフォンの情報から探し、大きな花束を注文して配達させた。花束には詫びのメッセージをつけ、最後は〈パパより、愛をこめて〉の言葉で締めた。

このうえなく美しい花束で、代金は本の前金で支払った。

それからペレニスにショートメッセージを何通も送った。

〝不感地帯〟にいたため携帯電話がなかなかつながらず、運よくつながってもすぐに切れるような状態だったのだと説明し、誕生日を忘れた言いわけをした。厄介事を抱えてうっかりしてしまったよ。この件については今度話す。〝イカれた女〟の話だ……。

ベレニスから返事が来た。〈不感地帯なんて存在しない。あれはテレビドラマだけの話！〉どうやらベリエの娘は父親の辛辣な物言いをしっかり受け継いだようだ。

〈おまえも都会を離れてみれば、不感地帯が現実に存在するってわかるはずさ〉シャルル・ベリエはこう書き、スマイルの絵文字をつけた。

最後にベレニスもスマイルの絵文字を送ってきたので、アレックスはほっと安堵した。だがそれも長くは続かなかった。翌日、ベリエに来たメッセージに返事を書いていると、玄関のチャイムが鳴ったからだ。ドアまで行って覗き窓に目をあてた。バンジャマン・ブリュネルが立っている。心臓が縮みあがり、アレックスは悲鳴をあげそうになった。袋小路の端にいるブリュネルを目にすることには慣れていたが、私的な空間にまで押し入ってきたのを見るのははじめてだ。アレックスは室内に目を走らせた。見られてまずいものはないだろうか？　本を買うのに使ったベリエの銀行カードがデスクの上に出しっぱなしになっていたので、慌ててつかみあげた。焦《じ》れているのだろう、バンジャマン・ブリュネルがもう一度チャイムを鳴らした。アレックスは銀行カードを金庫に投げ入れ、扉を閉めた。そしてようやくドアを開けた。心臓が激しく打っている。なにか見落としがあるような気がしてならない。命取りになるかもしれないささいな見落としが。

ブリュネルはドアが開くまでずいぶん時間がかかったことを不審に思っているに違いない。そこで言いわけした。

「すみません、お待たせして。バスローブ姿だったもので」

「シャルル・ベリエはいますか？」

アレックスは首を振った。玄関先に立っているブリュネルを見て、あらためて動揺した。どうしてもなかに入れたくなかったので、「カフェでコーヒーでも飲みません？」と持ちかけたが拒まれた。

「わざわざ階下に下りるのはご面倒でしょうからね。なに、ほんの数分ですみますよ」

アレックスは窮地に立たされた。この状況で怪しまれずに立ち入りを拒む手立てなどあるだろうか？　しかたなく軽く笑みを浮かべると、脇に寄って訪問者を招き入れた。

ブリュネルがほんの近くにいる。すぐ目の前に立っている。彼は無遠慮にじろじろと室内を見まわした。細部をひとつひとつ頭の片隅にメモしているような眺め方だ。

アレックスはエスプレッソとカフェインレスコーヒーをつくり、カフェインレスのほうを探偵に差し出した。そして自分はエスプレッソをぐいと飲むと探偵の言葉を待った。

「シャルル・ベリエを見つけ出したと思ったんですが、見当違いでした。もう少し詳しくお話をお聞かせ願えませんか。でないと、彼になにかあったのだという結論を出さざるをえません」

「なんですって?」

「シャルル・ベリエはどこにもいません。誰からもさっぱり情報を得られないんです」

「それで?」

「あなたは彼がいなくなってから数日後に現れた。わたしは基本に忠実なタイプなので、どうにもひっかかるんですよ」

アレックスは息が止まった。今度こそのっぴきならない状況だ。

「警官時代、同僚たちにはいつも考えすぎだと言われました。で、わたしが彼らになんと言い返したと思います? 〝最悪の事態を想定せよ。それでも現実はその上を行く〟」

アレックスはコーヒーカップをとり落とした。ほんの二、三センチの落下だったので割れはしなかったが、それでもカップがソーサーにあたる音が響き、コーヒーが数滴、テーブルに跳ね飛んだ。おそらく探偵にも——もっとも彼はベルトに至るまで全身黒ずくめだったから、確かめようはなかったが。

「察したわけですね?」アレックスは言った。

なにを言い出すつもりなのかと警戒したのだろう、今度はブリュネルがはっと身構えた。

「察したって、なにを?」

「アリバイ工作をするためにわたしが雇われているってことを。つまりベリエは……」

「不倫旅行を楽しんでるんですね?」

「はっきりしたことはわかりません。正確には聞いていませんから。でも、わたしの印象では逆だと思います」

「逆? どういうことです? 愛人連れではなくて、奥さんと一緒だって言うんですか?」

「いえ。誰かと一緒に旅しているのではなくて、愛人か誰かから逃げているんじゃないかと。シャルルを見ているとそんな気がしてなりません。女の人から逃げているように思えるんです」

探偵は眉根を寄せた。そんな表情をすると残忍な雰囲気が漂い、ますます意固地で猜疑心に凝り固まっている人に見える。

アレックスはあせった。ぐずぐずしてはいられない。バンジャマン・ブリュネルが手がかりを集めて警察に連絡する前にすべてを終わらせなければならない。シャルル・ベリエは近日中に死ななければならない。一日また一日とベリエを無理やり生かしておけば、一歩また一歩と自分は破滅へ近づいていくのだから。

第五章　ショック・ドクトリン

アレックスは玄関のドアを閉めると床にくずおれた。両腕を広げて仰向けになったが、胃の痛みに耐えかねてすぐに身を丸めた。そしてしばらくしてから立ちあがり、ザナックスを二錠のむとふたたび床に横たわった。長いあいだそのままで過ごした。動機と容疑者にまつわるさまざまな可能性を考えながら。フランク、イザベル、ソラヤ、フランク、イザベル、ソラヤ……。マントラを唱えるように何度も繰り返したせいで名前は現実味を失い、意味のない音節の塊、単なる音の連なりでしかなくなった。アレックスの思考は空回りしていた。

すでに夜だった。ようやく起きあがると、ウィスキーをグラスに注ぎ、鼻をつまんで一気に飲み干した。ウィスキーをそんなふうに飲むのは気が進まなかったが、窓から身を投げるという誘惑から逃れるためにはすぐにまわる酔いが欲しかった。

不安の波が引き、脳みそが動きだした。彼女はまず現状を把握しようとした――わたしはシャルル・ベリエの世界に入りこみ、親しかった人たちと接触した。その各々がわたしの、つまりレオの登場とベリエの失踪にそれぞれ異なる反応を示した。その各々が容疑者候補だったが、有望度には差がある。

まずは義父のイヴ・デルマン。彼にはシャルル・ベリエが行方をくらましていることをさほど気にしているようすはない。となると、どこからどう見ても彼を容疑者とするのは心許ない。デルマンと義理の息子との関係は必ずしもすっきりとはしない。対立しているわけではないが、特別な絆も親愛もない。あるのは確固とした共通の利害だけだ。利害関係が一致しているため、金銭的動機による殺人というシナリオは成り立たないだろう。

それに比べるとベリエの妻はもっとずっと見こみがある。だがこのシナリオに人は心底納得するだろうか？　ベリエにはこれまでも愛人が何人かいて、イザベルはその存在に耐えてきた。そんな物わかりのいい妻が、五人目だか六人目だかの不倫相手に突如ジェラシーを燃やすなんてことがあるのだろうか？　現実にはそういったこともあるだろう。だがアレックスは疑いの余地のない完璧なシナリオを目指していた。そのためには現実以上にもっともらしさを優先しなければならない。金銭的動機も考えられるが、イザベル・デルマン＝ベリエが夫よりずっと裕福なのは知っている。乏しい生命保険金の一部を受けとるために夫を殺すのはまったくもってナンセンスだ。

そしてソラヤ。文学によってめちゃくちゃにされた女性。シャルル・ベリエはソラヤとその家族の関係を破壊した。人気作家はソラヤの家族の秘密を公共の広場に陳列して彼女を裏切った。ソラヤに罪を着せるというシナリオは魅力的だ。現時点では最良のシナリオですらある。マスコミも大いに騒ぎ立てるだろう。ベリエの死は美しい死、文学の死となるはずだ。

　だがそれがどんなに最良のシナリオでも、予期せぬ障害が立ちはだかっていた。アレックスがソラヤを容疑者とすることにためらいを覚えているのだ。それはソラヤに友情を感じていたからだ。ソラヤのことはまだほんの少ししか知らないのに、彼女の気取りのなさ、率直さにアレックスは胸を打たれた。それこそが彼女の犯人捜しの弊害だった。ベリエの近親者や知り合いに近づき、彼らと親しくなることで、彼らが単なる駒ではなく、血の通った現実の存在となってしまうのだ。

　ようやくアレックスはひとつのアイディアを思いついた。彼女にはシャルル・ベリエを殺すことになる理想的な人物を特定するのと同時に、バンジャマン・ブリュネルを自分から遠ざける必要があった。そのための最善の方法は注意を逸らすことだ。つまり闘牛士の赤い布を自分から遠く離れた場所で振るのだ。カナダの女性ジャーナリスト、ナオミ・クラインの『ショック・ドクトリン』にあるように。彼女はこの著作のなかで、国家が自然災害や経済危機やテロ攻撃といった〝危機《ショック》〟を創造、あるいは利用して国民を茫然自失や幼児退行の状態に突き落とし、平時であれば考えられないような経済改革を押しつけるプロセスについて分析していた。

　そうしたやり方が国家レベルで機能するのなら、個人レベルでも機能するのではないか？　そのやり方に倣《なら》えばいい。ショックをつくり出して世間を唖然とさせ、本来向けなければならない対象からその視線を逸らすのだ。

　オンラインメディア〈ボンディ・ブログ〉とラジオ局〈フランス・アンテール〉の元コラムニスト、メディ・メクラをめぐるスキャンダルが世を騒がせていた頃、アレックスは彼に関する記事を山ほど読んだ。メクラはバーチャルな分身、マルスラン・デシャンをつくり出した。このマルスラン・デシャンなる人物は四年以上にわたりSNSに反ユダヤ主義、女性蔑視、同性愛嫌悪の主張のほか、テロ行為を称賛するメッセージを投稿しつづけた。そのいっぽうでメディアの寵児だったメクラは、元法務大臣のクリスチャーヌ・トビラと一緒に写真に収まり、それがカルチャー雑誌〈レザンロキュプティブル〉を飾ったりした。ある女性教師がマルスラン・デシャンのツイートの危険性を訴えたが無駄だった。〈シャルブ（風刺画家で、〈シャルリー・エブド〉紙編集長。二〇一五年、同紙襲撃事件で殺害される）の汚らしい面《つら》とシャルリー・エブドの連中に痰を吐いてやるぜ〉、〈ユダヤ人をみな殺しにするためヒトラーを連れてこい〉、〈オランドのおかげでホモ野郎万歳、エイズ万歳〉、〈クソのフランス人〉、〈さあ、ヴァルス（仏の元首相）の奥さんのケツにバイオリンを突っこもうじゃないか〉、〈ブリジット・バルドーのあそこに熱々の電球をねじこもう〉……。そうしたツイートが四万以上もあった。最終的には漫画《バンド・デシネ》作家で映画監督のジョアン・スファールがデシャンの問題ツイートをとりあげてネットで炎上する騒ぎとなった。

　メディ・メクラはいくつものインタビューで、そうした一連のツイートは自分ではなく〝自分とは真逆の〟〝邪悪なつくりものの人格〟がしたことだと言いわけした。また〈テレラマ〉のインタビューでは、マルスラン・デシャンは〝自由を追求する自己の一部〟であり、彼を生み出したことは、政治的適正《ポリティカリー・コレクトネス》が行きすぎたこの世のなかで表現の自由の境界線を探るための方策だったと主張した。〝邪悪なつくりものの人格〟……。メディ・メクラはそのおぞましいツイートの数々を、世に受け入れられうる釈明で覆い隠そうとした。

スキャンダルの嵐に見舞われたメクラはその後、〝一時的に〟フランスを離れ、文字どおり消えてしまった。現在、彼の居場所を知っている人はいるのだろうか？ 彼はメディアの世界から、いや単にこの世界から消え失せてしまった。まさに死んだも同然……。

スキャンダルの渦中にいるときこそ、人は強烈な存在感を放つのではないか？ メディアに怒りの目を向けられているときにこそ、その人の存在が際立つのではないか？ 〝邪悪な分身〟という怪しく輝くマントをまとったときにこそ、その人は世間の注目を一身に集めるのではないか？ その夜アレックスはシャルル・ベリエのノートパソコンの前に陣取り、新しいツイートの文章を練った。

〈で、気の毒な男が女にハラスメントされたらどうする？ もういっぽうの頬も差し出すのか？ #あばずれを密告しろ〉

第六章　あばずれを密告しろ

最終期限まであと数日。その数日のあいだ、アレックスはシャルル・ベリエをウェブ上の至るところに出没させることにした。不在と遍在が両立しうることを示すのだ。そう決めたときから、シャルル・ベリエの架空の人生は新たな展開を見せることになった。

とはいえ、そんな怪物を誕生させるには装置に絶えず油を注《さ》しつづけなければならない。スキャンダルを引き起こす化けものに餌を与えつづけなければならない。そのためアレックスは知恵を絞り、新しいメッセージを投稿した。世間を唖然とさせるようなパンチのあるメッセージ、インパクトのある言葉をひねり出し、ネット上に小石を撒いた。女性を蔑むツイート、〝なよなよした〟男に対する毒のあるジョークはシャルル

・ベリエの筆の力で時限爆弾となった。

だが、女性蔑視という領域でのアレックスの想像力には限界があった。そこでヒントを求めてネットを探した。もちろん、〈マンコをつかめ〉のドナルド・トランプがいたが、初心者が手本にするにはハードルが高すぎた。

アレックスはベリエにふたたびツイートさせた。

〈こちとら、ＩＱ26の馬鹿女に絡まれてるんだが。#メス豚をチクれ　#mentoo〉

それからこう付け足した。

〈一夫二婦制は女ひとりを余分に受け持つ制度。一夫一婦制もそれは同じ〉

そしてこう締めくくった。

〈ピチピチで、見てくれがよくて、カネ持ちで、オツムもまともな女と結婚するにはどうすりゃいい？――四たび結婚するしかない！〉

翌日、アレックスは怒りのツイートが押し寄せるのを待ち構えたがなにも起こらなかった。フォロワーの何人かがシャルル・ベリエのジョークを面白がっただけで、ネット界に衝撃が走ることもなかったし、炎上騒ぎもなかった。抗議の声のようなものすらあがらなかった。

アレックスは驚いた。ゴンクール賞作家のシャルル・ベリエが女性蔑視のコメントをツイートしているのに、世間がまるで反応しないというのはいったいどういうことだろう。

彼女はイヴ・デルマンに訴えた。

「シャルルのようすがおかしいんですけど。彼のツイッター、見ました？」

デルマンは肩をすくめた。

「ただのジョークだよ。いつものことだ」

「ずいぶん趣味の悪いジョークだと思いますが」

「ジョークに趣味の良し悪しなどない。そんなことを言ってたら、じきにこの国から笑いが消えるぞ」

マノンがうなずいた。

「あたしも読んだ。個人的には笑えたけど。あなたからシャルルにこんなやつを送ったらどう？〈一部の女は夫を愛するあまり使用を控える。そして女友だちの夫を借用する〉アレクサンドル・デュマの言葉よ」

デルマンが耳障りな笑い声をあげたのでマノンは調子づいた。

「こんなのもあるわよ。〈結婚は忠誠、辛抱、根気、恥辱、倹約などなどもろもろのことを教えてくれる。それらはみな、独身でいたら学ぶ必要のないものだ〉これはあたしのオリジナル」

デルマンもマノンもシャルル・ベリエのコメントを不快がってはいなかった。メディアで情報が氾濫し、ありとあらゆる類の対立や騒動が相次いでいるきょうび、シャルル・ベリエの性差別的なジョークはパンチが弱すぎたようだ。もっと過激な言葉を吐かせるしかない、とアレックスは肚《はら》をくくった。

そして一段階ギアを上げた。

〈殺人鬼デュポン・ド・リゴネスは正しかった。あいつらを黙らせるために、ときにはコンクリート板の下に押しこむのが最善の手なのだ〉

過激すぎたかもしれない、とアレックスは後悔した。シャルル・ベリエがこんな物騒なことをつぶやくわけがないと主張する人も出てくるかもしれない。ユーモアのベールにくるまれてはいても、これは殺人教唆にほかならないのだから。

しばらくすると女性ジャーナリストのエヴ・ロリオから電話があり、留守番電話にメッセージが吹きこまれた。今度こそ批判や憤りや驚きがぶつけられるに違いないとアレックスは身構えた。

だが、留守番電話に残されたメッセージのなかでエヴ・ロリオはベリエの問題発言についてはひと言も触れず、社交ディナーの際にイヴ・デルマンから聞いた登場人物の切り売りプロジェクトについてインタビューをしたいとの要望を伝えてきた。

アレックスは折り返し彼女に電話し、シャルル・ベリエは十月はじめにパリに戻ってくることを伝え、インタビューの日取りと場所を決めた。十月四日木曜日、場所はバスティーユ広場にある〈カフェ・フランセ〉。支障はない。十月四日にはシャルル・ベリエは死んでいるはずだから。

アレックスはチャンスとばかりに、ベリエの〝邪悪な分身〟が投稿している一連のツイートをどう思うかエヴ・ロリオに尋ねてみた。

「シャルルのツイッター、読みました？　彼は頭を冷やさないといけないような気がしますが」

「ええ。でも、ただの出来の悪いジョークよね。でしょ？」

「たぶん」

ベリエの〝邪悪な分身〟はまだまだ力不足らしい。


ベリエを文学界のスターとして過度に持ちあげたメディアは、繁栄からとり残された〝幽霊市民〟を描くこの肖像作家を貶めたくはないのだろう。

アレックスはその日、さらに投稿を続けた。

〈知恵のついた女たちが女らしさを破壊した。あいつらがおっぱじめた仕事を終わらせよう。女どもをぶちのめせ！〉

反応ゼロ。アレックスはいら立った。炎上させたいのに、これでは砂漠に水を撒いているようなものだ。世間はなんて鈍感でうすのろなのだとアレックスは毒づいた。そして猛然とメッセージを書きはじめた。彼女はシャルル・ベリエに架空の友人、〝文壇の色事師〟なる人物をつくり出し、ベリエとふたりで禁断の酒〈アブサン〉を飲み、アヘンを吸わせることにした。ここまで来たら好き勝手にやるまでだ。

これからは自分の知っているベリエにとらわれるこ

となく、自由に想像の翼を羽ばたかせよう。ベリエに新しい物の見方、これまでにはない嗜好を与え、人格に厚みを持たせるのだ。結局のところ、フェイクニュース盛況のこの時代、事実にこだわる必要がどこにある？　事実にこだわってどうなる？　事実かどうかなど、もう誰も気にしない。

アレックスは逆の手法を採った。つまり現実から自由になることでストーリーと可能性を絞りこんだのだ。彼女はシャルル・ベリエと〝文壇の色事師〟の物語を書きはじめた。はじめは短かったストーリーが徐々に長くなり、語り口もどんどん熱を帯びていった。アレックスの当初の読みとは裏腹に、人々に真実だと思わせるには長々と語る必要があった。滔々と語り、細部を積み重ねて読み手を溺れさせるのだ。

シャルル・ベリエは〝文壇の色事師〟と一緒にバンコクかプーケットに赴くつもりだと語った。ふたりでアジアへ飛び、十二歳の淫売たちをはべらせたいのだと。なぜなら、〈あの娘たちだけがまだ、つべこべ言わずにヤラせてくれるから〉。

シャルル・ベリエはウエルベック（仏人作家。『地図と領土』、『服従』など）流に、欲求不満の西洋女とアジアの未成年の少女との悪趣味な比較を試みた。だが最初の出来はアレックスの満足のいくものではなかった。国じゅうが騒然となるようなストーリーを紡ぎたかったのに、シルヴァン・ピネルの登場シーン、つまりそのモデルとなったベリエの冴えない友人、フランク・ルグランを描いたようなシーンが生まれただけだった。シャルル・ベリエの周囲にいた実在の人物と作中人物とがアレックスの頭のなかで危険なほどまぜこぜになりはじめていた。

そうこうするうちに、当のフランク・ルグランが〝文壇の色事師〟に嫉妬しはじめた。シャルル・ベリエにいじけたようにこんなメッセージを送ってきたの

だ。〈ジェロームと一緒なのか？〉

ジェロームが何者なのかはわからなかったが、フランクが気を悪くしたようすだったので、アレックスはもうひと押しすることにした。

〈なぜわかった？〉

フランク・ルグランからの返事――〈いったいどうした？　血迷ったのか？〉。

アレックスはその問いを無視した。

十五分ほどするとフランク・ルグランがふたたびメッセージを送ってきた。

〈なんでおれを誘わない？　あいつのこと、嫌ってると思ってたのに〉

友人に捨てられたという思いはその友人を殺すじゅうぶんな動機となるのだろうか？　一向に芽の出ない三文作家フランクの有名作家シャルル・ベリエに対するジェラシーが、一考に値する殺人の動機となるのは間違いない。そう考えてアレックスはひらめいた。彼らの仲を引き裂こう。ベリエに会えないことや連絡のないことを心配する人すべてからベリエを遠ざけよう。

考えてみればアレックス自身も自分の家族から遠ざかっていた。不思議な気がした。家族のいないところで別の人生をつくり出そうし、そうしながら家族なしでもやっていけることに気づいたのだから。家族の存在が薄れはじめるには遠ざかるだけでじゅうぶんだった。去る者は日々に疎し。この諺《ことわざ》を痛いほどリアルに感じた。どんなに愛する存在でも、離れてしまえばやがて重みが失せる。あるいは〝重み〟というよりも〝現実味〟が。

結局フランクに対してアレックスは、シャルル・ベリエに冷酷にもこう告げさせた。

〈おまえにはもううんざりだ〉

第七章　シャルル・ベリエの失踪

やがていくつかの団体がシャルル・ベリエの性差別的なツイートを問題視するようになり、ようやくフェミニストの女性ジャーナリスト、モナ・ショレがフェイスブックでこの件をとりあげた。それが数多くの、とくには女性の一般ユーザーに拡散された。そしてついに〈フランス・テレビジョン〉の女性ジャーナリストが朝の番組で、〝笑えないものになるのと同時に殺人教唆の色合いを帯びてきた〟ベリエのメッセージを激しく非難した。

ベリエの邪悪な分身はその女性ジャーナリストに、〈サウジアラビアを旅して石打ちの刑でも受けてこい〉と応酬した。イスラム法をほのめかしたことは女性を攻撃するよりもずっと反響が大きく、誰もがこの問題に物申すようになった。ベリエはいまやイスラム嫌い、女性嫌いの差別主義者と見なされていた。当の本人はさらに殺人鬼グザヴィエ・デュポン・ド・リゴネスを〈この一千年紀でもっとも有用な人物〉と称え、しがらみを断ち、家族との絆の一切を捨てた理想の人物と持ちあげた。

ベリエの支持者は減った。哲学めいた考察を披露するコラムニストがベリエについて分析を試みた。いわく、彼の邪悪な分身が〝デュポン・ド・リゴネスに象徴される人物像を通じて西洋人の闇を探求している〟。このコラムニストの言葉に耳を傾ける人は大勢いたが、理解を示す人はまれだった。

シャルル・ベリエはだめ押しの矢を放った。

〈シートの上で切り刻まれ、石灰をまぶされ、地下に埋められ、コンクリート板で蓋をされた犬たち。それにしてもデュポン・ド・リゴネスはなぜ、飼い犬二匹

も殺したのか？　#動物虐待〉

一連のメッセージを書きながらアレックスは奇妙な解放感を覚えた。抑圧から解放されるカタルシスとでも言うべきものを味わったのだ。結局、ベリエになりすましてツイートすることは、彼女にとって自分の下劣さの度合いを測る方法だった。彼女はツイートの文面を考えながら自分のなかに潜む怪物を探しあて、外へと追い立てた。

まだベリエを信奉していた人たちも、女性殺しを支持する彼の度重なる発言についてはさすがにもう目をつぶることができず、ベリエに対するバッシングが巻き起こった。まずはSNS上で非難の嵐が吹き荒れ、新聞や雑誌に飛び火した。そしてテレビでも最初は画面下の帯ニュースでこの件が報じられ、じきに注目トピックとしてとりあげられた。ベリエのスマートフォンにも次々に電話がかかってきた。インタビューや番組出演の依頼も相次いだ。それらにベリエはショートメッセージで応じた。〈本を書きあげなきゃならんから、そんな暇はない〉、〈話ならケツで聞こうじゃないか。あいにくオツムはビョーキなんでね〉

鼻であしらわれたジャーナリストたちは憤った。ベリエはどんどん過激になり、侮辱や嘲りを繰り返した。新聞や雑誌の記事のなかで彼は強烈な存在感を放っていた。

編集者のセバスチャン・ラムジーは今回だけはベリエに連絡をとろうとせず、代わりにアレックスを呼び出した。相手にとって耳の痛いことを伝えるにあたっては、本人に直接言うよりもアシスタントを介したほうがいいと判断したのだろう。

そんなわけでふたりは再会した。だが、前回会ったときとはすでに雰囲気が変わっていた。ラムジーは、シャルル・ベリエの愚かな発言の数々はおまえのせいだと言わんばかりの険のある目つきでアレックスを見た。

「どういうことか説明してもらいましょう。正直、こっちはまずい状況に立たされてるんですよ。シャルルはいったいどうしてしまったんです？　墓穴を掘るとはまさにこのことだ。これは自己破壊の衝動かなにかですか？」

「いえ、これが文学だと、そう言ってました」

「文学？」

「自分の架空の分身をつくり出したんだそうです。〈ジキルとハイド〉のハイドを生み出したんですよ」

「しかし、そんな戯言《たわごと》、誰が鵜呑みにしますかね？」

セバスチャン・ラムジーが頭に血をのぼらせながらも当惑しているのを見て、アレックスは笑い出しそうになった。だが口元を引き締め、深刻な面持ちでラムジーを見据えた。

「同じ女性として、わたしがシャルルのああした発言に傷ついていないとでもお思いですか？」

ラムジーはいら立ちのしぐさを見せた。おまえの意見など、直面している現実の問題にはなんの役にも立たないというメッセージだ。

「こっちはどう対処すればいいんですか？　うちとしては、女性殺しを擁護するような真似はさすがにできませんからね！」

ラムジーはシャルル・ベリエの血迷った発言から一線を画しながらも、金の卵を生むこの作家を守るという荒業をなんとかやってのけようとしていた。だがそんな危ういバランスを保つのはもはや無理に等しく、彼自身それをわかっているからこそ怒り狂っていた。

一瞬、ひとつの問いがアレックスの脳裏をかすめた。こうした怒りは人殺しの動機となるものだろうか？

ラムジーによれば、すでに複数の新聞社から彼の出版社に、「おたくではこのお抱え作家の問題発言を認める方針なのか、それとも作家に抗議するなんらかのアクションを起こすつもりか？」といった内容の問い合わせがあったらしい。出版社はできるだけこの件から距離を置いてきた。だがもう静観しているわけにもいかなくなり、社として声明を出すことにしたという。そのためラムジーはアレックスを通じてベリエに最後のチャンスを与えることにした。声明に先立ち、シャルル・ベリエに謝罪をさせようと目論んでいるのだ。ベリエが女性作家の作品を貶めた〈スターゲート事件〉のときと同じように。つまり、ベリエに謝らせ、それによって本の売上げアップを図り、結局みなが得をするという寸法だ。いまならまだ最悪の事態は免れられる。

「人間は忘れっぽいからね。シャルルは謝る。神妙な顔をして真心こめて、ぐっと胸に迫るような謝罪をする。そしてそれからしばらく謹慎する。じきに世間のほとぼりが冷める。そのあと次作の刊行を機におおやけの場にカムバックする。そのときにはもう、この一件は忘却の彼方ですよ」

「謝るというアイディアについてはすでにシャルルと話しました。でも、彼は謝罪を拒んでいます」

「頭がどうかしたとしか思えない」

「恐ろしいことですが、認めざるをえません」

「それじゃこう伝えてください。明日の午前中に声明を発表すると。なるべくソフトな内容にはするけれど、限度ってものがある。おそらく、〝個人的な見解については非難するが、作家としては今後も変わらず敬意を捧げる〟といったようなものになるでしょう」

話し合いが終わり、辞去しようとするとラムジーに引き止められた。前回のように軽くくどかれて、ディナーにでも誘われるのかと思ったがそうではなかった。

「それと……声明のこと、シャルルに悪くとってほしくないんですよ。一応、出版社として立ち位置を表明しなければならないのでね。でも、実際にはなにも変わりません。シャルルにもそう思ってほしいんです。次の作品は予定どおり二〇二〇年九月に刊行します」

アレックスは笑顔でうなずいた。

「伝えておきます」

ラムジーの誘いも意味深なまなざしもなかった。ラムジーのベリエへの腹立ちがアシスタントであるアレックスにも振り向けられたのだ。もっとも、ラムジーからの誘惑は性的な欲望にもとづくものではなく、シャルル・ベリエにもっと近づくための手段であることはアレックスも承知していた。だが、人間関係とは突き詰めればどれもみな、なにかに近づくための手段ではないか。

翌日、出版社から「当社はシャルル・ベリエの主張には与《くみ》しない」といった主旨の声明が発表された。いっぽうイザベル・デルマンはジャーナリストたちにとり囲まれ、夫の居場所について質問攻めになった。彼女は本当に知らないのだと真実を語ったが、その言葉を信じる者はいなかった。

アレックスはシャルル・ベリエに相変わらず精力的に活動させた。ここは騒ぎを下火にはせず、むしろ煽って炎を拡大させるべきだった。そうこうするうちに数々の噂が駆けめぐりはじめた。そのなかにはシャルル・ベリエはバッシングから逃れるために逃亡したというものもあり、行き先はオスロとも、タイのクラビとも、モスクワとも言われていた。

アレックスがつくり出したシャルル・ベリエは、いまや彼女のもとを離れて独り歩きしはじめていた。

第八章　合意の上でのレイプ

シャルル・ベリエに対する非難の嵐が吹き荒れたことで、アレックスは自殺の可能性についても考えはじめた。具体的なシナリオもいくつか練った。海に身を投げる、崖から飛び降りる、ガス栓をひねって爆死する。最後の死は華々しく、しかも遺体が残らないことを正当化できる利点がある。だが実現するのは難しそうだ。なにより、罪のない大勢の人を巻きこまないように人里離れた場所を見つけなければならない。それに、この死に方には運任せの部分が多い。すべてが首尾よく吹き飛ぶような爆発を確実に起こすのは難しい。しかも身の安全を図るため、自分は現場から離れていなければならない。

崖からの飛び降り自殺を思いついたとき、アレックスは日本の二、三の小説を思い出した。それらのなかでは恋人同士が死によって引き裂かれないように、ふたり同時に身を投げていた。だが悲しいかな、人間の身体が従うのは想像世界の法則ではなく重力の法則だ。というわけで、飛び降り自殺を採用するとなると、崖の袂《たもと》でシャルル・ベリエの潰れた遺体が発見されなければならない。しかしそれはできない相談だ。

総じて遺体のない自殺では、その人が死んだという実感を持ちえない。遺体が見つかっていないというまさにその一点から、アレックス自身、グザヴィエ・デュポン・ド・リゴネスが自死したとは思えなかった。とくにメディアをにぎわせるのが大好きな目立ちたがり屋が、なぜわざわざ人知れずひっそりと死んだりするだろう。

というわけで、海で死ぬのがあらゆる面から見て最善だとアレックスには思われた。海は広大だから、遺体が見つからなくても不思議ではない。それになによりも、海はベリエのイメージにぴったりだ。なにしろ彼は水のように絶えず様相を変え、とらえどころがなく、きらめきを放ちながらも黒々としたものを隠し持っていたのだから。ベリエが水に包まれて命を絶つというアイディアは彼女の心を大いにとらえた。となれば、彼が自殺を図った場合に身近な人が不審に思いはしないか、前もって探っておくべきだろう。

アレックスはイヴ・デルマンにベリエの〝邪悪な分身〟にまつわる不安を打ち明けた。騒動に心が折れ、シャルルがうつになるのではないか、早まったことをしでかすのではないか心配でたまらないと。すると義父は肩をすくめ、「あれは自殺するようなタマじゃない」と断言した。まったくもってあいつらしくないと。アレックスは内心、ベリエはああ見えて実際にはみずから命を絶つタイプではないかと思った。だがそれを言ったところで意味はないと考え、口には出さなかった。

妻のイザベル・デルマンも同じように自殺の可能性を否定した。

「たとえ人生のどん底にいても、あの人は自分のことが好きすぎるから、自殺なんてするわけないわ」

残るはソラヤだ。アレックスは会って話がしたいと彼女をランチに誘った。ソラヤがざっくばらんに質問に答えてくれるとわかっていたし、その判断力に大きな信頼も寄せていた。それに白状すると、ソラヤにどうしてももう一度会いたいという個人的な思いもあった。どんな謎の力が働いたのかはわからないが、アレックスに心を開かせたこの白髪まじりの女性に。

アレックスがベリエについて不安を口にすると、ソラヤは笑い飛ばした。

「よく言うでしょ、レオ。ろくでなしは煮ても焼いても死なないって！」

ソラヤの顔を見ながらアレックスは急に徒労感を覚えた。ソラヤは愛人であるベリエのことをよく知っている。その彼女がありえないと一蹴するのだ、自殺のシナリオはあきらめたほうがいい。

深刻な状況にもかかわらず、アレックスはそのあと驚くほど楽しくて軽やかなランチタイムを満喫した。彼女はソラヤに好意を抱いていたが、それは向こうも同じのようだった。アレックスは自分の人生に用意されている新たな脇道をはっきりと見てとった。その道を進めば、このかけがえのない魅力的な女性と友人同士になれると思った。これまで女友だちを持ったことのなかったこのわたしが。そもそも、友だちがいなかった事実を自分のなかではっきりと認めること自体はじめてだった。それまでの人生で彼女は、悲しみをやわらげ、喜びを大きくしてくれる友情を経験したことがなかった。それまでの人生で彼女は、不運を嘆いたり、ささやかだが笑える出来事を語ったりするために電話することのできる友だちを持ったことがなかった。アレックスは自問した。自分のいったいなにがほかの女の子たちを遠ざけたのだろう？ 存在感のなさ？ 面白みのなさ？ それとも自分のほうが見えない円を描き、そこに閉じこもってほかの子たちを遮断していたのだろうか？ おそらくこれまではアントワーヌの存在だけでじゅうぶんだったのだ。けれどもいま、女友だちが欲しかった。苦悩を打ち明けられる友人が持てるなら、この世でいちばん高価なものを差し出してもかまわないとまで思った。

ソラヤを前にして座りながらアレックスは生まれてはじめて、この人とならつながれると感じていた。たぶん自分のなかのレオが殻を破ってくれたのだ。そうして開いた割れ目を通じて、ほかの人とつながれるようになったのだ。

別れ際、アレックスはソラヤを抱きしめた。泣きたい気持ちを必死に押し隠し、なんとか感情をコントロールした。感情を爆発させることができるのは心の奥底でだけだと自分自身に言い聞かせながら。

だがアレックスの悲しみを感じとったのだろう、ソラヤがじっと見つめてきた。

「どうしたの？　ようすが変よ」

もう二度と会ってはいけない人にこんなにしっかり想いが通じてしまうなんて、人生はどうしてこんなにも皮肉に満ちているんだろう。

「大丈夫、なんでもない」

「また近いうちに会えるわよね？」

アレックスはうなずくと、くるりと背を向けて立ち去った。そうでもしなければ、ソラヤの胸に飛びこみ、その肩で何時間でも泣いていただろう。


チャイムが鳴った。玄関のチャイムにはどうしても慣れることができない。予期せぬ訪問者はアレックスにとっては爆弾と同じだ。不安は的中した。ドアを開けると、バンジャマン・ブリュネルが見知らぬ女を連れて立っていた。

「あなたと話をしたいという人がいましてね。正確に言えば、わたしの依頼人なんですが」

ブリュネルは脇に寄り、茶色い髪をベリーショートにした四十代の女をアレックスに引き合わせた。ごつごつとした顔立ちの乾いた感じの女性で、痩せた身体つきがかさついた印象を強めている。青い目は細くて、コインの投入口のようだ。

「シャルル・ベリエはどこです？」女性は開口一番に切り出した。

「そうですね、巷《ちまた》ではオスロとかクラビとか言われてるみたいですけど」

「でも、あなたは本当の居場所を知ってるんでしょ？」

「それは質問をしてきた相手によります。失礼ですが……」

「セリーヌ・サルモンです」

アレックスは〈スターゲート事件〉の被害者セリーヌとバンジャマン・ブリュネルを招き入れ、ソファーに座らせた。そしてなにか飲むかと訊いた。ブリュネルは「おかまいなく」と答えたが、セリーヌのほうは丁寧に「ええ、お願いします」とうなずいた。アレックスはグラスに注いだ水を彼女に差し出すと、自分も座って相手が話し出すのを待った。これからいよいよセリーヌ・サルモンとシャルル・ベリエの確執の核心が明かされるのだ。その内容によってはこちらの計画も変わってくる。セリーヌがベリエ殺しの容疑者として望ましいとわかったら、あとはグラスに残った指紋を採取し、ソファーに落ちている髪の毛を探すだけだ。

犯罪科学の草分け、エドモン・ロカールによれば、犯人はつねに痕跡を残す。指紋、繊維くず、髪の毛、鼻汁や唾液その他の体液。そしてそのいっぽうで、犯行現場に当人がいたことを物語るDNAや土くれや繊維くずを自宅に持ち帰る。

つまり、人とその人が立ち寄った場所とはつねに汚染し合っている。この原則は万人にあてはまる。というわけで、セリーヌ・サルモンはなんらかのかたちでここに指紋を残すことになる。そのあと指紋は採取され、アレックスが仕組むもうひとつの殺人の犯行現場に残される。

それを思えば、セリーヌは物事を解決へと導きうる希望の星だった。だが彼女がアレックスを疑っているのであれば、間近に迫った危険そのものでもある。最大限用心しなければ。アレックスは気持ちを引き締めた。

セリーヌは水をひと口飲むと、バンジャマン・ブリュネルのほうをちらりと窺ってから自分の話を語り出した。シャルル・ベリエと彼女はもともと、文学関連のイベントで顔を合わせたことがあるといった程度の知り合いだった。ボルドーで開催されたそんなイベントのひとつで最初の事件は起こった。ディナーパーティーのとき、ふたりは同じテーブルに隣同士で座った。ごく自然に会話が交わされ、大いに酒が進み、盛大に笑い、話が弾んだ。

食事の最後にベリエは彼女にキスしようとした。少々強引に、しつこいほど迫った。彼女はベリエを押し返した。するとベリエは彼女を驚かせる反応を示した。謝ったり、笑ってごまかしたりする代わりに怒り出したのだ。そのせいでいつの間にか彼女のほうがベリエに謝っていた。若い頃に乱暴されたことがあり、そのせいで男性に触れられると緊張するのだとたどたどしく説明した。するとベリエは、「被害者ぶっている女どもにはヘドが出る」と吐き捨てた。

その後ふたりが会うことはなかった。そして例の〈スターゲート事件〉が起こった。セリーヌがベリエを疑うまで少し時間がかかった。だが徐々に疑いが確信へと深まっていった。ベリエは否定すらしなかった。キスを拒まれたことがベリエにとってどれほど屈辱的だったか、そのときセリーヌは理解した。そして憤慨するのではなく、時間を巻き戻せないことを悔やんだ。ベリエにこんなふうに激しく憎悪されるくらいなら、キスなどお安いご用ではないか。

その後、いまから一年前にふたりはあるフェスティバルの会場でふたたび顔を合わせた。そのときは彼女のほうがベリエとなんとか和解しようと必死だった。揉め事が嫌いなセリーヌ・サルモンは懸命に大作家ベリエのご機嫌とりをし、ベリエも態度をやわらげた。そしてふたりで〈スターゲート事件〉について語り、笑い合い、熱心に話しこんだ。やがてベリエが彼女に、月明かりのもとで海岸を散歩しないかと誘った。海岸でふたりはキスを交わした。セリーヌはされるがままだった。

そのあと彼女は帰ろうとした。

するとシャルル・ベリエに強く抱きしめられた。すでに月は雲に隠れていた。彼女はやんわりと抱擁を解こうとした。今日はここまでにしておきましょう。

ベリエは言った。

「いまさらなんだ？　あんたが焚きつけたんだぞ。事を為すしかないだろ」

それを聞いてセリーヌは叫ぶことも身を振りほどくこともできなくなった。心と身体が分離し、身体はベリエのほしいままとなった。

セリーヌは自分の体験談を不思議な表現で締めくくった。

「あれは合意の上でのレイプだったんです」

第九章　善良な分身

アレックスは息が止まった。セリーヌの体験は彼女自身の体験だった。ただ、アレックスは抵抗した。そしてベリエを殺した。アレックスは自分の体験をセリーヌに明かしたいと思った。セリーヌ・サルモンに、あなたに罪はないと言ってやりたかった。人は状況に応じて予想外の振る舞いを見せるものではないか。セリーヌを抱きしめたかった。だがもちろん、そうはしなかった。その代わり、こう尋ねた。

「なぜシャルルの居どころを知りたいんです？」

セリーヌ・サルモンはバンジャマン・ブリュネルをちらりと見た。

「あのあと、日が経つにつれてどんどん気分が落ちこんだんです。うつになり、ベッドから出られなくなりました。疲労感を覚え、自分が穢《けが》れたようにも思いました。でもなんとか這いあがり、気力をとり戻しました。でもそうすると、今度は彼を殺してやりたくなりました。ベリエにあの悪辣な行為の報いを受けさせたいと、そう思うようになったんです。それで警察に訴え出たのですが、〝証拠として採用されるのは正式に認められた傷跡だけだ、それにあんたの場合、同意があったじゃないか〟と言われました。いずれにせよ時間が経ちすぎていました。結局、この七月はじめに不起訴の通知を受けとりました」

だがセリーヌ・サルモンはあきらめなかった。彼女に対するシャルル・ベリエの振る舞いを思えば、おそらくほかの女性たちも同じような目に遭っているのではないかと考えた。そこで九月はじめにバンジャマン・ブリュネルの探偵事務所に連絡した。以前ブリュネルに夫の浮気調査を頼んだ女友だちからの紹介だった。

セリーヌは彼にシャルル・ベリエを尾行するよう依頼した。ベリエのセクハラ行為の証拠を集め、ほかの女性たちに証言を呼びかけるためだ。女たちが力を合わせれば、大物作家の本性を暴き、罪に問えると考えて。

だが、当の本人の居どころがつかめない。

セリーヌはあきらめかけた。けれどもちょうどその頃、シャルル・ベリエが噴飯もののツイートを投稿しはじめた。それらを読んでセリーヌは確信した。やっぱりあの男はとんだろくでなしだ。ベリエはIQの低い女性についてつぶやいていたが、彼女もきっとベリエに乱暴されたに違いない。SNSにアップされたベリエのコメントを読みながらセリーヌは気力をとり戻し、徹底的に戦おうと意を固めた。

シャルル・ベリエからかつて卑猥な行為を受けた、あるいはこれから受けるであろう被害女性を代表して、セリーヌ・サルモンはアレックスに、彼女の雇い主がどこに身を隠しているのか明かすよう懇願した。これは女同士の連帯なのだと訴えて。アレックスはセリーヌの苦悩に激しく胸を揺さぶられた。だが感情は表に出さずに、一連のおぞましいツイッターのせいでシャルルとは仲違いをした、それ以来、彼からは梨のつぶてだと説明した。

セリーヌ・サルモンは粘った。

「あなたはシャルル・ベリエと付き合っていた女性たちと顔を合わせたことがあるはずです。そういうことはどうしたって知られてしまうものですからね。心あたりの女性がいるんじゃないですか？」

「本当にごめんなさい」

「ベリエがどこに雲隠れしているかだけでも教えてください」

「パリ近郊にいます。でも、どこかは知りません」

セリーヌ・サルモンは女同士の連帯を拒んだレオの身勝手さに落胆しながら帰っていった。ブリュネルは彼女と一緒にアパルトマンを出たが（どうやら袋小路の端まで送りに行ったらしい）、また五階まで階段をのぼってきて再度チャイムを鳴らした。

「言い忘れたことがありましてね」

アレックスは玄関先に立っているブリュネルをもう一歩もなかには入れまいと心に決めた。だがちょうどそのとき、ベリエの著作のなかでアントン・ジョアンセンとして描かれた隣人が出てきた。彼は外廊下に人がいるのを見てぎくりと身体をこわばらせ、アレックスも虚を衝かれた。その隙にバンジャマン・ブリュネルが無理やり身体をねじこませてきた。

そしてあらためて室内を無遠慮に見まわすと、アレックスを直視した。

「わたしはベリエがみずから姿を消したなんてこれっぽっちも思っちゃいませんよ」

「では、どうお思いです？」

ふたりは顔を突き合わせて立っていた。アレックスの背丈はブリュネルの顎にまでしか届かない。彼の厚みのある唇に嫌悪を覚えた。と同時に、磁石のように惹きつけられた。もう長いあいだセックスをしていない。いや、もしかしたらMDMAをのんだ夜、あの青年と行為におよんだのかもしれないが記憶にない。抗いがたい欲望の高まりを感じた。彼女は押し寄せる淫らなイメージを振り払うと、目の前の現実に意識を戻そうとした。

ブリュネルは遠まわしにアレックスの質問に答えた。

「ベリエの居場所について手がかりはつかめたと思ってました。あなたを疑うなんて、われながら猜疑心の度が過ぎると自分にあきれてましたよ。ですが、いまはシャルル・ベリエを見つけられるとは思えませんね。存命しているベリエを、という意味ですが」

ブリュネルはエレオノール・ドゥレルムの情報も探ったに違いない。彼はいったいどこまで知っているのだろう？　情報をいくつか握っているのは間違いない。となるといずれは本物のエレオノール、つまりシンガポールで暮らすエレオノールにまで行き着くことになる。とはいえ、彼女に連絡をとるのはそう簡単ではないだろう。実際に接触するまで二、三日はかかるのではないか。ということは、そのあいだに姿をくらます必要がある。

アレックスはそう考えるいっぽうで、バンジャマン・ブリュネルが友人の警官たちにこの件を伝えていないはずがないとも思った。だが警察がなぜまだ自分を捕まえに来ないのか、その理由がわかるような気もした。成人を〝事件性が疑われる行方不明者〟扱いにするにはいくつもの証拠が必要だ。しかしベリエの場合、証拠がないので警察は彼が自発的に出奔したと判断し、動こうとはしないのだろう。

フランスでは毎年一万人以上の成人が行方不明になっている。そしてそのほとんどがみずからの意思で家を出ている。これまで送ってきた二重生活のどちらかひとつを選びとった男。夫から逃れようとしている妻。一時的な家出。すべてを捨てたい、環境を変えてやり直したいという衝動。

　そして誰よりもシャルル・ベリエはふらりと家を出てしまうタイプだった。三年に一度、新作を書き終えると、そのたびごとに行方をくらましていた。そういうわけで身内は案じていなかった。となれば警察が懸念するわけがない。

　ブリュネルが帰ったあと、これまで積み重ねてきたシャルル・ベリエに関する調査をもとにアレックスはついに容疑者を特定した。もっとも強固な、もっとも揺るぎない動機のある人物を。

　ベリエの成功を妬む友人のフランク、小説のなかで人生を盗用された愛人、ないがしろにされている妻。

　そのそれぞれに動機はあるが、容疑者として図抜けているのはセリーヌ・サルモンだ。彼女にはベリエを殺すだけの確たる動機がある。そしてそれはアレックスの動機と同じだった。シャルル・ベリエを実際に殺した彼女の動機と。

　だが、セリーヌ・サルモンに罪をかぶせようとしてアレックスは躊躇した。セリーヌには正直、好感が持てなかった。潤いがなく、神経質なところが苦手だった。しかしある意味、彼女はアレックスの分身だった。それも皮肉なことに、〝善良な分身〟だった。強姦されても、あの有名作家を殺さなかったのだから。

　そこまで考えてアレックスは思いあたった。シャルル・ベリエを殺すべき人物に。

第十章 〝事件性が疑われる行方不明者〟

九月二十八日、ふたたびバンジャマン・ブリュネルがやってきた。今度は司法警官を伴って。「警視のマルケです」と警官は名乗った。大柄で寡髪、目は栗色、五十の坂を越えたばかり。人の好さそうな柔和な表情を浮かべている。アレックスから話を聞いているあいだも笑顔を絶やさず朗らかだった。「なに、正式な尋問ではありません。状況を整理するために、二、三お伺いしたいことがあるだけです」シャルル・ベリエの妻、愛人、友人たちにも会いに行くとのことだった。

「こういう場合は一応、身近な人全員から話を聞くことになっていますから」

そうして周囲の人々に聴取した結果、警察が誘拐として捜査に乗り出す場合もあるらしい。だがマルケ警視によると、今回はそんな事態にはならないだろうとのことだった。

「奥さん以外の女性と人生をやり直そうとして家を出る男のケースなら、これまでの仕事で嫌というほど見てきましたからね！」

アレックスは警視の愛想のよさにはだまされなかった。にこやかな笑顔はうわべにすぎない。話を聞くためにわざわざ出張ってきたということは、バンジャマン・ブリュネルがベリエの失踪を事件と断定し、警察が動かざるをえなくなるほどの証拠を集めたからだ。次に警官がやってくるときは正式に身柄を拘束されることになるだろう。そのときは身元について厄介な問題を抱えることになる。共済健康保険証では身分証明ができないし、ましてやフランス国立図書館の利用者カードでは話にならない。

警察に勾留される事態を避けながら緻密に事を運び、

疑惑を打ち消す必要がある。

ベリエの居どころを尋ねられたアレックスは、シャルルと口論して仲違いしたため、彼が現在どこにいるかは知らないと答えた。

マルケ警視は玄関に置いてあったアレックスの旅行カバンを指さした。

「どこかに行かれるのですか？」

「ここを出ます」

「差し支えなければその理由をお聞かせください」

「アシスタントを辞めたんです」

すると警視はあれこれ訊いてきた。ベリエと最後に会ったのはいつです？　どこで？

「まさにここで——今朝方のことです」

「どういうことですか？」

「小説の執筆にこのまま手を貸すよう頼まれました」

「おかしなようすはありませんでしたか？」

「おかしなって、どんな？」

「気が立ってるとか、心配事を抱えていそうだとか」

「そうですね、少しは」

「そして口論になったわけですか？」

「ええ。なにがあったのか、なぜ女性を侮辱するあんなひどいコメントを載せたのか尋ねました。いったいなにに腹を立てて仕返ししているのかと」

「で、彼はなんと？」

「〝知恵をつけた女は手に負えん！　あいつらのせいでわれわれの人生はめちゃくちゃだ！　あいつらは厄災だ！　レオ、あんたはよかったな、馬鹿な女で〟と言われました」

警視は軽く笑った。シャルル・ベリエの男性優位《マッチョ》な考えに共感したのではなく、こんな失礼な情報を明かしたレオの自嘲の精神を好ましく思ってのことだろう。

「確かに、女性にとってあまり感心しない発言ですね。それで？」

「いきなり手を伸ばして腕をつかんできました。振りほどこうとしたのですが、逆に引き寄せられました。

もちろん抗いました。すると叫び声が響かないように口をふさがれ、シャツを脱がされました。叩いて抵抗しようとしましたが、床に押し倒されたんです。彼は片手でわたしのスカートをめくりあげ、もういっぽうの手で首元を押さえつけました」

「それでどうなったんです？」

「必死にもがいて叫びました。助けてと。そのとき外廊下から物音が聞こえてきたので、シャルルはわたしを放しました」

ブリュネルと警視はしばらく無言だった。

「そのあとは？　警察には届けましたか？」

「いえ」

「なぜです？　お金を渡されて口止めされたんですか？　それとも脅された？」

「いえ。でも、言っても信じてもらえないと思って」

「なぜです？」

「シャルル・ベリエは有名人です。いっぽう、わたしはまったくの無名で、しかも女です」

マルケ警視は同情のまなざしで彼女を見たが、ブリュネルのほうは啞然とした顔をした。

「署まで来てください。わたしが担当します」

「ベリエを訴える気はありません。それに、結局はなにもなかったのですから」

「だが、事が起きる可能性はあった。しかもほかの女性たちのこともあるんですよ」

「みんな泣き寝入りするしかないでしょうね、わたしのように」

「よく考えてください、お願いします」

アレックスは考えるふりをした。そしてため息をつくと、腕時計に目をやった。

「大事な約束があるんです。夕方、警察署に伺います」

マルケ警視は一瞬迷うような表情を見せたが、無理強いはしなかった。アレックスはほっとした。いまの話を聞いて、犯されそうになった女がまさか姿を消そうとしているとはマルケも思わなかったに違いない。姿を消す理由がないからだ。それにベリエの失踪は事件性が疑われるケースとは正式には見なされておらず、令状も出ていない。ベリエのアシスタントを無理やり警察署に連れていくことはできないのだ。

だがバンジャマン・ブリュネルのほうは疑念を強めたのだろう、立ち去る間際にこう耳打ちしてきた。

「わたしは驚きませんよ。あなたがついた嘘のなかに、真実がいくらかまじっていたとしても」

第十一章　出会い系サイト

すぐにアレックスは仕事にとりかかった。パソコンのスイッチを入れ、猛烈な勢いでキーを叩き、頭をフル回転させた。段取りをつけなければならないことは山ほどある。歯車がひとつ欠けても装置はうまく動かない。しかも歯車をすべてぴったりと嚙み合わせなければならない。

〝オロール・M〟のハンドルネームでアレックスは出会い系サイトに登録した。〈①スワイプ、②マッチング、③チャット〉と手短かに説明されているサイトの仕組みを理解するのに数分かかった。どうやらひとりひとりのプロフィールを、つまりアレックスの場合は男性のプロフィールを、方向を間違えないようにスワイプさせ――右は脈あり、左はごみ箱行き――、選ばれる栄誉に浴した男性が自分を選んでくれた女性を同じように右にスワイプさせていたらマッチングということになり、晴れてチャットをはじめることができるらしい。

ひどく手間のかかる作業だった。サイトは品ぞろえ豊富な大型スーパーのように大量の登録者を抱えているのに、細かい身体的特徴で相手を絞りこむことができず、検索条件として使えるのは年齢と住んでいる地域だけだったからだ。肌と髪と目の色で篩《ふるい》にかけられなかったせいでアレックスは貴重な時間を失った。

それでも粘り強く作業を続け、あまたの男をごみ箱に捨てつづけた末にようやく、これぞと思う人物を探しあてた。だが急いでいたのと、何度も同じ方向に機械的な動作を繰り返したせいで思わず左にスワイプしてしまった。一度ごみ箱に入れた人物をとり出すことは無理だった。そうした機能が欲しければ、ゴールド会員になるか、その種の馬鹿げた特典が必要らしい。ゴール間近でアレックスはまた一からやり直すはめになった。時間はどんどん過ぎていく。こうして赤毛の大男を探しているあいだに、バンジャマン・ブリュネルが警察でベリエの失踪には〝事件性〟があるから捜査を開始するよう熱心に訴えているかもしれないと思うと気が気でなかった。いまにも警察が乗りこんできて拘束されるかもしれない。いや、司法警察は腰が重い。だからおそらく大丈夫だ。とはいえ、確実なところはわからない。なにしろシャルル・ベリエは有名人だ。司法官たちが妙に張り切る恐れもある。

彼女はありえないほど大量の男をスワイプし、次々にごみ箱に捨てていった。赤毛は品薄だった。やっとひとり見つけたと思っても、ベリエと比べて背丈や横幅が足りなかった。シャルル・ベリエは唯一無二の存在なのだとあらためて痛感させられた。まさに神聖不可侵の巨大な存在。

だがありがたいことに品数は驚くほど豊富だったので、最終的には候補者を何人か選ぶことができた。そしてそのなかからなるべく似かよった人物を探し出した。残念ながら髪は短かったが、贅沢は言えない。シャルル・ベリエが髪を切ったことにすればいい。

彼女が目をつけた男はどうやら売れ残りのようだった。というのもチャットに飛びついてきたからだ。しかも返信が異様に速い。このサイトの売りは同時に複数の人とチャットして素早く相手を見つけることなのに、これはつまり彼が同時並行のやり取りをしていないという証拠だ。アレックスは、獲物を巧みに罠にはめてなんとしてでも仕留めようと意を決した。

〈もう一年もご無沙汰なの。だからヤリたくてたまらない。それも後腐れなしで。そっちはどう？〉

一瞬の間があった。おそらくこの〝チェス〟というハンドルネームを持つ男は驚いたのだろう。だがじきに返事が来た。

〈ぼくと違ってずいぶんあけすけだね😄。でも、きみの提案には乗り気だよ😉〉

〈いつにする？〉

〈明日の夜なら空いている〉

アレックスは不安の塊が身体の奥から急激にせりあがってきたのを感じた。明日では遅い、それまで待てない。いますぐ発たなければならないのだから。長々と三回深呼吸をすると、冷静に頭を働かせようとした。相手は恰好をつけているだけだ。このタイプのモテない男がこんなおいしい話に出くわしたら、仕事でもなんでもすぐにキャンセルするはずだ。女に飢えていると思われないように、もったいをつけて明日などと言っているにすぎない。

〈幸せは待ってはくれない、すぐに手に入れなきゃ。いまなにしてる？〉

五秒の沈黙。そのあと、相手が返事を打っているときに出てくる三点リーダーが画面に表示された。アレックスは息を詰めた。

〈YouTubeにアップするビデオを撮影してた〉

　アレックスはため息をついた。どうせライトセーバーを使った戦闘ゲームのマニア向け映像か、ホームオートメーション化についてのレクチャービデオあたりだろうからあとに延ばせばいい。

〈行ってもいい？〉

〈いますぐ？〉

〈いますぐ行くか、永遠に行かないかのどっちか😉〉

　画面にふたたび三点リーダーが現れた。返事を書いているのだ。それから三つの点が消えた。返事を打つ手が止まったのだろう。けれどもメッセージは送られてこない。アレックスの全人生がいまやこの見知らぬ男と彼女とをつなぐか細い糸にぶらさがっていた。しばらくのあいだ相手からなんの反応もなかったが、そのあとまた三点リーダーが現れた。

〈じゃあ、いますぐってことで!!!〉

　男はモントルイユにある自宅の住所を伝えてきた。

　最初の歯車が動き出した。アレックスは腕時計を見た。一時間が経過していた。


　彼女は密会部屋の徹底的な掃除にとりかかった。作業にあたっては、先日購入した鑑識帽で髪をすっぽり覆い、ラテックスの手袋とつなぎの作業着を身に着けた。そして壁を拭き、掃除機をかけたあと床を殺菌漂白剤で拭いた。シーツ、枕カバー、毛布などは高温で洗い、食器類は食洗機に収めてスイッチを入れた。

　自分の痕跡をすべて消し去ると、冷凍庫からシャルル・ベリエの指をとり出した。そして指を使ってあちこちに指紋を残した。次に浴室、ソファー、ベリエの枕に彼の赤毛を置いた。指の爪を切り、そのかけらも残した。

　デスクには書き終えた小説を置いた。タイトルは『血の痕跡をたどって』。アレックスは夜のうちに最後の数ページを書きあげていた。

《私は自宅まで走った。玄関のドアを開けたとき、すぐに危険を嗅ぎとった。物音ひとつしなかった。居間は無人で、テレビの置いてある部屋にも誰もいない。不安に駆られて慌てて階段を駆けのぼり、息子のポールの寝室へ向かった。

ドアを開ける前に呼吸を整えた。息子が部屋にいますように、毛布にくるまれながらベッドで寝ていますようにと祈った。目覚めるまで息子を静かに見守ろう、髪など撫でたりしながらずっとそばについていようと思った。

ドアを開けた瞬間、ベッドに横たわる息子の姿が目に飛びこんできた。

シーツが血に染まっていた。まぶたは恐怖に見開いたままだった。小さな顔は声にならない叫びで醜く歪んでいた。シーツの上で血の一部が乾いていた。状況をすぐにのみこめたかどうか定かではない。だが実際にはわかっていたのだと思う。そうでなければ、あのときの諦念は説明がつかない。

全身が一瞬にして凍りついた。

私はいま、息子の姿をもっと目に焼きつけるべきだったと悔いている。彼の顔も手もすべてを持ち去るべきだったと。埋葬のときにはもう手遅れだった。息子の身体は大きすぎる棺に閉じこめられ、土のなかに下ろされ、私はそこに土くれを投げ入れた。息子にもう二度と会えないことを理解していなかった。自分のなかのなにかが、これは終わりではないと信じこんでいた。

だがそれは正真正銘の終わりだった。私は息子をもう写真でしか見ることができない。なによりつらいのは、ポールがもう成長しないことだ。わかるだろうか？　息子はこの先ずっとあの十代の少年のまま、あの小さな顔、未完成の身体のままだ。私の心のなかにいるあの子が成長することはもうない。なのに私のほうは老境へと向かい、息子から遠ざかっている。

あの子の身体を目にしながら、私はもう孫を、子孫を持てないのだとつぶやいていた。私の血筋はここで断ちきられる。

私は血の絆に執拗にこだわっていた。なのに、私の血はひと晩のうちに流れ出て、ポールの真っ白なシーツの上で涸れ果てた。

私の身体はやせ細った。息子の死が私の皮膚を、気力を剝ぎとってしまったかのように。髪の毛も抜け落ちた。私は美しい季節が過ぎ去ったあとに落葉する、ひどく弱々しい木々となり果てた。

私がやせ衰えた両腕を広げたら、フレッド、おまえは私の死木のような影に戦慄するだろう》

彼女は原稿に目を落とし、これはシャルル・ベリエの著作のなかでももっとも不可解な作品になるだろうと思った。と同時に、彼自身を色濃く反映した作品になるよう願った。

密会部屋を発つ前、セリーヌ・サルモンに電話をかけた。

「わたしもよ」

それだけ告げて電話を切った。

忍び足で玄関を出ると、ドアをそっと閉めた。この場所に眠る作家の魂を起こさぬように。

第十二章　島

外に人影はなかったが、アレックスは半信半疑だった。バンジャマン・ブリュネルは夕方に警察に出向くと言ったわたしの言葉をすんなり信じたのだろうか？

背負っていたリュックには処分すべきもの一式が入っている。ラテックスの手袋、鑑識帽、つなぎの作業着。ほかの荷物はみな荷物とも呼べないようなものばかりだ。パンティー三枚、ネグリジェ、期限切れの共済健康保険証、図書館利用者カード、派手な色合いの服、シャルル・ベリエのパスポートと銀行カード、彼の指、彼の髪、血のついた小石……。

アレックスは袋小路の端まで坂をのぼり、左右を確認した。やはり誰もいない。サン・セバスチャン通りに入り、モントルイユに通じる地下鉄九号線の駅があるヴォルテール大通りを目指した。

通りの角を曲がるとき、不意に聞こえた。靴音。彼がいる。そう思って振り向いた。だが誰もいない。頭に変調をきたして幻聴が聞こえるようになったのか？

ふたたび歩き出した。また足音が聞こえた。今度こそ間違いない。姿は見えないが、彼があとを尾けている。

何事もないふうを装ってそのまま歩きつづけ、地下鉄九号線に乗った。ブリュネルにはストラスブール＝サン＝ドニ駅で四号線に乗り換え、出版社のあるバック通りへ向かっていると思わせよう。

アレックスは抜かりなく、作品の結末部分を提出するという名目でセバスチャン・ラムジーと会う約束をとりつけていた。だがラムジーのところに行くつもりはない。つまり自分にはアリバイがないことになる。バンジャマン・ブリュネルを撒かなければならない。

レピュブリック駅で彼女は大勢の乗客にもみくちゃにされた。降りようとする人、乗りこもうとする人。発車ベルが鳴るのを待った。一回、二回。いきなり飛び降りると、出口へ向かって駆け出した。地下鉄の窓越しにバンジャマン・ブリュネルと目が合った。

こちらを凝視する彼の目を見て確信した。彼は知っている。彼はずっと前から知っていたのだ。

階段を駆けのぼると、逆方向に走る九号線に乗った。おそらくブリュネルは次の駅で降りるはずだから、この時間帯には二分間隔で走っている地下鉄の一本分だけ彼に先んじることになる。

アレックスはメリー＝ド＝モントルイユ駅で降りると、チェスに教えられた住所へと急いだ。

メトロの駅からさほど離れていない地味な造りの建物の前まで来た。いまはもう尾けてくる者はいない。横道に入って少し歩き、ごみ箱に鑑識帽とつなぎの作業着と手袋を捨てた。そして目指す建物へ戻った。

チェスは一階のワンルームに住んでいた。ブラインドを下ろした室内はがらんとしていて、あるのは床に直置きしたマットレス、チェス盤と駒、ネットにつながっている三台のパソコンだけだ。コーナーにはおそらく飾り物だろう、縁ぎりぎりまで米を入れた金魚鉢が置かれている。

チェスの本名はアルチュールといい、国内ランキング十一位のチェスのグランドマスターだった。アレックスは彼のことを一緒にいて楽そうな人だと思った。癖がなく、細やかな気遣いもできる。チェスはアレックスにお茶を飲むかと尋ねた。彼女の到着を待つあいだに紅茶を買いに行ったのだ。部屋には鍋もやかんもなかったが、カップ一個と電子レンジだけは備えられていた。

アレックスは紅茶を飲み終えると、キスをしようと早速チェスに近づいた。これから行動をともにしてもらうには、相手に信用されなければならない。

　ところがチェスははっと身を引いた。驚いたアレックスは、なにか問題でもあるのかとチェスに尋ねた。チェス——というのもアレックスにとって彼はアルチュールではなく、彼が選んだハンドルネームのままだったからだ——は色白だったので、赤面したことがひと目でわかった。彼はしばらく言いよどんでいたが、ようやく口ごもりながら打ち明けた。

「はじめてなんだ」

　アレックスはまじまじとチェスを見た。年齢は三十五くらいか。肌が透けるように白いため、薄暗い室内では顔と両手が輝いて見える。身体も生白くて締まりがなく、全体におどおどとした雰囲気だ。

「明日はなにする予定？」アレックスは尋ねた。

「旅の支度をしなきゃならない。ママイアに行くことになってるから。指導しているチェスのチームが欧州ジュニア選手権に出場するんだ」

「ママイア？」

「ルーマニアの街さ」

　アレックスは思案した。考えていたのはマルヌ川の岸辺を舞台にしたもっと単純なシナリオだった。だが、ルーマニアでも不都合はないのでは？

　アレックスは言った。

「ルーマニアには行ったことないのよね」

　本当だった。

　アレックスは知り合ったばかりのチェスとともにルーマニアの黒海沿岸の街、コンスタンツァを目指して二十三時三十分発の列車に乗った。チームとは現地で合流することになっていた。出発駅はパリの東駅。バンジャマン・ブリュネルの靴音に無意味に怯えないですむように、駅まで行くのにウーバーの配車サービスを利用した。予定ではパリから高速列車《TGV》でドイツのマンハイムまで行き、そこでインターシティエクスプレス《ICE》に乗り換えてブダペスト東駅を目指すことになっていた。そしてそこからブカレスト行きの列車に乗り、ブカレストでコンスタンツァ行きに乗り換え、コンスタンツァからはタクシーでママイアまで移動する。

　目的地に到着するまでかかった時間は三十三時間と十七分。そのあいだアレックスは眠気を覚えたらチェスの肩を借りた。チェスは自分が女性と身体を寄せ合っている状況にひたすら驚いているように見えた。ふたりはサンドイッチを食べ、少しおしゃべりをした。チェスはコンピューター相手にチェスをし、アレックスは田園風景に見入った。いつ果てるとも知れない長い夜は、夜ならではの不安の数々をもたらした。八月十日のあの狂気の夜からここ数週間のあいだに体験した出来事が、アレックスの脳裏を駆けめぐった。シャルル・ベリエの死、彼の再生、嘘が暴かれるのではないかという恐怖、容疑者探し。やがて薄明が不安を静めた。

　彼女はふたたび祈るように願った。シャルル・ベリエにもうひとつの死を与えられるように。そしてその死が、彼の真実の死ほど雑でも成り行き任せでもない、抗いがたい美を備えたものになるように。

第十三章　シャルル・ベリエのもうひとつの死

アレックスの周囲には新しい風景が生まれ出ていた。これまで一度もめぐったことのない世界、これまで一度も足を踏み入れたことがなく、目にするとも思わなかった大地が広がり出していた。車窓の向こうに見えるのはそんな未知の場所だった。森、湖、なだらかな丘。列車が人里離れたところにぽつんとたたずむ城館に差しかかると、現実の風景が物語のイメージをまとって奥行きを増した。ドラキュラ伯爵。牙が獲物の首に触れるのを待つ甘美なひととき。首筋に牙を突き立てたときの恍惚。陰鬱な館の内部に隠された闇と愉悦と血の王国。

すっと薄闇が引き、遠くの丘から陽が射した。丘の背後に冠雪した山並みが見える。丘の斜面に並ぶ木立のあいだから鐘楼が顔を覗かせ、丘の下方に広がる草原のあちこちでヒナゲシが咲いている。

ふたりは出発してから二日目、十月一日に目的地に着いた。タクシーを降りたのは朝の九時近く。この季節のこの時間、ママイアの街は閑散としていた。ママイアは塩水の黒海と淡水のシトギュル湖とを隔てる細い砂の帯に築かれたビーチリゾートで、八キロにわたって延びている。

アレックスとチェスは黒海のほとりにあるラキ・ホテルに部屋をとった。荷物を置くと、散歩道をぶらぶらすることにした。ビーチは無人で、海を走るヨットもない。ふたりは開店したばかりのマリンショップの前で足を止め、船外機付きの小さなボートをレンタルした。

ボートに乗りこんだのは十一時頃のことだった。彼らはシトギュル湖を渡り、急な加速と減速を繰り返して子どものように笑い転げた。そうしていっときクルージングを楽しんだあと、緑の湖に浮かぶオヴィディ島に上陸した。

島には草木が生い茂っていた。ふたりは森を進み、ハリエニシダに囲まれた突堤を歩いた。どちらも口数は少なく、どうしても必要なありふれた言葉だけを二言三言交わした。アレックスはチェスの手をとった。そして、これまでおそらく女性に握られたことのないその手を自分の唇に押しあてた。

そしてそのまま草むらに座ったので、チェスも腰を下ろす恰好になった。ふたりは背の高い草に隠れ、遠くに海を感じながら身体を寄せ合った。チェスの顔が上気した。チェスはこの瞬間を存分に味わいたいという願望と、逃げ出したいという願望がせめぎ合って混乱し、心をどこかへ飛ばそうとしているように見えた。アレックスはチェスの手を握ったまま、その虚ろになった瞳に光をとり戻させようと彼の指を一本ずつしゃぶった。そしてチェスの青い瞳をまっすぐ見つめながら、指をゆっくりと口の奥深くまで押し入れた。

それからチェスのTシャツを脱がせた。チェスがあらわになった上半身を恥じているのがわかった。その生白い肌、肌に浮いたそばかす、たっぷりと肉のついた腹、幅のない肩を恥じているようだった。アレックスはチェスのバミューダパンツを滑らせるようにして脱がせ、それからブリーフも同じようにした。チェスは両脚をきつく閉じた。そんなチェスをアレックスは好奇心を全開にして眺めた。思えばアントワーヌ以外の男の裸体を目にし、触れるのはずいぶん久しぶりだ。シャルル・ベリエは例外で、彼を数のうちには入れたくなかった。アレックスにとってベリエは闇だった。彼の身体が夜を食らってしまったかのように闇そのものの存在だった。

チェスは下の毛も赤く、生えはじめかと思うほどまばらだった。アントワーヌ以外の男の性器を目にするのは二十年以上ぶりだということにアレックスは気がついた。するととまどいを覚え、妙に落ち着かない気持ちになった。彼女はそそり立つチェスのペニスを、欲望も嫌悪もなく、ただ恐れとやさしさの入りまじった思いで見つめた。たいていの場合、彼女は性行為にしっくりなじめず、それは同じ身体と何年交わっても変わらなかった。そしていつまでも続くこの違和感こそが、おそらくアントワーヌと自分が長年にわたって欲望を保てた要因なのだと思っていた。アレックスにとってアントワーヌとの性交はありふれた行為ではなく、いつも気後れと不安と羞恥と、そしてそれがゆえの興奮とがまじり合ったものだった。

だが今度ばかりは事情が違う。不安を感じて尻ごみするわけにはいかない——それはチェスが怖気づいていたからだ。アレックスは身を屈め、ペニスをやさしく口にくわえた。そして相手が爆発寸前になったのを感じると、顔を離し、チェスに乗った。そして彼をじっと見つめながらゆっくりと腰を動かしはじめた。行為のあいだじゅう、相手はほとんど目を閉じていた。アレックスは無理に目を開けさせようとせず、好きなようにさせた。それでもチェスがまぶたを開くと、そのまなざしの変化を確かめようと、それまでと同じやさしさを湛えた好奇心から瞳をじっと覗きこんだ——瞳孔の黒が少しずつ虹彩全体に広がっていくのが見えた。身体の奥から熱いものがこみあげてくるのを感じた。そのことでアレックスは幸せに包まれ、ほっとした。世界の均衡が守られたかのような安堵を覚えた。チェスはおそらくわたしを救ってくれる。だからわたしはチェスに、計り知れない価値のあるものを与えなければならない。

チェスを見つめながら彼女は高みに達し、チェスは自分の番が来ると目を閉じた。

それからふたりで無言のまま服を着て、島にひとつしかないレストランへ向かった。ほかに客はいなかった。

十二時半頃、アレックスは立ちあがってチェスに近づいた。そして彼を抱きしめて唇に最後のキスをした。彼の肌が、列車の車窓から見えたヒナゲシと同じくらい赤く変わるのがわかった。

アレックスはトイレに行くふりをしてレストランの裏口から外に出た。

そして赤毛の大柄な男をひとり島に残し、ボートを出した。

シトギュル湖を眺めながら、自由を得た解放感に貫かれた。傷口がうずくように、ふたたび誘惑がささやいた。家にはもう戻らない。どこにいたのか明かさない。一切の説明も釈明もしない。ただ逃げる。

家に戻るということは、ふたたび透明になることだ。ふたたび何者でもなくなるということだ。夫と騒がしい子どもたちと一緒にレストランの奥に押しこまれる女、真っ先に気にかけられることなどなく、数日経ってからでないとその存在を思い出されない女になることだ。

周縁に押しやられた女になることだ。

彼女はラテックスの手袋を着けると、カバンの中身をとり出した。シャルル・ベリエのパスポートと銀行カード。セロファンにくるんだ指。念入りにセロファンを巻いたのは、すでに腐臭を放ちはじめていたからだ。彼女はボートのあちこちにベリエの指紋を残した。そのあとプラスチックケースから黒ずんだ血のついた小石を出すと、船上にベリエのDNAを残すため、ボートにあった毛布にこすりつけた。

そしてシャルル・ベリエのパスポートと銀行カードと指を湖に捨てた。血で汚れた小石も水のなかに投げ入れた。ボートには髪の毛数本、シャツの切れ端、血液の成分がついた毛布だけを残した。
——才能にあふれ、醜悪でとらえどころのない男、水と風と文学にとこしえに身を委ねてここに眠る。
ここまで携えてきたガラクタを捨て、前途の自由を得たとき、アレックスはようやくシャルル・ベリエの死に涙した。

エピローグ　幸いなるかな、アレックスのごとく……

アレックスはフランス西部にある自宅を目指して、延々と続く緩慢で骨の折れる旅路についた。何本もの列車を乗り継いだが、乗ったのはすべて二等車で、例外なく騒がしかった。サンドイッチを頬張る乗客、泣きわめく赤ん坊、はしゃぎ声をあげたりケンカをしたりする子どもたち、携帯電話を片手に声を張りあげる大人たち。日常が戻ってきた。騒々しく、粗野で、行儀の悪い日常が。

アレックスは声をあげて笑いたくなった。このひと月半のほとんどをたったひとりで、あるいはパリの七区で育った上品な人たちに囲まれて過ごしてきたせいで、シャルル・ベリエが描いた〝幽霊市民〟のかまびすしい暮らしを忘れていた。この種々雑多な人々があげる騒音にかぶせるように歌い、ふうと大きく息を吐きたかった。血液がまた身体をめぐりはじめたからだ。そのときはじめてアレックスは、自分が野生動物のように毎日神経を張り詰め、生き残りをかけて四六時中感覚を研ぎ澄ませてこのひと月半を過ごしてきたことに気がついた。

シャルル・ベリエのもうひとつの死から遠ざかるにつれて、彼女の心は矛盾するさまざまな感情に満たされた。安堵、恐怖、喜び、悲しみ。思考はロワール川の岸辺を歩いたときのように千々に乱れ、とりとめのないものとなった。それらは車窓を流れゆく風景に合わせてかたちづくられ、すぐにばらばらにほぐれた。雲、灰色や緑や紫に変わる空、草木、田舎、都会、工業地帯、延々とのびる線路、疾駆する列車。彼女はようやく眠りについた。

ナントに着くと、造船所がある地区のホテルに部屋を借りた。彼女は着ていた服を一枚一枚脱ぎ去って裸になり、髪を栗色に染めた。そして駅近くの古着屋で買ったジーンズと型崩れしたTシャツを身に着けた。巡礼に出るようにロワール川沿いをまた歩こうかと思ったがやめにした。ノスタルジーに浸るには神経が高ぶりすぎているし、気が張っている。

結局ブラッスリーに行き、ハンバーガーとビールを注文した。彼女はビールをあおり、皿の中身をすべて、パン屑ひとつ残さず平らげた。トイレに入ったとき、おかしな考えが頭に浮かんだ。ここに閉じこめられたらどうしよう？　そんなことを考えたのははじめてだ。出たいのにドアが開かずに閉じこめられたらどうしよう？　こめかみが脈打つのを感じた。鼓動が速くなり、顔にかっと血がのぼり、ドアの取っ手をつかむ手が震え出した。自分の状態を客観視し、心臓発作かなにかじゃないかと心配しはじめたところではたと思いあたった。これは不安発作だ。

ドアの差し金はするりと開き、無事にブラッスリーのトイレを出た。店の外に出て、十月の湿った生暖かい空気を吸いこんでほっとひと息ついたとき、ようやく理解した。閉所恐怖症になったのだと。

肌に残っていたシャルル・ベリエの痕跡は完全になくなっていた。引っかき傷は閉じ、痣も消えた。けれども閉所恐怖症は残るだろう。これはおそらくベリエの呪いというよりも置き土産なのだ。

ノール＝シュル＝エルドルへ向かうローカル線に揺られながら、アレックスは胃がうずくのを感じた。列車に乗りこんだ直後はいっとき、喜びで心が浮き立った。線路を走る車輪の音、自動ドアの開閉音、なじみの深い風景が期せずして胸を激しく揺さぶった。だがそのあと、歓喜はほかの感情にとって代わった。長いあいだ悩まされ、ようやく名づけることのできた得体の知れない感情に。

不安という感情に。

家族はどう迎えてくれるだろう？ まだわたしを必要としているだろうか？ わたしが家を出たことを、アントワーヌはうまく説明できただろうか？ 娘たちにうまく言いわけしてくれただろうか？ 彼自身、わたしを赦しているのだろうか？

窓に映る自分の顔を見つめていると列車がトンネルに入り、ガラスにくたびれた顔が現れた。このしわ、張りを失ったこの肌。四十歳のわたしの顔。わたしはほんの少し前に四十の境界線を越えた。そのことを悲観しているわけではないし、自分が実際より老けたと思っているわけでもない——ただひと月半のあいだ三十八歳に戻り、人生を巻き戻して可能性を広げてみただけだ。けれども年貢の納めどきだった。ひと月半が過ぎ、彼女は選びとり、決断を下した。そしていま、こうして家路についている。

もう枝道のないまっすぐな道を進んでいる。

彼女はあっさりあきらめた。おそらくこれが分別というものなのだろう。泣き叫ばず、騒ぎ立てずにあきらめることが。彼女にはわかっていた。わたしの顔を見て、ひと月半前にわたしが人を殺したことに気づく人などいないだろうと。

アレックスが家に帰り着いた時点でシャルル・ベリエの死は確定し、彼がほかの人生を歩む可能性は閉ざされる。と同時に、アレックスがほかの人生を歩む可能性も閉ざされる。だがその前に彼女は自分のものとは異なる人生を生き、架空の人物と物語をつくり出した。そうして彼女の人生の物語とほかの人たちの人生に影響をおよぼした。

そしていま、彼女はアントワーヌと娘たちのもとに帰ろうとしている。周縁で暮らす人間の心地よい透明性に戻ろうとしている。重い荷物を下ろしたような心地で、危険と他者から守られた古い自分に、透明で無益な自分に潜りこもうとしている。

彼女は二〇一七年十月に焼身自殺した、あの見知らぬポーランド人のことを思った。母国の保守化に抗議して死んだその男は、市民に抵抗を呼びかけるためにビラを配っていた。そのなかで彼は自分自身を、自由に焦がれる灰色の男と表現した。

わたしも同じだと思った。わたしも、自由に焦がれる灰色の女だ。

アレックスがレオの喪に服しているあいだ、世間ではシャルル・ベリエの死にまつわる噂がウィルス顔負けの速さで広がっていた。そのうちのいくつかは――大半は――、〝ベリエは彼からレイプされたアシスタントによってルーマニアの湖で溺死させられた〟というものだった。

何人かの女性たちからこの噂を裏づける証言も飛び出しはじめた。アレックスもアントワーヌにこう説明した。

「わたしがベリエによる性暴力の被害者を探しまわったことで、図らずもこの悲劇を招いてしまったのかもしれない。ベリエからセクハラされ、無理やり身体を触られたと証言した人はたくさんいたし、強姦されたと打ち明けた人もいた。こんなにいるのなら裁判に訴えられると思いはじめた矢先に被害者のひとりが先手を打った。なにが起きたかは知らないけれど、その人がひとりで復讐を果たしたのよ」

実際、ルーマニア警察はそうした仮説を科学的な証拠で強固に補った。シャルル・ベリエの髪の毛、ボートのあちこちに残っていた彼の指紋、血の痕跡。ベリエが殺害されたという見立てはメディアを大いににぎわせた。新聞や雑誌の売れ行きが伸び、視聴率は急上昇した。メディアが潤ったという点においては、ベリエがルーマニアの湖で殺されたという説は多くの人を喜ばせた。

いっぽうで、ベリエが人生のやり直しを図ったのだと主張する人たちもいた。そうした人たちは、彼が自分ですべてお膳立てしたうえでアルゼンチンかブラジルに渡ったのだろうと考えた。あの殺人鬼グザヴィエ・デュポン・ド・リゴネスと同じように(もっとも、デュポン・ド・リゴネスが実際に南米に高飛びしたのかどうか定かではなかったが、少なくともアレックスはそう確信していた)。そうした説を信じる人のなかにはソラヤ・サラムがいた。彼女は新聞や雑誌で、ベリエによるレイプの噂に異を唱えた。彼女は例のぶっきらぼうとも言えるほどの率直さで、自分はベリエの愛人だったと名乗り出た。そしてベリエを〝どこにでもよくいる愚か者〟と形容しながらも、けっしてセクハラ男などではないと訴えた。そのうえで、ベリエとアシスタントのエレオノール・ドゥレルムがふたりで彼の死を演出した、彼らはすべてを綿密に計画した、〝レオ〟ことエレオノール・ドゥレルムという偽の身分を持つ謎の女がつくり出されたのもそのためだという持論を展開した。

何人ものエレオノール・ドゥレルムが聴取されたが、警察が行方を追っている赤毛の女とおぼしき人物はひとりもいなかった。赤毛のレオはいまなお行方をくらましていた……。

ひょっとしたらいつの日か、エレオノール・ドゥレルムのひとりとアレックスとのつながりが発覚するかもしれない。可能性は低いがゼロではない。だがそうなったらそうなったで、そのとき考えればいい。どんな選択にもリスクが伴う。それを認めることもまた、分別を持つということなのだろう。生きるという営みのなかには――家から出る、歩道を歩く、道を横切る――あまねくリスクが存在することを自覚するのもまた、分別を持つということなのだ。

さらに数は少ないが、シャルル・ベリエが新種の自殺を遂げたのだと考える人もいた。その人たちによれば、ベリエはみずからの邪悪な分身――彼自身の醜悪で薄暗い側面――によって殺された。その証拠に、彼の遺作には憂慮すべき精神の分裂のきざしが、人間の誰しもが抱えるジキルとハイドの二面性に彼自身がずたずたに引き裂かれていることを示す兆候が如実に現れているではないか。ベリエの邪悪な分身が、彼の著作の登場人物の名を借りて言うならあの〝マルタン・ゲール〟が、シャルルを湖に突き落としたのだ。つまりベリエは、みずからがつくり出した登場人物にのみこまれて消えたのだ。

《いいか、フレッド、これが結末だ。おまえに責任がないのはわかっている。責任があったとしても、ほんのわずかだ。

おまえは朝になると、夜のあいだ自分が何者だったか忘れてしまう。

だからおまえにこの本を書いたのだ。

だが、おまえが私に為したことにもかかわらず、私はドアを広く開けたままにしておこう。もうひとりのおまえのために。美しくて善良で心やさしきフレッド、虫一匹殺せない女のために。

彼女に、私の心と私の絶望を捧げよう。

彼女はいつでも来られる。昼夜を問わずいつでも。ただ柵を押し開けて足を踏み入れるだけでいい——ドアはいつでも開いている。

了》

シャルル・ベリエの肉体は、アレックスの一家の地所《ドメーヌ》の奥にある堆肥の山に埋もれて腐敗していった。だがそのあいだにもアレックスがつくり出したシャルル・ベリエは、彼女の手を離れてさまざまな場所でさまざまに生きつづけ、紙上の、夢の、幻の存在となった。

訳者あとがき

本書（原題：*Son autre mort*／彼のもうひとつの死）の主人公はフランスの片田舎で暮らす主婦、アレックス。社交不安障害を抱え、精神に不安定なところがあるものの、やさしい夫とかわいい二人の娘に囲まれて慎ましく穏やかな暮らしを送っていた。物語はアレックスの一家が営むペンションに宿泊客として大物作家のシャルル・ベリエがやってきたところから始まる。若い頃に小説家を志し、いまもほそぼそと執筆を続けているアレックスは、ベリエの旺盛な創作のエネルギーに圧倒されながらも、奇妙で危うい友情を築いていく。だがある夜、ベリエにレイプされそうになり、誤って彼を殺してしまう。過去に傷害事件を起こし、精神科病院に収容されたことがあるアレックスは、警察に通報して正当防衛を主張しても信じてもらえないと考え、自分と家族を守るために大胆な奇策に出る。死体を隠したあと、別人になりすましてベリエの身近な者たちに近づき、そのなかから彼を殺しそうな人物を探しあてる〝潜入捜査〟に乗り出すのだ。シャルル・ベリエに「どこかよそで生き、どこかよそで死んでもらう」ために……。

本書について特筆すべきはなんといっても、主人公たる犯人が、別の人に罪をなすりつけるべく〝犯人捜し〟を行うという着想のユニークさだろう。主人公はスマートフォンやSNSを通じて各種工作を行い被害者が生きていると見せかけたあと、彼に「もうひとつの死」を与えようとする。作品の核を成すこのアイディアの奇抜さは、独創性を重視するフランスのミステリの特徴を表していると言えるかもしれない。実際、フランス産ミステリはストーリーの緻密さよりもアイディアの斬新さで勝負する傾向が強いように思われる。フランスのリベラシオン紙は本書を、「極めて独創的な物語。リアリティーが許容範囲ぎりぎりな箇所はあるものの、確かな筆力でラストまで読み手をとらえて離さない」と紹介している。

読み手をとらえる要素として挙げられるのが、心理サスペンスとしての秀逸さだろう。本書は罪を犯した者の視点から書かれており、犯罪者の不安や恐怖やあせりが克明に描かれている。それがサスペンスをかき立て、読者はアレックスの危なっかしい〝捜査〟の行方を固唾をのんで見守ることになる。そして彼女がはたしてうまく逃げおおせられるのかが知りたくて、いつしかページをめくる手が止まらなくなる。

社会問題に触れ、現代の風潮を反映している点も見逃せない。階級間、あるいはパリと地方にある格差、ネット上でのなりすまし、SNSで垂れ流される言葉の暴力や炎上騒ぎ、フェイクニュース、そして#MeToo。本書のテーマのひとつがセクハラ被害を告発する#MeToo（私も）運動への連帯であることは明らかで、著者エルザ・マルポはアレックスに「わたしもよ」というストレートな台詞を吐かせている。もっとも著者によれば本書の執筆の開始はこの運動に先立つものであり、あとからストーリーに取り入れたらしい。それにしては物語を動かす鍵として#MeTooが巧みに生かされて作品に厚みを与えており、著者の確かな手腕が窺われる。

テーマとしてはもうひとつ、「邪悪な分身」に象徴される人間の二面性にも注目すべきだろう。作家シャルル・ベリエは人懐っこく、生を謳歌する前向きな活力にあふれるいっぽうで、性行為を強要しようとしたり、偽名で他者を貶《おとし》める発言をするなど薄暗い側面も持ち合わせている。またアレックス自身、別人に扮するなかでいままで知らなかった新しい自分に気づいていく。さらに〈ジキルとハイド〉の女性版として執筆された作中作も盛りこまれている。つまり、本書の随所にこのテーマが見え隠れしているのだ。

著者はそもそも、作中でも言及されている〈メディ・メクラ事件〉をきっかけに本書の執筆を思い立ったという。これはフランスで二〇一七年、ジャーナリストで人気ブロガーでもあったメクラが別名でヘイトクライムなど社会的に問題のあるコメントをSNS上に大量にアップしていたことが発覚したスキャンダルである。以下に、この事件に関する著者の言葉を引いておこう。

「メクラはこの行為を〝自分ではなく、自分の邪悪な分身がしたことだ！〟と釈明したが、私はこれを秀逸な主張だと思った。おぞましいけれども秀逸だと。非常に文学的なテーマを使って自己正当化を図ったのだから。〝邪悪な分身〟は文学の永遠のテーマであり、私も過去の著作でこのテーマについて扱っている」(ル・ヴィフ/レクスプレス誌、ベルギー)

さらに著者は続けて、本書は「書くこと」をテーマにした作品だとも語っている。「書き進めることのできない小説家崩れのヒロインが、作家の小説の続きだけでなく、彼の人生をも書きあげる。レイプされそうになった女性が、レイプしようとした男の言葉を横取りしてわがものにする。そこに面白さを感じた」

本書には執筆の作法や苦悩についての記述が散見されるし、殺した男になりかわって文章を綴ることで彼の人生を演出していることなどから、「書くこと」をテーマにしたという著者の言葉にはうなずくばかりだ。と同時に、このテーマには当然、書く人と書かれる人、作家と作品のモデルとの関係も含まれていると思われる。アレックスにしてもベリエの愛人ソラヤにしても、知らないうちに作家にその存在を利用され、作品のなかでみずからの人格や体験をいびつに誇張、変容されたことに戸惑いと怒りを表明しているのだから。ちなみにこの点に関連して著者は、他人の人生を盗み取って執筆しているという点で自分はベリエに似ていると分析している。さらに人付き合いが苦手なところや書こうとする意志などはアレックスと共通しているらしく、本書には著者自身が色濃く投影されているようだ。

このように多様なテーマを内包する奥行きのある作品を世に出した著者について触れておこう。エルザ・マルポは一九七五年、フランス北西部、アンスニ生まれ。本書にも登場するナントで育ち、パリ高等師範学校で学ぶ。文学教授資格を取得したのち（博士論文のテーマは十七世紀の演劇）、五年間大学で舞台芸術について教えた。文壇デビューは二〇〇三年。初の邦訳作品となった本書（二〇一九年）を含み、これまでに七点の小説を刊行している。主人公が病院で潜入捜査を行う *Les yeux des morts*（死者たちの眼）で二〇一一年度〈ヌーヴェル・オプス＝ビブリ・オプス賞〉（ノワール小説部門）などに、自身のシンガポール滞在をもとにし、執筆に行き詰まった作家〝エルザ〟を主人公にしたサスペンス、*L'expatriée*（国外居住者）で二〇一三年度〈プリュム・ド・クリスタル賞〉などに輝いた。エッセーや脚本も手掛けており、著者が生み出した中年女性を主人公とするテレビドラマ〈マルロー警部〉シリーズは本国フランスやベルギーなどで高い人気を誇っている。

なお、著者は本書の続篇の執筆に取り組んでいるとのこと。アレックスが複雑でつかみどころのない人物であるがゆえに、まだまだたくさんの経験をさせる余地があるとの判断によるものらしい。確かにアレックスは複雑な内面の持ち主であり、その心理の変化と省察は本書の大きな読みどころのひとつとなっている。自分が殺した男に「もうひとつの死」を与えようと画策するなかで、「もうひとりの自分」に出会い、「もうひとつの人生」を生き、オデュッセウスばりに苦難の旅を経たアレックスがこの先さらにどんな経験を重ね、どんな境地に達するのか、大いに興味がそそられる。

二〇二〇年四月

HAYAKAWA POCKET MYSTERY BOOKS No. 1956

加《か》藤《とう》かおり

国際基督教大学教養学部社会科学科卒業，
フランス語翻訳家

この本の型は，縦18.4センチ，横10.6センチのポケット・ブック判です．

訳書
『ココ・アヴァン・シャネル――愛とファッションの革命児』エドモンド・シャルル＝ルー（共訳）
『いま、目の前で起きていることの意味について――行動する33の知性』ジャック・アタリ編著（共訳）
『マプチェの女』カリル・フェレ（共訳）
『ささやかな手記』サンドリーヌ・コレット
『ちいさな国で』ガエル・ファイユ
（以上早川書房刊）他多数

〔念入《ねんい》りに殺《ころ》された男《おとこ》〕

2020年6月10日印刷　2020年6月15日発行

著　者　エルザ・マルポ
訳　者　加藤かおり
発行者　早川　浩
印刷所　星野精版印刷株式会社
表紙印刷　株式会社文化カラー印刷
製本所　株式会社川島製本所

発行所　株式会社　早川書房
東京都千代田区神田多町2－2
電話　03-3252-3111
振替　00160-3-47799
https://www.hayakawa-online.co.jp

（乱丁・落丁本は小社制作部宛お送り下さい
送料小社負担にてお取りかえいたします）

ISBN978-4-15-001956-3 C0297
Printed and bound in Japan

ハヤカワ・ミステリ〈話題作〉

1938 **ブルーバード、ブルーバード**
アッティカ・ロック
高山真由美訳
〈エドガー賞最優秀長篇賞ほか三冠受賞〉テキサスで起きた二件の殺人に黒人のレンジャーが挑む。現代アメリカの暗部をえぐる傑作

1939 **拳銃使いの娘**
ジョーダン・ハーパー
鈴木　恵訳
〈エドガー賞最優秀新人賞受賞〉11歳の少女はギャング組織に追われる父親とともに旅に出る。人気TVクリエイターのデビュー小説

1940 **種の起源**
チョン・ユジョン
カン・バンファ訳
家の中で母の死体を見つけた主人公。昨夜の記憶なし。殺したのは自分なのか。「韓国のスティーヴン・キング」によるベストセラー

1941 **私のイサベル**
エリーサベト・ノウレベック
奥村章子訳
二人の母と、ひとりの娘。二十年の時を越えて三人が出会うとき、恐るべき真実が明らかになる……スウェーデン発・毒親サスペンス

1942 **ディオゲネス変奏曲**
陳　浩　基
稲村文吾訳
〈著者デビュー10周年作品〉華文ミステリの第一人者・陳浩基による自選短篇集。ミステリからSFまで、様々な味わいの17篇を収録

ハヤカワ・ミステリ〈話題作〉

1943 **パリ警視庁迷宮捜査班**

ソフィー・エナフ
山本知子・川口明百美訳

停職明けの警視正が率いることになったのは曲者だらけの捜査班⁉ フランスの『特捜部Q』と名高い人気警察小説シリーズ、開幕！

1944 **死者の国**

ジャン＝クリストフ・グランジェ
高野 優監訳・伊禮規与美訳

パリで起こった連続猟奇殺人事件を追う警視が執念の捜査の末辿り着く衝撃の真相とは。フレンチ・サスペンスの巨匠による傑作長篇

1945 **カルカッタの殺人**

アビール・ムカジー
田村義進訳

一九一九年の英国領インドで起きた惨殺事件に英国人警部とインド人部長刑事が挑む。英国推理作家協会賞ヒストリカル・ダガー受賞

1946 **名探偵の密室**

クリス・マクジョージ
不二淑子訳

ホテルの一室に閉じ込められた探偵に課せられたのは、周囲の五人の中から三時間以内に殺人犯を見つけること！ 英国発新本格登場

1947 **サイコセラピスト**

アレックス・マイクリーディーズ
坂本あおい訳

夫を殺したのち沈黙した画家の口を開かせるため、担当のセラピストは策を練るが……。ツイストと驚きの連続に圧倒されるミステリ

ハヤカワ・ミステリ〈話題作〉

1948 **雪が白いとき、かつそのときに限り** 陸 秋槎
稲村文吾訳

冬の朝の学生寮で、少女が死体で発見された。その五年後、生徒会長は事件の真実を探りはじめる……華文学園本格ミステリの新境地。

1949 **熊の皮** ジェイムズ・A・マクラフリン
青木千鶴訳

アパラチア山脈の自然保護地区を管理する職を得たライス・ムーアは密猟犯を追う！アメリカ探偵作家クラブ賞最優秀新人賞受賞作

1950 **流れは、いつか海へと** ウォルター・モズリイ
田村義進訳

元刑事の私立探偵のもとに、過去の事件についての手紙が届いた。彼は真相を追うが――アメリカ探偵作家クラブ賞最優秀長篇賞受賞

1951 **ただの眠りを** ローレンス・オズボーン
田口俊樹訳

フィリップ・マーロウ、72歳。私立探偵はとっくに引退して、メキシコで隠居の身。そんなマーロウに久しぶりに仕事の依頼が……。

1952 **白い悪魔** ドメニック・スタンズベリー
真崎義博訳

ローマで暮らすアメリカ人女優は、人気政治家と不倫の恋に落ちる。しかしその恋は悲劇を呼び……暗い影に満ちたハメット賞受賞作